讲给孩子的诗词中国

藏在古诗词里的古城遗迹

◎糖雪人——著绘

黑龙江美术出版社

图书在版编目（CIP）数据

讲给孩子的诗词中国 / 糖雪人著绘. —— 哈尔滨：
黑龙江美术出版社, 2022.5
ISBN 978-7-5593-6788-4

Ⅰ.①讲… Ⅱ.①糖… Ⅲ.①古典诗歌–中国–少儿
读物 Ⅳ.①I222

中国版本图书馆CIP数据核字(2020)第236184号

JIANGGEI HAIZI DE SHICI ZHONGGUO

书　　名/ 讲给孩子的诗词中国
作　　者/ 糖雪人◎著绘
出 品 人/ 于　丹
责任编辑/ 颜云飞
特约编辑/ 李艺芳
出版发行/ 黑龙江美术出版社
地　　址/ 哈尔滨市道里区安定街225号
邮政编码/ 150016
发行电话/ （0451）84270524
经　　销/ 全国新华书店
印　　刷/ 天津创先河普业印刷有限公司
开　　本/ 1/16 787mm×1092mm
印　　张/ 30
版　　次/ 2022 年 5 月第 1 版
印　　次/ 2022 年 5 月第 1 次印刷
书　　号/ ISBN 978-7-5593-6788-4
定　　价/ 208.00元（全8册）

目 录

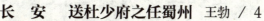

王勃

生卒：约650—676年
字号：字子安
称号："初唐四杰"之首
诗风：清新高华，
　　　壮阔明朗

扫码听音频

长安 | 送杜少府之任蜀州

唐 王勃

城阙辅三秦，风烟望五津。
与君离别意，同是宦游人。
海内存知己，天涯若比邻。
无为在歧路，儿女共沾巾。

注释

城阙：指唐代都城长安。

辅：护卫，守卫。

三秦：项羽灭秦后，将其旧地分为雍、塞、翟（dí）三国，称为"三秦"，现在陕西省一带。

五津：四川境内长江的五个渡口，此处指蜀州一带。

译文

三秦之地守护着长安，在风烟迷茫之中遥望着蜀州。

与你分别心生无限意绪，因为我们都是远离故土、宦游他乡的人。

若是四海之内有几个知心朋友，即使身在远方也如近邻一般。

完全不必在分别的岔路口，像小儿女一样泪洒衣襟。

赏析

这首诗是送别诗中的名作，尤以"海内存知己，天涯若比邻"最为知名。一般人写送别诗，基调都比较惆怅、忧伤，而这首诗则脱离了传统的思路，诗人在分别时劝慰友人不要伤心落泪，突显了诗人开阔的胸襟。整首诗情感饱满，意境开阔。

世界四大文明古都之———— 长安

　　长安（今西安）位于陕西省中部，是中华文明的发祥地之一，也是中国四大古都之首，曾被称为丰京、镐（hào）京、常安、大兴。历史上，有西周、秦、西汉、隋、唐等十三个朝代在这里建都，因此长安又被称为"十三朝古都"。长安城曾是世界上最大最辉煌的都市，与希腊的雅典、意大利的罗马、埃及的开罗并称"世界四大文明古都"。

唐长安城到底有多大？

　　唐长安城的面积近88平方千米，是现在西安市城区面积的9.7倍，是同时期欧洲的最大城市君士坦丁堡的7倍，古罗马城的面积只有它的五分之一。整个长安城布局严谨，结构对称，纵贯南北的朱雀大街将整个城池分为东西对称的两部分。整座城市被11条南北向大街及14条东西向大街划分为约110个规整的里坊，纵贯南北的朱雀大街是城市的中轴线，将城市分为东西对称的两部分。

　　据说，在最鼎盛时期，唐长安城的常住人口有180多万，流动人口超过50万。

"长安米贵，居大不易"

　　因为要参加科举考试，白居易来到长安，这是他第一次来到长安。一天，他带着自己的诗作去拜访当时的名士顾况。顾况看到白居易的名字，觉得挺有意思，就打趣道："长安米贵，居大不易（长安的米卖得贵，定居下来可不容易啊）！"等看到白居易的诗作《赋得古原草送别》之后，他连连称赞，说："道得个语，居即易矣（能写出这样的诗句来，居住下去又有何难）！"之后，顾况经常向别人夸赞白居易写的诗，于是，白居易的诗名便在长安城传开了。

诗词拓展

少年游

宋 柳永

长安古道马迟迟。高柳乱蝉嘶。

夕阳鸟外，秋风原上，目断四天垂。

归云一去无踪迹。何处是前期？

狎兴生疏，酒徒萧索，不似少年时。

7

王之涣

生卒：688—742年
字号：字季凌
称号：盛唐边塞诗人之一
爱好：击剑悲歌

扫码听音频

鹳雀楼 | 登鹳雀楼

唐 王之涣

白日依山尽，
黄河入海流。
欲穷千里目，
更上一层楼。

注释

穷：尽，达到极点。

尽：沉没，消失。

更：再。

译文

夕阳傍着山峦渐渐下落，淘淘黄河向着大海奔流而去。若是想要看到千里之外的美景，那就请再登上一层楼。

赏析

这首诗是诗人登高远望时所作，表达了诗人胸怀大志的豪情。诗的首句描写远景，落日与远山，形成一片恢弘的景象；次句写近景，诗人将黄河水气势磅礴的景象充分表现出来，十分壮观。后两句是诗人的感想，"千里""一层"，都是虚数，表示空间十分宏大，间接表达了诗人的雄心壮志；"欲穷""更上"表现了诗人的憧憬，也表达出诗人此时斗志昂扬的信念。这首诗基调朝气蓬勃、积极向上，因此成为千古传诵的名篇。

"天下黄河第一楼" —— 鹳雀楼

鹳雀楼位于山西省永济市蒲州古城的西面、黄河东岸，修筑于南北朝时期，毁于元初的战乱中，我们今天看到的鹳雀楼是在1997年重建的。鹳雀楼是中国四大名楼（其他三座是江西南昌滕王阁、湖北武汉黄鹤楼、湖南岳阳岳阳楼）中唯一一座建在北方黄河沿岸的，号称"天下黄河第一楼"。古时候，因为鹳雀楼建筑壮观、结构精巧、风景秀美，所以吸引了许多文人学者登临此楼，并留下了许多文学名作。

旗亭画壁

王之涣和王昌龄、高适都是唐朝著名诗人，也是关系非常好的朋友。一个下雪天，三人来到旗亭这个地方喝酒论诗。席间，有几个歌女前来唱歌助兴。三人想要比试一下，看谁最有名，于是商议，歌女唱谁的诗作多，谁就是第一，以在墙上画线为记。歌女唱的前三首歌，有两首是王昌龄的，一首是高适的，两人很是得意。王之涣则不以为然，他指着最漂亮的歌女说："且看她会唱什么吧。"这个歌女一张口，唱的是王之涣的《凉州词》，之后她又唱了两首绝句，也都是王之涣的作品，三人听了，相视大笑。

历史悠久的永济城

　　鹳雀楼所在地山西永济是一座有着悠久历史的古城，古称蒲坂，据说在上古尧舜时代，永济是舜帝建都的地方。永济境内文物古迹众多，文化遗址、山川名胜、宝寺名刹、名人故居超过140处。这里除了有着"天下黄河第一楼"之称的鹳雀楼之外，有名的古迹遗址还有很多，比如建于唐朝武则天时期的普救寺，元代王实甫《崔莺莺待月西厢记》里张生与崔莺莺的爱情故事就发生在这里；还有解梁古城，这里是春秋时期晋国世卿智氏建造的，春秋时期的很多事件都发生在这里。

诗词拓展

登鹳雀楼

唐 畅当

迥临飞鸟上，高出世尘间。

天势围平野，河流入断山。

11

王昌龄

生卒：？—约756年
字号：字少伯
称号：七绝圣手、诗家夫子
诗风：气势雄浑，格调高昂

扫码听音频

芙蓉楼

芙蓉楼送辛渐

唐 王昌龄

寒雨连江夜入吴，
平明送客楚山孤。
洛阳亲友如相问，
一片冰心在玉壶。

注释

平明：天亮的时候，指早晨。
冰心：像冰一样晶莹的心，比喻坚贞纯洁。

译文

　　寒冷连绵的雨昨夜悄悄进入吴地，早晨送别好友时我的心就像楚山一样孤独。

　　洛阳的亲友如果问起我的情况，就告诉他们我的心像玉壶里的冰一样晶莹纯洁。

赏析

　　这首诗既是一首离别诗，又是一首明志之作。诗作不仅写出了送别的悲伤之情，还展现了诗人胸怀坦荡、心地清澈纯洁的坚强性格。全诗即景生情，寓情于景，构思精巧，浑然天成，韵味无穷。

"楚南上游第一胜迹" —— 芙蓉楼

　　芙蓉楼坐落于沅水和潕（wǔ）水交汇之处的湖南省洪江市黔（qián）城镇（古称龙标），是历代文人墨客游玩宴客、吟诗作画之处，因此被称为"楚南上游第一胜迹"。芙蓉楼建于唐朝的天宝年间（742—756年），据说是诗人王昌龄被贬为龙标尉来到黔城镇后主持修建的，王昌龄常常在此处饮酒赋诗、宴客送别。如今，芙蓉楼景区还有一处"月亮亭"，据说王昌龄曾在此弹奏过古琴。

一生坎坷的王昌龄

　　王昌龄出生于一个贫寒的农家，年轻时他一直以务农为生。在23岁时，他离开家乡，先后去了嵩山、并州、潞州以及长安，想要做一番事业。但是因为他嫉恶如仇，所以在仕途上一无所获。27岁时，他离开长安，西出玉门关，打算在边疆建功立业。虽然功业未成，但是他写了很多边塞诗，成了著名的边塞诗人。王昌龄在三十岁中了进士，正式步入仕途。他的仕途相当不顺利，数次遭贬，生活也过得很困顿，据说在江宁（今南京）当官时，他还办过"培训班"教人写诗来补贴家用；被贬到湖南当官的时候，他还得自己捡柴来生火。后来，王昌龄在返乡路过亳（bó）州的时候，被嫉妒他才能的亳州刺史杀害。

失孟交李

　　王昌龄从江宁被贬到湖南当官，路过襄阳的时候，去拜访自己的朋友著名诗人孟浩然。那时候，孟浩然因为背上长了毒疮而在家修养。见到朋友来访，他非常开心，于是忘了生病要忌口，和王昌龄把酒言欢。谁知因为喝酒吃鱼，孟浩然快好的毒疮又复发了，最后竟因此病逝。王昌龄悲痛异常，在离开的路上一直郁郁寡欢。与此同时，李白也被贬夜郎，两人在巴陵相遇了，并一见如故。在江边客船上，两人喝酒、论诗，不亦乐乎。分别时，王昌龄写诗《巴陵送李十二》送李白，而李白也写诗《闻王昌龄左迁龙标遥有此寄》回赠。

诗词拓展

闻王昌龄左迁龙标遥有此寄

唐 李白

杨花落尽子规啼，闻道龙标过五溪。

我寄愁心与明月，随风直到夜郎西。

李白

生卒：701—762年
字号：字太白，号青莲居士
称号：诗仙、谪（zhé）仙人
爱好：饮酒、旅行、剑术

扫码听音频

黄鹤楼 | 黄鹤楼送孟浩然之广陵

唐 李白

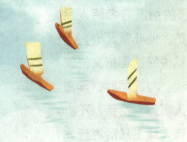

故人西辞黄鹤楼，
烟花三月下扬州。
孤帆远影碧空尽，
惟见长江天际流。

注释

广陵：即扬州。

烟花：春天繁花盛开的景象。

天际：天边。

16

译文

老朋友辞别了黄鹤楼，在繁花似锦的三月里去往扬州。

他乘的小船渐渐消失在水天一线处，再看时只有滚滚江水流向天边。

赏析

这是一首充满诗情画意的送别诗，全诗以轻松、愉悦的笔调写离别，突显李白与孟浩然性格的豪迈与不羁。整首诗以绚丽浓艳的春色和浩瀚无边的长江为背景，描绘出一幅意境开阔的送别画，极富诗意。

17

"天下绝景" —— 黄鹤楼

黄鹤楼位于湖北省武汉市长江南岸，始建于三国时期吴国黄武二年（223年），重建于1981年。最开始，黄鹤楼起到的是守城瞭望的军事作用。晋灭东吴后，黄鹤楼逐渐成为游玩、宴客的著名景点，历朝历代的许多文人墨客慕名而来，并写下诸多有名的诗篇和文章。黄鹤楼有许多美称，如"天下绝景""天下江山第一楼"，并与岳阳楼、滕王阁并称"江南三大名楼"。

关于黄鹤楼的传说

黄鹤楼原本是建在武汉武昌蛇山的黄鹤矶之上，传说，这里原本有一家酒馆，女主人姓辛。一天，一个衣衫褴（lán）褛（lǚ）的道士来到酒馆讨酒喝，辛氏欣然应允，之后半年时间，道士天天来蹭酒喝，辛氏从未因他不付酒钱而生气。为了答谢辛氏，道士用橘皮在酒馆墙上画了一只鹤，然后就走了。此后，辛氏的酒馆生意变得很兴隆。十年后，那个道士又来了，他取出笛子吹奏，墙上的黄鹤竟然飞起来，驮着道士就飞走了。为了纪念这个道士，辛氏在酒馆旧址盖起一座楼阁，取名"黄鹤楼"。

孟浩然和李白

　　李白和孟浩然是挚友，李白比孟浩然小12岁，两人相识的时候，孟浩然已经是名满天下的大诗人了。李白非常敬仰孟浩然，在安陆生活的时候，他专门前往孟浩然隐居的襄阳鹿门山，想要拜访自己的"偶像"。据说，孟浩然听说李白前来拜访，连外衣都来不及穿就出来迎接。两人一见如故，从此成了很好的朋友。有一次，孟浩然要去江南游玩，李白不能结伴同游，便在黄鹤楼为孟浩然送行，还写下了千古名作《黄鹤楼送孟浩然之广陵》。

诗词拓展

与史郎中钦听黄鹤楼上吹笛

唐 李白

一为迁客去长沙，西望长安不见家。
黄鹤楼中吹玉笛，江城五月落梅花。

李白

生卒：701—762年
字号：字太白，号青莲居士
称号：诗仙、谪（zhé）仙人
爱好：饮酒、旅行、剑术

扫码听音频

金陵 | 登金陵凤凰台

唐 李白

凤凰台上凤凰游，
凤去台空江自流。
吴宫花草埋幽径，
晋代衣冠成古丘。
三山半落青天外，
一水中分白鹭洲。
总为浮云能蔽日，
长安不见使人愁。

注释

吴宫：三国时吴国曾于金陵建都筑宫。
晋代：指东晋，南渡后建都金陵。
衣冠：指当时的名门望族。
三山：金陵西南长江边上的三座山峰，因三峰并列，南北相连，因此得名。
浮云能蔽日：比喻奸邪遮蔽贤良。

译文

　　凤凰台上曾经有凤凰在那里悠游休息，凤凰飞走后只留下空空的凤凰台和不停流淌的江水。

　　吴国宫殿的花草已经埋没在幽静的小路中，晋代的名门望族也已埋入荒丘古冢。

　　远处的三山在青天中若隐若现，江水被白鹭洲隔成了条水道。

　　天上的浮云有时会把太阳遮住，看不见长安城使我感到忧愁。

赏析

　　这首诗是首登临怀古诗，以凤凰台的传说开篇，之后感叹了时代的变迁——东吴、东晋的繁华已一去不返，又感叹了自然的壮阔——山和水都受自然力量的驱使，最后描写了诗人心存报国之志，却因奸邪当朝而报国无门，并因此感到悲伤的心情。诗作语言流畅，不事雕琢，实属唐代律诗中的上乘之作。

"龙盘虎踞" —— 金陵城

金陵（今南京）位于江苏省西南部，是中国著名古城，曾有东吴、东晋、南朝宋等六个朝代建都于此，史称"六朝古都"。金陵曾被称作秣（mò）陵、建业、建康、江宁、石头城，自古以来都是中国南方地区的政治、经济、文化中心之一。诸葛亮看到这里的山形地势之后，曾评价道："紫金山险峻，像龙一样环绕城池；石头城威武，像老虎一样雄踞（jù）其中，这是帝王建都的好地方。"因此，金陵又有"龙盘虎踞"之称。

为什么金陵又叫"石头城"？

史书记载，周显王三十六年（前333年），楚国灭亡了近邻越国，在越国故地设置金陵邑（金陵因此得名），并在石头山（今清凉山）上筑城。秦始皇二十四年（前223年），楚国灭亡，金陵邑改称秣陵县。

赤壁之战后，孙权迁都秣陵，改称秣陵为建业，然后在石头山旧城遗址上重修城池，因为是修建在石头山上，并且城基以自然山岩凿成，因此这座城就被称为"石头城"，以后人们也常以石头城来称呼金陵。

诗词拓展

金陵图

唐 韦庄

谁谓伤心画不成？画人心逐世人情。

君看六幅南朝事，老木寒云满故城。

泥马巷的传说

　　金陵城有一条泥马巷，它的得名与宋高宗赵构有关。北宋建康元年（1126年），金兵攻破东京（今河南开封），掳走宋徽宗等人。徽宗的第九个儿子赵构也被金兵捉住，不过他侥幸逃脱。他逃到一座庙中，眼见金兵人马追了上来，就在这时，庙外突然传来马的嘶鸣声，他踏出庙门，看到了一匹骏马，便骑上马逃命。跑了一阵子，一条大河拦住了去路，赵构将心一横，纵马跃入河水，在河面上，骏马如在平地一般飞奔，很快就过了河，赵构成功脱险。等上了岸，骏马便不再动弹，定睛一看，原来这是匹泥塑的马。后来，赵构下令修建泥马寺以感谢泥马救命之恩，现在泥马寺早已无存，只有泥马巷这个名字流传下来。

杜甫

生卒：712—770年
字号：字子美，号少陵野老
称号：诗圣、杜工部
爱好：追星
（李白迷弟）

扫码听音频

武侯祠 | 蜀相

唐 杜甫

丞相祠堂何处寻，
锦官城外柏森森。
映阶碧草自春色，
隔叶黄鹂空好音。
三顾频烦天下计，
两朝开济老臣心。
出师未捷身先死，
长使英雄泪满襟。

24

注释

蜀相：指三国时蜀国丞相诸葛亮。
森森：茂盛繁密的样子。
两朝：刘备、刘禅父子两朝。
开：开创。
济：扶助。

译文

到哪里去寻找诸葛亮的武侯祠？在成都城外柏树茂盛繁密的地方。
碧草映照台阶显露自然的春色，树上的黄鹂隔着树枝空对婉转鸣唱。
刘备三顾茅庐向他询问安定天下的计谋，他辅佐蜀汉两朝国主忠心耿耿。
他出兵伐魏还没有成功就病死军中，这让历代的英雄们常常因此而泪洒衣襟。

赏析

　　本诗是诗人初到成都游览武侯祠时所作，是一首咏史诗。诗人借写游览武侯祠的所见所感，表达对蜀相诸葛亮的敬仰之心和思慕之情。全诗雄浑悲壮，诗中表现出的诗人因报国无门而心生的抑郁与悲愤之情强烈浓郁，感人肺腑，令人感慨良多。

"三国圣地" —— 武侯祠

诸葛亮是三国时期的蜀汉丞相，他生前受封武乡侯，死后被追谥（shì）忠武侯，因此他的祠庙被称为"武侯祠"。武侯祠位于成都市武侯区。南北朝时期，成都武侯祠与刘备的惠陵、汉昭烈庙合为一处，从此这里成为人们心目中的"三国圣地"，是中国最具影响力的三国遗迹博物馆。

刘备三顾茅庐

东汉末年，天下大乱，刘备想在乱世中建功立业，于是广纳贤才。荆州名士司马徽给刘备推荐了一个叫诸葛亮的人，说此人有"安天下"的才能。这个诸葛亮隐居在襄阳城西的隆中，刘备就带着关羽和张飞去隆中拜访他，结果诸葛亮不在家。不久，刘备冒着漫天大雪，又去拜访诸葛亮，谁知诸葛亮又不在家。第三次，刘备又真诚地去拜访，这次正好赶上诸葛亮在午睡，刘备便恭敬在屋外等待。诸葛亮被刘备的"三顾茅庐"感动了，便答应出山相助。后来，在诸葛亮的帮助下，刘备建立蜀汉政权，与曹魏、孙吴形成三国鼎立的局面。

诸葛亮巧使空城计

诸葛亮率军北伐曹魏，但因手下将领的失误而丢掉了战略要地街亭，魏将司马懿（yì）趁机率领15万大军前去攻打诸葛亮驻扎的西城。那时，西城的兵力薄弱，只驻扎了几千名士兵。眼见敌军重兵压境，诸葛亮并没有慌张，他传出号令，命令城中士兵收起军旗，打开城门，让士兵打扮成百姓的模样在城中洒水扫街。一切安排妥当后，诸葛亮便领着两个小书童，带着一张琴来到城楼之上，气定神闲地坐下抚琴。司马懿率军来到城下，看到这般情景，心里疑惑：现在城门大开，诸葛亮又这么镇定，城中必定有重兵埋伏。思前想后，最终司马懿率兵撤退了。

诗词拓展

八阵图

唐 杜甫

功盖三分国，名成八阵图。

江流石不转，遗恨失吞吴。

杜甫

生卒：712—770年
字号：字子美，号少陵野老
称号：诗圣、杜工部
爱好：追星
（李白迷弟）

扫码听音频

成都 | 春夜喜雨

唐 杜甫

好雨知时节，当春乃发生。
随风潜入夜，润物细无声。
野径云俱黑，江船火独明。
晓看红湿处，花重锦官城。

注释

发生：促进植物生长。
晓：天刚亮的时候。
重（zhòng）：沉重。
锦官城：指成都。

好雨知道下雨最好的时节，正是在春天万物生长的时候。

伴随着春风在夜晚悄悄落下，滋润万物又细微无声。

田野小路和天上乌云黑茫茫的，只有江中船上灯火明亮。

天亮时看那带着雨露绽放的花丛，开满了整个锦官城。

这首诗是描绘春夜雨景的名作。诗作中，诗人用"知时节""潜入夜""细无声"将雨拟人化，表现出了春雨的好品格，同时也是借物喻人，表现出诗人所爱的"好人"应具备的品格，生动而传神。

西南重镇，古蜀之都—— 成都

　　成都位于中国的西南部、四川省的中部，自古以来都是西南地区的政治、经济、文化、军事中心，古蜀文明的发祥地，曾经被称为益州。中国历史上，先后有7个割据政权建都于此。汉朝时，成都已是全国五大都会之一；唐朝时，成都是全国最发达的工商业城市之一，与扬州并称"扬一益二"。

令人神往的天府之都

　　成都位于四川盆地的西部、成都平原的腹地，其境内地势平坦、河道纵横、农业发达、物产十分丰富，自古便有"天府之都"的美誉。作为一座大都市，成都的城名、城址千年不变，城市历经劫难而没有衰败，堪称世界城市史上的一大奇迹。如今的成都，名胜古迹数不胜数，美食小吃令人垂涎，是一座令人神往的都市。

成都为什么又叫"锦官城"？

从很久以前，成都的丝织业就很发达，尤其是蜀锦闻名全国，被称为中国四大名锦之首（其他三个是南京云锦、苏州宋锦和广西壮锦）。东汉末年至三国蜀汉时期，织锦行业已成为当地财政收入的重要来源，为了更好地对织锦行业进行监管，朝廷在成都设立了专门管理织锦行业的官员，因此成都也被称为"锦官城"，简称"锦城"。

诗词拓展

成都曲
唐 张籍

锦江近西烟水绿，

新雨山头荔枝熟。

万里桥边多酒家，

游人爱向谁家宿？

张继

生卒：不详
字号：字懿孙
称号：张祠部
诗风：爽朗激越，不事雕琢

扫码听音频

寒山寺 | 枫桥夜泊

唐 张继

月落乌啼霜满天，
江枫渔火对愁眠。
姑苏城外寒山寺，
夜半钟声到客船。

注释

枫桥：位于今天苏州市的阊（chāng）门外。

渔火：渔船上的灯火。

姑苏：今江苏省苏州市。

译文

　　月亮落下，乌鸦啼叫，寒气满天，对着江边枫树和渔船灯火，我忧愁而卧。

　　苏州城外寒山寺的钟声，半夜时分隐隐约约传到了我乘坐的客船上。

赏析

　　这是一首描写夜泊枫桥景象和感受的诗。前两句，诗人用"月落""乌啼""霜满天""江枫""渔火"描绘出一幅清冷孤寂的秋夜图景，然后用"愁"字点出他因思乡而感到愁寂的心情。后两句，诗人忽略了枫桥边其他景色，唯独描写了寒山寺的夜半钟声，以此衬托出了夜的寂静清远，更深入地反映出诗人离别的愁绪。这首诗情景交融，借景抒情，是千古传诵的佳作。

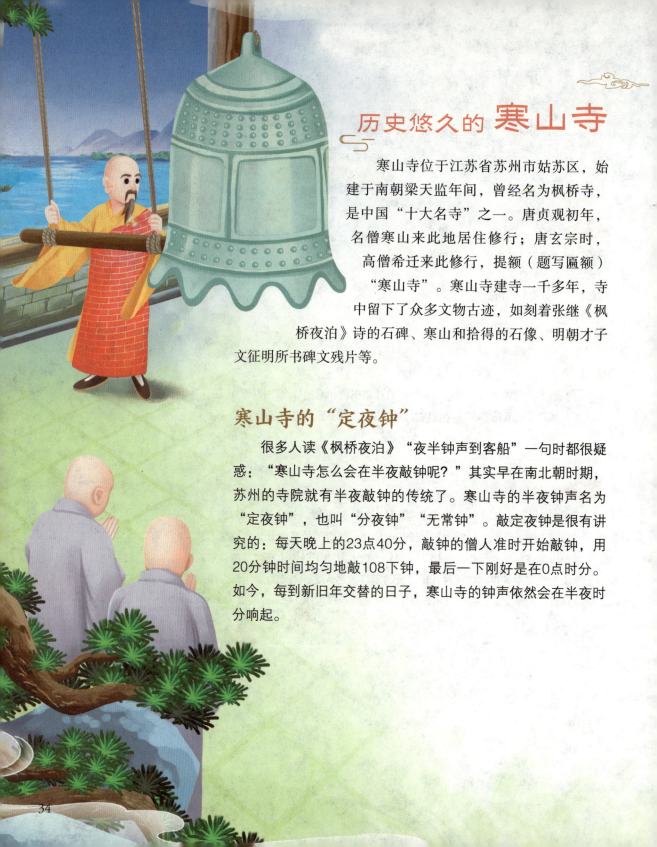

历史悠久的 寒山寺

　　寒山寺位于江苏省苏州市姑苏区,始建于南朝梁天监年间,曾经名为枫桥寺,是中国"十大名寺"之一。唐贞观初年,名僧寒山来此地居住修行;唐玄宗时,高僧希迁来此修行,提额(题写匾额)"寒山寺"。寒山寺建寺一千多年,寺中留下了众多文物古迹,如刻着张继《枫桥夜泊》诗的石碑、寒山和拾得的石像、明朝才子文征明所书碑文残片等。

寒山寺的"定夜钟"

　　很多人读《枫桥夜泊》"夜半钟声到客船"一句时都很疑惑:"寒山寺怎么会在半夜敲钟呢?"其实早在南北朝时期,苏州的寺院就有半夜敲钟的传统了。寒山寺的半夜钟声名为"定夜钟",也叫"分夜钟""无常钟"。敲定夜钟是很有讲究的:每天晚上的23点40分,敲钟的僧人准时开始敲钟,用20分钟时间均匀地敲108下钟,最后一下刚好是在0点时分。如今,每到新旧年交替的日子,寒山寺的钟声依然会在半夜时分响起。

诗僧寒山

　　寒山是唐朝有名的诗僧，他出生于隋朝
时期长安城的一个官宦人家。青年时期，寒山多
次考科举而不中，因此在三十岁之后出家为僧，隐居在浙
江的天台山修行，"寒山（也称寒山子）"是他的号。据说他经常
戴着桦树皮做的帽子、穿着破衣木屐（jī）与附近的孩童嬉戏，行为、
言语不合情理，大家都看不透他。寒山为人放浪不羁，他的诗作却富含
深刻哲理，多讥讽时政、同情疾苦。寒山是唐朝少见的以口语白话写诗
的诗人，虽然他一度被世人冷落，但如今他的诗作在国内外广为流传，
越来越被人重视。

诗词拓展

杳杳寒山道

唐 寒山

杳杳寒山道，落落冷涧滨。

啾啾常有鸟，寂寂更无人。

淅淅风吹面，纷纷雪积身。

朝朝不见日，岁岁不知春。

张籍

生卒：约767—约830年
字号：字文昌
称号：张水部、张司业，和
王建并称"张王"
爱好：追星
（杜甫迷弟）

扫码听音频

洛阳 | 秋思

唐 张籍

洛阳城里见秋风，
欲作家书意万重。
复恐匆匆说不尽，
行人临发又开封。

注释

复恐： 又害怕。

行人： 送信的人。

临发： 马上出发。

开封： 将已经封好的家书拆开。

译文

　　洛阳城中刮起了秋风，心中涌出万千思绪想写封家书报平安。

　　又怕时间匆忙没有将想说的话写完，在送信人马上出发之时又将信拆开检查。

赏析

　　给亲人写信、寄信曾是人们日常生活中再平常不过的一件事情，在这首诗中，诗人寓情于事，借助写信、寄信的生活片段，生动地表达了寓居他乡的人对家乡及亲人的思念之情。整首诗看似平淡，细品起来却回味无穷。

"神都" —— 洛阳

　　洛阳位于河南省西部，曾用名西亳、洛邑、洛京、京洛，是中国"七大古都"之一，也是中国首批历史文化名城。以洛阳为中心的河洛地区是中华文明的重要发祥地，历史上，曾有十多个王朝建都于此。唐朝时，武则天将东都洛阳改名为"神都"，几年后，武则天建立武周王朝，并定都洛阳，从此，洛阳就被称为"神都"。

隋唐大运河的中心

　　古时交通运输不发达，水运是当时非常重要的运输手段，河流就是天然的运输通路。在中国，河流多为东西走向，所以南北运输是个难题。为了解决这个问题，隋朝的隋炀帝下令开凿大运河以沟通南北水路，这条运河将之前不同时期修建的运河连接了起来，最终形成了隋唐大运河。隋唐大运河北起涿郡（今北京），南至余杭（今杭州），中心就在洛阳。那时的洛阳，因为大运河的开通而变得繁华无比，经济文化发展迅速，最终成为中国经济、文化的中心之一。

张籍吃诗

　　在五代时期的笔记小说《云仙散录》中记录着一则关于诗人张籍的小故事。据说，张籍十分崇拜"诗圣"杜甫，有一次，为了表达崇敬之情，他将杜甫写的诗一篇一篇地烧掉，然后将烧完的纸灰浇上蜂蜜拌匀收集起来，每天拿出来吃上三勺。有一天，他的朋友前来拜访，见他正在吃拌了蜂蜜的纸灰，就问他为什么这么做，他说："吃了杜甫的诗，我就能写出同杜甫诗作一样好的诗来。"朋友听后哈哈大笑。

诗词拓展

春夜洛城闻笛

唐 李白

谁家玉笛暗飞声，
散入春风满洛城。
此夜曲中闻折柳，
何人不起故园情。

刘禹锡

生卒：772—842年
字号：字梦得，号庐山人
称号：诗豪，与白居易合称"刘白"
爱好：研究哲学

扫码听音频

乌衣巷 | 乌衣巷

唐 刘禹锡

朱雀桥边野草花，
乌衣巷口夕阳斜。
旧时王谢堂前燕，
飞入寻常百姓家。

注释

朱雀桥： 秦淮河上的一座桥，横跨淮河，为当时的交通要道。

王谢： 指东晋的名臣王导和谢安。

寻常： 平常，普通。

40

朱雀桥边长满了野草和野花，乌衣巷口夕阳西斜。

当年王导、谢安两家屋檐下的燕子，如今已飞进了普通百姓家。

　　这首诗是咏怀古迹的名篇。前两句用"朱雀桥"引出"乌衣巷"，既表明了两地地理位置上的关联，也进一步渲染怀古的气氛，还为诗句增添了对仗的美感。后两句描写了昔日豪门堂前的燕子，现如今也无高枝可攀，飞入了寻常百姓家，暗含了诗人对盛衰兴败、人事全非的感慨。这首诗语言浅显，但构思独到，读来回味无穷。

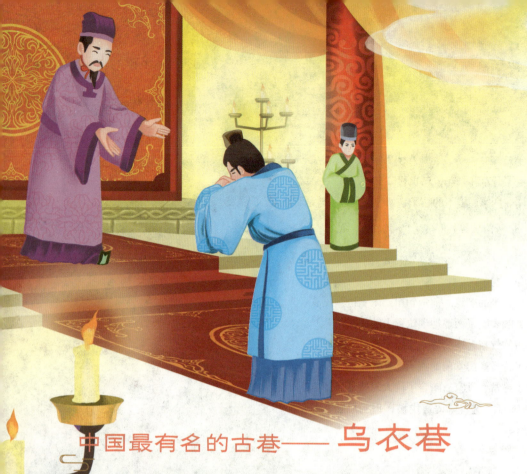

中国最有名的古巷——乌衣巷

　　乌衣巷位于江苏省南京市秦淮区的秦淮河南岸，是中国历史最悠久、名气最大的一条古巷。三国时期，乌衣巷是东吴守卫石头城的军队的营房所在地；东晋时期，乌衣巷是王氏和谢氏两大家族的府邸（dǐ）所在地。因王、谢子弟都喜欢穿黑色的衣服，人们叫他们"乌衣郎"，乌衣巷因此得名。

"王与马，共天下"

　　东晋开国皇帝晋元帝司马睿之所以能够登上皇位、建立政权，完全得益于北方世族琅（láng）琊（yá）王氏的拥护，尤其是王导在其中起到了关键作用。之后，王导也成为东晋政权的中心人物，他长居丞相之位管理政事。此外，王氏家族中的很多人都担任重要官职。元帝即位时，甚至还挽着王导的手，让他一起接受百官的朝拜。司马睿之后的明帝、成帝对王导更是恭敬有加。那时王家权势滔天，因而民间流传一句话叫"王与马，共天下"，意思是说王家和司马氏皇族共同执掌着天下大权。

"咏絮才"

　　东晋时，谢家是与王家齐名的世家大族，谢安是谢家的代表人物。在一个寒冷的冬天，天上下起了鹅毛大雪，谢安将家人聚在一起，大家围着火炉赏雪谈天，谢安则和子侄辈一起讨论诗书文章。天上的雪越下越大，谢安高兴地问大家："你们看这大雪像什么呢？"他的侄子谢朗首先答道："撒盐空中差可拟（和撒了一把盐到空中差不多）。"谢安点点头，没有说话。他的侄女谢道韫（yùn）接着答道："未若柳絮因风起（不如比作柳絮被风吹得漫天飘舞）。"谢安听后，十分赞赏。此后，人们常用"咏絮才"来称赞有文采的女性。

诗词拓展

永王东巡歌·其二

唐 李白

三川北虏乱如麻，

四海南奔似永嘉。

但用东山谢安石，

为君谈笑净胡沙。

白居易

生卒：772—846年
字号：字乐天，号香山居士、醉吟先生
称号：诗魔、诗王，与元稹（zhěn）合称"元白"
爱好：酿酒、藏书

扫码听音频

杭州 | 忆江南·其二

唐 白居易

江南忆，
最忆是杭州。
山寺月中寻桂子，
郡亭枕上看潮头。
何日更重游！

注释

桂子：即桂花。

郡亭：可能是指杭州城东楼。

潮头：每年中秋节前后，杭州钱塘江入海口都会涌起海潮，潮水气势惊人，十分具有可看性。

译文

对江南的回忆，最能引起的是杭州。

在山寺的月光中寻找桂花，在郡亭之中躺卧着欣赏壮阔的钱塘江大潮。

什么时候才能重游杭州啊！

赏析

这首词是白居易词《忆江南》三首中的第二首，开篇即点明诗人最爱的江南城市是杭州。之后，诗人通过描写山寺月夜寻桂花、郡亭之上观大潮来描写在杭州城人们的生活十分多姿多彩。最后，诗人发出想要再游杭州的感叹，有了前面的铺垫，这样的感叹确实令人信服。

人间天堂——杭州

　　杭州位于浙江省北部，曾被称为临安、钱塘、武林。杭州的建城史超过2200年，曾做过吴越国和南宋的都城。杭州以景色优美著称于世。人们常说："上有天堂，下有苏杭。"这个"杭"就说的是杭州。意大利著名旅行家马可·波罗曾被杭州的美深深震撼，赞叹这座城是"世界上最美丽的华贵之城"。

盖世无双的杭州美景

　　杭州的美景天下闻名，拥有西湖和"两江两湖（富春江、新安江和千岛湖、湘湖）"这两个国家级的风景名胜区，天目山、清凉峰两个国家级自然保护区，首个国家级湿地——西溪国家湿地公园，以及大奇山、午潮山等七个国家森林公园，其他著名的景点更是数不胜数，如灵隐寺、虎跑泉等。每到春夏时节，都会有无数游客慕名来到杭州，想要一睹这人间天堂一般的美景。

济公和飞来峰

　　传说，杭州灵隐寺有个和尚名叫济公。一天，济公算到一座山将要从远方飞来落在灵隐寺的前面。那时候，灵隐寺前面有一个村子，若是真有山落到那里，会出大事的。于是，济公跑到村子里让大家赶快离开，然而大家都不相信济公的话。恰好此时村里有人在娶媳妇，济公灵机一动，他背起新娘子就跑，村里人看到和尚抢新娘，就全都追了出去。等大家都跑出村子，突然一座石山从天而降落在村子里。这时大家才明白济公抢新娘是为了救大家，于是纷纷向他表示感谢。后来这座飞来的石山就被称为"飞来峰"。

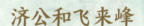

诗词拓展

题临安邸

宋 林升

山外青山楼外楼，

西湖歌舞几时休？

暖风熏得游人醉，

直把杭州作汴州。

杜牧

生卒：803—853年
字号：字牧之，号樊川居士
称号：小杜，与李商隐合称
　　　"小李杜"
爱好：研究军事

扫码听音频

华清宫 | 过华清宫绝句·其一

唐 杜牧

长安回望绣成堆，
山顶千门次第开。
一骑红尘妃子笑，
无人知是荔枝来。

48

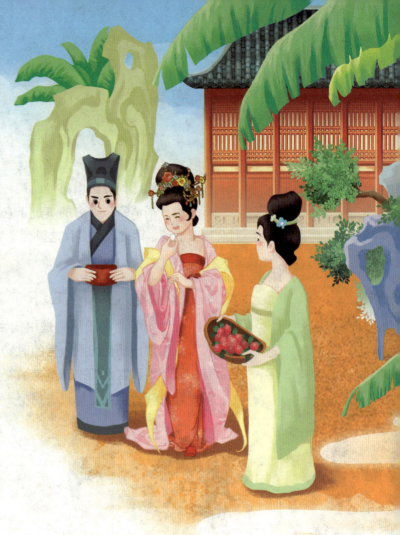

译文

　　从长安回望骊山就像是锦绣堆成
的，山顶上华清宫千扇宫门依次打开。
　　一匹快马卷着尘土飞奔而来，让贵
妃嫣然一笑，没有人知道这是南方的新
鲜荔枝送来了。

赏析

　　这首诗是一首咏史绝句，是诗人经过唐玄宗与杨贵妃游乐的华清宫时有感而作的。
在这首诗里，诗人通过描写骊山的秀美、华清宫的雄壮，以及唐玄宗宠爱杨贵妃而不惜
命人千里送贵妃爱吃的荔枝这一典型史事，讽刺了统治阶级的骄奢淫逸和昏庸无道，语
言浅白，含蓄深刻，是咏史诗中的佳作。

奇丽壮观的 **华清宫**

　　华清宫是修建于唐朝初年、供帝王游乐的别宫，位于陕西省西安市临潼区。华清宫又名温泉宫、骊山宫、骊宫、绣岭宫，整座宫城建在骊山北麓，倚着骊山山势而筑，规模壮观，建筑奇丽，亭台馆殿遍布骊山。华清宫最著名的莫过于它的温泉汤馆了，杨贵妃当年就常在这里泡汤，因此人们多称这里为"华清池"。

"羞花美人"杨玉环

　　杨贵妃名叫杨玉环，是中国古代四大美人之一，号称"羞花美人"。相传，杨贵妃刚入宫的时候，因生活不习惯而整日愁眉不展。有一天，她和宫女们来到皇宫的花园里散心，看到远处有一丛花开得很是鲜艳夺目，她便想过去摘上一朵。就在她手刚碰到花儿的时候，花儿突然向后缩了起来，旁边的宫女看到后都惊呼："花儿看到娘娘的美貌都自愧不如啊！"后来，杨玉环美得让花儿都羞愧的事情传开了，大家就开始用"羞花"来形容她的美貌。

骊山老母的传说

　　传说上古时候，天塌了，百姓因此遭受了很多磨难。天神骊山老母想要救助苦难，便带着自己的两个女儿来到人间炼石补天。骊山老母和她的大女儿负责炼石，小女儿则变化成一匹黑马负责在天地间穿梭，将炼好的石头送到天上。就在天刚刚补好的时候，突然出现一条龙将天又给捅破了，骊山老母母女三人将龙制服后，又补好了天。因为实在是太累了，小女儿没有变回原形就睡着了。谁想到她一睡不醒，变成了一座大山，这座山就是现在的骊山。

诗词拓展

华清宫前柳

唐 王建

杨柳宫前忽地春，
在先惊动探春人。
晓来唯欠骊山雨，
洗却枝头绿上尘。

杜牧

生卒：803—853年
字号：字牧之，号樊川居士
称号：小杜，与李商隐合称"小李杜"
爱好：研究军事

扫码听音频

扬州 | 寄扬州韩绰判官

唐 杜牧

青山隐隐水迢迢，
秋尽江南草未凋。
二十四桥明月夜，
玉人何处教吹箫。

注释

迢（tiáo）迢： 形容遥远。

玉人： 美人，这里代指诗人老友韩绰，有调侃的意思。

青山时隐时现，绿水流向远方，秋天就要过去了，但江南的草木还没有凋零。

扬州的二十四桥笼罩在清幽的月色中，不知老友你在何处教人吹箫？

赏析

这是一首怀友诗，作于诗人离开江南以后。诗作开篇描绘了江南秋景，表达了诗人对江南美好景致的眷恋，暗示诗人对仍在江南的老友韩绰的怀念。后两句诗人借扬州二十四桥的典故，以调侃的口吻询问友人近况，可见二人友情的亲密。本诗意境优美，情趣盎（àng）然。

烟花三月下 扬州

　　扬州位于江苏省中部，曾被称为广陵、江都、维扬，是中国著名的古城，其建城史可追溯至战国时期。扬州城一直都是人们心向往之的名城，有"淮左名都，竹西佳处（出自南宋姜夔（kuí）词《扬州慢·淮左名都》）"之称。扬州城热闹繁华——瘦西湖景色旖（yǐ）旎（nǐ），个园、何园曲径通幽——是中国最具传统风韵的城市之一。

中国运河第一城

　　大运河包括隋唐大运河、京杭大运河及浙东运河，是世界上开凿最早、规模最大、长度最长的运河，而大运河的发祥地就在扬州。距今2500多年前的春秋战国时代，各诸侯国间攻伐不断，吴王夫差（chāi）想要北上攻打齐国，但当时在长江和淮河之间没有水路，只能走海路，这样不但用时长，还很危险。于是夫差下令开凿沟通长江和淮河的邗（hán）沟，邗沟从扬州修到淮安，这就是大运河最早的河道。扬州也因此被称为"中国运河第一城"。

二十四桥是说有二十四座桥吗？

　　传说在唐朝，一天夜里，有24个美丽的仙女手执玉箫，从天而降，落在扬州城中的一座石桥上，开始吹奏优美的乐曲。从此，人们就将这座石桥命名为"二十四桥"。当然，这只是个传说。其实从宋朝起，人们就对二十四桥的得名争论不休，有人说，二十四桥是一座桥，因为曾有24个美人在桥上吹箫而得名；有人说，二十四桥是扬州城里24座桥的合称；还有人说，"二十四"是虚数，是在形容扬州桥多。但不论哪个说法是正确的，现在，人们只要提到二十四桥，就会想到扬州，说到扬州，也会想到二十四桥。

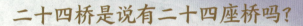

诗词拓展

赠别·其一

唐 杜牧

娉娉袅袅十三馀，

豆蔻梢头二月初。

春风十里扬州路，

卷上珠帘总不如。

55

苏轼

生卒：1037—1101年
字号：字子瞻，号东坡居士
称号："唐宋八大家"之一，与辛弃疾并称"苏辛"
爱好：书法、绘画、美食、酿酒

扫码听音频

赤壁 | 念奴娇·赤壁怀古

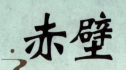

宋 苏轼

大江东去，浪淘尽、千古风流人物。故垒西边，人道是、三国周郎赤壁。乱石崩云，惊涛裂岸，卷起千堆雪。江山如画，一时多少豪杰！

遥想公瑾当年，小乔初嫁了，雄姿英发。羽扇纶巾，谈笑间、樯橹灰飞烟灭。故国神游，多情应笑我、早生华发。人生如梦，一樽还酹江月。

故垒： 古时军营四周所筑的墙壁。

千堆雪： 形容浪花飞溅。

纶（guān）巾： 头扎用丝带做的便巾。

酹（lèi）： 把酒浇在地上表示祭奠。

译文

　　大江之水滚滚向东流去，淘尽了千古多少英雄。那古营垒的西边，人们说是三国时候周瑜大破曹军的赤壁。岸边石壁高耸直入云端，惊人的巨浪拍打着江岸，激起的浪花好似千堆白雪。江山如画般壮丽雄奇，一时间有多少豪杰涌现！

　　遥想周瑜当年正春风得意，小乔刚刚嫁给他，他英姿勃发、豪气满怀。手执白羽扇、头戴纶巾，笑谈之间，曹军战船被烧得灰飞烟灭。如今神游当年的战场，可笑我如此多愁善感，早早长出了白发。人生像是一场梦，且用一杯酒祭奠这江上的明月。

赏析

　　这是一首抚今追昔的怀古词，写于词人谪居黄州期间游黄冈赤壁矶之时。上阕着重写景，为描写人物做铺垫；下阕着重写人，借对周瑜的钦慕，悲叹自己的壮志未酬、年华虚度。全词意境开阔，大气磅礴，是豪放词风的代表作，也是一曲千古绝唱。

千年古战场—— 赤壁

赤壁位于湖北省赤壁市西北部，是东汉末年赤壁之战的古战场。赤壁之战发生于东汉末年、三国形成的时期。汉献帝建安十三年（208年），孙权和刘备联手，在赤壁这里大战曹操，最后用火攻战胜曹军，此战后，曹操北撤，孙权和刘备分占荆州要地，三国鼎立的局面初步形成。赤壁之战是中国历史上以少胜多、以弱胜强的著名战役，赤壁也因此战而留名千古。

"曲有误，周郎顾"

周瑜是三国时吴国的都督，当时人们都称他"周郎"。周瑜为人足智多谋，有雄才大略，南宋文学家范成大评价周瑜是"世间豪杰英雄士，江左风流美丈夫"。据说，周瑜不但是军事家、政治家，还精通音律，对音乐有着很强的鉴赏能力。《三国志》中记载，周瑜听人演奏音乐的时候，哪怕演奏者只是出了一点儿错，他都能听出来，就算他喝醉了酒，也是如此。每当听出曲子出了错，他就会看一眼出错的乐工，意思就是"你错了"。所以当时人们编了歌谣来说这件事，那便是"曲有误，周郎顾"。

苏轼与"东坡肉"

　　苏轼是北宋时期著名的政治家、文学家，他在诗词、文章、书法、绘画方面都有很深的造诣，此外，他还是中国历史上著名的美食家，对烹制菜肴也很有研究，据说红烧肉就是他的拿手菜。元丰三年（1080年），苏轼被贬到黄州（今湖北黄冈）做官，他看到黄州市场上猪肉卖得很便宜，而当地人又不怎么吃猪肉，便经常买猪肉并亲自下厨烧肉吃。有一次，他吃肉吃得高兴了，提笔写了一首打油诗："黄州好猪肉，价贱如粪土。富者不肯吃，贫者不解煮。慢着火，少着水，火候足时它自美。每日早来打一碗，饱得自家君莫管。"这首诗传了出去，黄州人也开始按照苏轼的方法烹制猪肉吃。因为苏轼号东坡居士，所以人们便称这种红烧肉为"东坡肉"。

诗词拓展

赤壁

唐 杜牧

折戟沉沙铁未销，

自将磨洗认前朝。

东风不与周郎便，

铜雀春深锁二乔。

扫码收听，同步伴读
赏诗词，听故事，学知识
腹有诗书气自华，让诗词融入孩子的人生

讲给孩子的诗词中国

藏在古诗词里的传统节日

◎糖雪人————著绘

黑龙江美术出版社

图书在版编目（ＣＩＰ）数据

讲给孩子的诗词中国 / 糖雪人著绘. -- 哈尔滨：
黑龙江美术出版社, 2022.5
ISBN 978-7-5593-6788-4

Ⅰ.①讲… Ⅱ.①糖… Ⅲ.①古典诗歌 – 中国 – 少儿
读物 Ⅳ.①I222

中国版本图书馆CIP数据核字(2020)第236184号

JIANGGEI HAIZI DE SHICI ZHONGGUO

书　　名/ 讲给孩子的诗词中国
作　　者/ 糖雪人◎著绘
出 品 人/ 于　丹
责任编辑/ 颜云飞
特约编辑/ 李艺芳
出版发行/ 黑龙江美术出版社
地　　址/ 哈尔滨市道里区安定街225号
邮政编码/ 150016
发行电话/ （0451）84270524
经　　销/ 全国新华书店
印　　刷/ 天津创先河普业印刷有限公司
开　　本/ 1/16 787mm×1092mm
印　　张/ 30
版　　次/ 2022 年 5 月第 1 版
印　　次/ 2022 年 5 月第 1 次印刷
书　　号/ ISBN 978-7-5593-6788-4
定　　价/ 208.00元（全8册）

目录

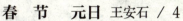

王安石

生卒：1021—1086年
字号：字介甫，号半山
称号：临川先生，"唐宋八大家"之一
诗风：含蓄深沉，深婉不迫

扫码听音频

天增岁月人增寿

春节 | 元日

宋 王安石

爆竹声中一岁除，
春风送暖入屠苏。
千门万户曈曈日，
总把新桃换旧符。

注释

屠苏：屠苏酒。
曈曈：日出时光亮而又温暖的样子。

译文

　　爆竹声送走了旧的一年，和暖的春风吹来了新的一年，人们欢畅地饮着屠苏酒。

　　初升的太阳照耀着千家万户，大家都忙着用新桃符换下旧桃符。

　　这是一首描写民间百姓过新年的即景之作，富
有浓厚的生活气息。前两句中的"爆竹声""入屠
苏"，描写了百姓春节放爆竹、喝屠苏酒的习俗；
后两句先写初春的阳光，再写新的一年人们取下旧
桃符换上新桃符的景象，充分表现出百姓过年节的
欢乐气氛。

春新贺恭

春节

张灯结彩迎新春

春节就是我们说的"过年"，是中国最重要、最隆重的传统节日。据记载，春节在中国已经有4000多年的历史了。每年正月初一这天，就是春节，不管是大人还是孩子，对春节都充满了感情，过春节时，人们会走亲串友，互相道喜问好。

开门爆竹

在新的一年到来之际，家家户户开门的第一件事就是燃放爆竹，以哗哗叭叭的爆竹声除旧迎新。放爆竹可以创造出喜庆热闹的气氛，是节日的一种娱乐活动，可以给人们带来欢愉和吉利。

拜大年

拜大年是春节传统习俗之一，是人们辞旧迎新、相互表达美好祝愿的一种方式。人们走亲戚访朋友，相互拜年，道贺祝福，说些恭贺新喜、恭喜发财、新年好等吉祥话。

压岁钱

过年时，能让大部分孩子们早起的动力就是拜年时收到的压岁钱啦。压岁钱就是红包，长辈们都会提前给孩子们准备好。压岁最早是指压"祟（suì）"，寓意是压住邪祟，让孩子一年都能平安顺利。

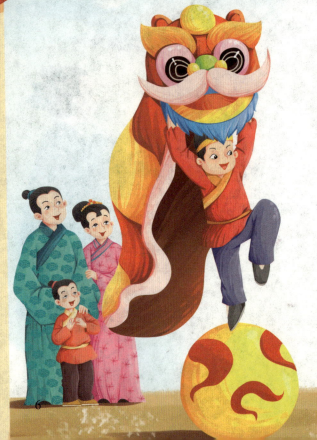

逛庙会、赶市集

拿到压岁钱后，孩子们就会迫不及待地去街上游玩了。庙会、市集，这些都是人们新年"打卡"的圣地。庙会早在唐朝时就有了，那时的庙会是指寺庙附近的集市。如今的庙会，处处立着福门福柱，还有高高悬挂的红灯笼，到处都是浓浓的年味儿，热闹的气氛！

更岁饺子

更岁饺子，是华北地区春节时吃饺子的一种习俗，饺子要在年三十晚上12点前包好，待到初一子时吃。更岁饺子，取"更岁交子"之意，交与"饺"谐音，"子"为"子时"，有"喜庆团圆"和"吉祥如意"的意思。

观民俗

庙会里、市集上的娱乐活动多种多样，扭秧歌、耍狮子、舞龙灯、踩高跷……小摊上还有孩子爱吃的冰糖葫芦、棉花糖、糖人等，人人都沉浸在欢乐的气氛中。

蒸年糕

年糕谐音"年高"，再加上口味多样，是春节必备的应景食品。春节的年糕一般会选黄、白年糕，象征着黄金、白银，寄寓新年发财的意思。

诗词拓展

迎春

[清] 叶燮

律转鸿钧佳气同，

肩摩毂（gū）击乐融融。

不须迎向东郊去，

春在千门万户中。

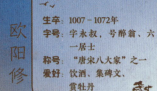

欧阳修

生卒：1007－1072年
字号：字永叔，号醉翁、六
一居士
称号："唐宋八大家"之一
爱好：饮酒、集碑文、
赏牡丹

扫码听音频

元宵节 | 生查子·元夕

宋 欧阳修

去年元夜时，花市灯如昼。
月到柳梢头，人约黄昏后。
今年元夜时，月与灯依旧。
不见去年人，泪满春衫袖。

注释

元夜： 元宵之夜。

春衫： 年少时穿的衣服，也指代年轻时的自己。

译文

去年元宵节时，花市被灯光照得如同白昼一般。和佳人相约在黄昏后，月上柳梢头时共诉衷肠。

今年正月十五的夜晚，月光与灯光仍和去年一样。却没有看到故人，相思的泪水沾湿了衣袖。

赏析

这篇词脍炙人口。上片诗人回忆去年元宵夜的欢闹气氛，追忆与佳人约会的场景；下片写今年的元宵夜，"依旧"二字表明气氛同往年一样，而后笔锋一转，"不见"二字道出物是人非，使词人的感伤更加真切，凄美异常。

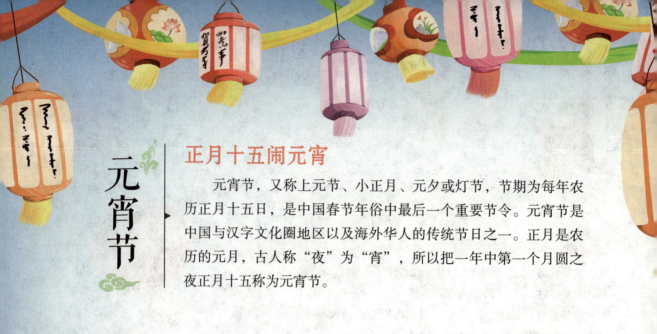

元宵节

正月十五闹元宵

元宵节，又称上元节、小正月、元夕或灯节，节期为每年农历正月十五日，是中国春节年俗中最后一个重要节令。元宵节是中国与汉字文化圈地区以及海外华人的传统节日之一。正月是农历的元月，古人称"夜"为"宵"，所以把一年中第一个月圆之夜正月十五称为元宵节。

吃元宵

正月十五吃元宵。在宋代，民间即流行元宵节吃元宵，那时候的"元宵"叫"浮元子"，生意人还美其名曰"元宝"。元宵，以白糖、玫瑰、芝麻、豆沙、黄桂、核桃仁、果仁、枣泥等为馅，用糯米粉包成圆形，可荤可素，风味各异；可汤煮、油炸、蒸食，有团圆美满之意。

猜灯谜

猜灯谜又叫打灯谜，是元宵节的一项传统活动。此活动源于农历正月十五挂起彩灯后，有人把谜语写在纸条上，贴在五光十色的彩灯上供人猜。这种形式迎合了节日的气氛，响应的人众多，而后猜灯谜逐渐成为元宵节不可缺少的节目。

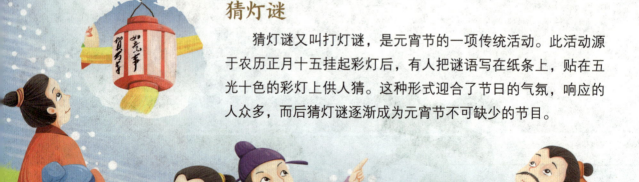

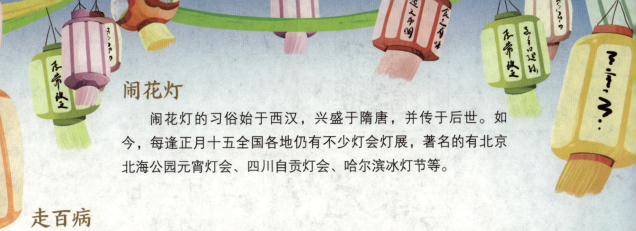

闹花灯

闹花灯的习俗始于西汉，兴盛于隋唐，并传于后世。如今，每逢正月十五全国各地仍有不少灯会灯展，著名的有北京北海公园元宵灯会、四川自贡灯会、哈尔滨冰灯节等。

走百病

走百病是一种消灾除疾、祈福求吉的活动。元宵节夜妇女相约出游，结伴而行，见桥必过，认为这样能祛病延年。走百病是明清以来北方的风俗，有的在十五日，但多在十六日进行。这天妇女们穿着节日盛装，成群结队走出家门，走桥渡危，登城，摸钉求子，直到夜半，始归。

诗词拓展

京都元夕

[金] 元好问

袨（xuàn）服华妆着处逢，

六街灯火闹儿童。

长衫我亦何为者，

也在游人笑语中。

11

白居易

生卒：772—846年

字号：字乐天，号香山居士、
　　　醉吟先生

称号：诗魔、诗王，与元稹
　　　（zhěn）合称"元白"

爱好：酿酒、藏书

扫码听音频

春龙节 | 二月二日

唐　白居易

二月二日新雨晴，
草芽菜甲一时生。
轻衫细马春年少，
十字津头一字行。

注释

十字津头：指位于洛阳城西南天津桥头的窈（yǎo）娘堤。

译文

　　二月二日新雨初霁（jì），小草和田畦（qí）里的菜都生出了嫩芽。

　　一群身着轻衫牵着骏马的少年，在十字码头徐徐前行。

赏析

　　这首诗写的是诗人在春龙节或称龙抬头这一天看到的情景。春雨绵绵，草木一新，是个踏青的好日子，青年男子们外出到码头，来迎接或送回娘家的女子。

春龙节

二月二，龙抬头

春龙节就是每年的农历二月二，也称龙抬头，是中国民间传统节日。从这一天开始，春回大地，万物复苏，蛰（zhé）伏的昆虫蛇兽也会从冬眠中醒来。俗话说"龙不抬头，天不下雨"，传说龙会在这一天抬头升天。古时的龙是和风化雨的主宰，所以这一天人们会敬龙祈雨。

吃龙食

春龙节的许多吃食都与龙牵扯在一起，所以这一天饮食多以龙为名。吃春饼名曰"吃龙鳞"，吃面条名曰"吃龙须"，吃馄饨为"吃龙眼"，吃饺子则叫"吃龙耳"，面条、馄饨一块煮叫做"龙拿珠"，吃葱饼叫做"撕龙皮"……这些都寄托了人们祈龙赐福的强烈愿望。

采龙气

二月二这天，人们会在卯（mǎo）时（早上5点到7点之间），出门面向东方深吸气，是一个寓意吉祥的做法。

剃龙头

古人认为，在二月二这天理发是一件能给人带来好运的事情。二月二，儿童理发，叫剃"喜头"，借龙抬头之吉时，保佑孩童健康成长，长大后出人头地；大人理发，辞旧迎新，希望带来好运，新的一年顺顺利利。

起龙船

古时候，春龙节是祭祀龙神的日子，每年的这一天，人们都要到龙神庙或水畔焚香上供祭祀龙神，祈求龙神兴云化雨，保佑一年五谷丰登。有些地方还会有"起龙船"的活动，请龙出水，以祈求今后事事顺利。

开笔写字

相传农历二月初三为文昌（主宰功名之神）诞辰日，人们敬奉文昌神以保佑孩子学业有成、出人头地。因此，旧时人们会在二月二这天让孩子开笔写字，取龙抬头之吉兆，为孩子正衣冠、点朱砂启蒙明智，寓意孩子眼明心明，祝愿孩子长大识文断字，这便是开笔礼。开笔礼是人生的第一次大礼，是一种中国传统启蒙教育形式。

诗词拓展

二月二日挑菜节大雨不能出

［宋］张耒

久将菘（sōng）芥笔（máo）南羹，

佳节泥深人未行。

想见故园蔬甲好，

一畦春水辘轳（lù lu）声。

15

白居易

生卒：772—846年
字号：字乐天，号香山居士、醉吟先生
称号：诗魔、诗王，与元稹（zhěn）合称"元白"
爱好：酿酒、藏书

扫码听音频

上巳节 ｜ 三月三日

唐 白居易

暮春风景初三日，
流世光阴半百年。
欲作闲游无好伴，
半江惆怅却回船。

暮春三月风景优美；光阴却如流水般逝去，我已年过半百。

想要闲游，却没有合适的同伴，只得带着半江伤感愁绪回到船上。

赏析

这是一首七言绝句。暮春三月正是赏花的好时节，诗人感叹景色的优美，语气中却带着感伤情绪，"流世光阴"四字隐含着诗人对自己身世的感叹；后两句，诗人先是说有美景却没人一同赏游，悲伤的愁绪大爆发，于是落寞回到船上。

上巳节

踏青袯禊正当时

上巳（sì）节就是农历的三月三日，相传这一天是黄帝的生日，所以也是纪念黄帝的节日。因上古时期以"干支"纪日，这一天是三月上旬的第一个巳日，所以叫"上巳"。上巳节是中国民间的传统节日。

临水饮宴

临水饮宴，又叫曲水宴，人们在弯曲的水渠旁设席障、茶具与花，进行宴饮，吟诗作赋。临水饮宴还派生出了曲水流觞（shāng）的习俗，"觞"是酒杯，流觞就是将杯子放在水的上游，杯随水流，停到谁面前，谁就取杯把酒喝下，并赋诗一首，否则要罚酒三杯。

郊外游春

对青年男女来说，上巳节是能够自由快活地去郊外游春的日子。女子们会穿上漂亮的衣服，在水边游玩采兰，踏歌起舞；男子们也会出来踏青，相互心仪的男女还会互送芍药定情。

18

戴荠菜花

　　这一天，古人有吃荠菜煮鸡蛋的习俗。此外，人们还会把荠菜花铺在灶上以及日常坐、睡的地方以驱虫；把荠菜花放在毛衣内，认为衣服可以不被蛀；女子们把荠菜花戴在头上，认为可以不头痛，晚上能睡得香。

袚禊衅浴

　　古人认为水可以治病，还可以消除灾祸，因此在冬春交替的上巳日这天，人们会到郊外水边沐浴以祛病消灾，这个习俗被称为袚（fú）禊（xì）。据古籍记载，袚禊时，古人还常用兰草洗身、用柳枝沾花瓣水点头身或进行衅（xìn）浴（指用香薰草药沐浴）。

女儿节

　　三月三又叫"女儿节"，因为在古代，少女们一般在这一天举行成人礼。这一天，家长会装扮家中的小女孩，为她们盛装打扮，打扮好的小女孩由妈妈领着互相串门，她们还头戴石榴花以避邪求福。

诗词拓展

上巳浮江宴韵得遥字

［唐］王勃

上巳年光促，中川兴绪遥。

绿齐山叶满，红泄片花销。

泉声喧后涧，虹影照前桥。

遽（jù）悲春望远，江路积波潮。

19

杜牧

生卒：803—853年
字号：字牧之，号樊川居士
称号：小杜，与李商隐合称"小李杜"
爱好：研究军事

扫码听音频

清明节 | 清明

唐 杜牧

清明时节雨纷纷，
路上行人欲断魂。
借问酒家何处有，
牧童遥指杏花村。

注释

断魂：凄迷伤感、烦闷不乐的样子。
杏花村：杏花深处的村庄。

20

清明时节细雨纷纷飘落，路上的行人一个个都是神情凄迷的样子。

借问当地人哪里能买酒浇愁，牧童笑着不说话，指了指远处的杏花山村。

这首诗饱含了诗人的愁绪，清明节本是一个全家团圆、祭祖扫墓的重要节日，诗人却远离家乡，因此为不能祭拜祖先而愧疚痛苦。诗人孤身漫步雨中，触景生情，想去酒家而又不知道哪里去寻，只好问别人。全诗在写完牧童的作答后戛然而止，意犹未尽，引人遐思。

清明节

清明时节雨纷纷

　　清明节，又称踏青节、行清节、三月节、祭祖节等，节期在仲春与暮春之交。清明节的历史十分悠久，它既是一个扫墓祭祖的肃穆节日，也是人们亲近自然、踏青游玩、享受春天乐趣的欢乐节日。

踏青

　　踏青，古时候也叫探春、寻春、踏春，一般指初春时到郊外散步游玩。清明时节，春回大地，自然界到处呈现一派生机勃勃的景象，正是郊游的大好时光，因此人们便在扫墓之余，携一家老少在山野间游乐一番。

放风筝

　　放风筝是清明时节人们所喜爱的活动，风筝不仅能在白天放，夜间也能放。夜里，风筝下挂上一串串彩色的小灯笼，像闪烁的明星，被称为"神灯"。过去，有的人把风筝放上天后，便剪断牵线，任凭清风把风筝送往远方，据说这样能除病消灾，给自己带来好运。

扫墓祭祖

清明扫墓，即为"墓祭"，是对祖先的"思时之敬"，其习俗由来久远。清明之祭主要表达祭祀者的孝道和对先人的思念之情，是礼敬祖先、慎终追远的一种文化传统。

吃冷食

我国北方一些地方还保留着清明节吃冷食的习惯。晋中一带还保留着清明前一日禁火的习惯。很多地方在完成清明祭祀仪式后，会将祭祀食品分吃。

插柳

清明节，民间有插柳的习俗。杨柳有强大的生命力，柳条入土就活，插到哪里，活到哪里，所谓"年年插柳，处处成荫"。据说清明插柳有驱鬼辟邪之意。

诗词拓展

清明夜

［唐］白居易

好风胧月清明夜，碧砌红轩刺史家。

独绕回廊行复歇，遥听弦管暗看花。

23

苏轼

生卒 1037—1101年
字号 字子瞻，号东坡居士
称号 "唐宋八大家"之一，
　　 与辛弃疾并称"苏辛"
爱好 书法、绘画、美食、
　　 酿酒

扫码听音频

端午节 | 浣溪沙·端午

宋 苏轼

轻汗微微透碧纨，明朝端午浴芳兰。流香涨腻满晴川。

彩线轻缠红玉臂，小符斜挂绿云鬟。佳人相见一千年。

碧纨（wán）：青绿色的薄绸。

云鬟（huán）：女子的发髻。

译文

　　薄薄的汗水湿透了青绿色的薄绸，明日端午就去沐芳浴兰。浴兰处香粉胭脂随水流满河面。

　　将那五彩线绳轻轻地缠在玉色的手臂上，小小的符箓（zhuàn）斜挂在发髻上。祈愿能与相爱的人相守千年。

赏析

　　这是一篇民俗词，描写妇女们欢度端午佳节的情景。上片描述节前天气微热，女子们对节日充满期待，并做好了准备；下片着重写端午"系五彩丝"和"挂符"两项活动，使用对偶句式，引出下文，一语中的，有画龙点睛之妙。

端午节

赛龙舟，吃粽子

　　端午节，又称端阳节、龙舟节等，节期在农历五月初五，是中国民间的传统节日。赛龙舟和吃粽子是端午节最重要的两大礼俗，流传至今而不辍。

纪念屈原说

　　屈原是春秋时期楚怀王的大臣。相传，屈原倡导举贤授能，富国强兵，力主联齐抗秦，遭到贵族子兰等人的强烈反对，被革职流放。后来屈原眼看着秦国屠戮楚国，心如刀割，于五月五日跳汨（mì）罗江自尽，后来人们便将端午节作为纪念屈原的节日。

赛龙舟

　　赛龙舟历史悠久，是一种多人集体划桨竞赛。赛龙舟是端午节的一项重要活动，原本为古代龙图腾祭祀的节仪，至今仍流行于中国南方沿海一带。

洗龙水

　　在海南，端午节这天人们都会洗龙水。人们认为，洗龙水是与龙神共浴，可以得到龙神的保护，换来一年的安康。临近海与河流的居民，他们会在端午节这天，聚集到海边或河边，跳入水中尽情享受戏水的欢乐。

吃粽子

　　屈原投江后，百姓们怕江里的鱼吃掉他的身体，就纷纷回家拿来米团投入江中，后来就形成了端午节吃粽子的习俗。端午食粽的风俗，千百年来在中国盛行不衰。

挂艾草与菖蒲

　　在大门上挂艾草和菖蒲是端午节的重要习俗之一。艾草和菖蒲中都含有挥发性芳香油，因此具有一定的药用价值。端午时，人们在大门上挂艾草和菖蒲，是用它们来驱病、防虫、辟邪的。

拴五色丝线

　　在中国传统文化中，"青、红、白、黑、黄"被视为吉祥色。端午节，人们会用这五色丝线搓成彩色线绳，系在小孩子的手臂或颈项上，一直至七夕才解下来焚烧。还有一种做法，是在端午节后的第一个雨天，把五彩线剪下来扔在雨中，意味着让水将瘟疫、疾病冲走，带来一年的好运。

诗词拓展

端午

[唐] 文秀

节分端午自谁言，万古传闻为屈原。

堪笑楚江空渺渺，不能洗得直臣冤。

林杰

生卒：831—847年
字号：字智周
爱好：书法、下棋

扫码听音频

七夕节 | 乞巧

唐 林杰

七夕今宵看碧霄，
牵牛织女渡河桥。
家家乞巧望秋月，
穿尽红丝几万条。

注释

碧霄：指浩瀚无际的青天。
几万条：比喻多。

七夕的夜晚，人们抬头仰望浩瀚的天空，就好像看见了牛郎织女渡过银河在鹊桥上相会。

家家户户的女子望着秋月穿针乞巧，她们穿过的红线都有几万条了。

这是一首想象丰富、流传广泛的古诗。诗句浅显易懂，引用了家喻户晓的神话传说，表达了女子们对心灵手巧及美好生活的向往。

29

七夕节

吃巧果，拜魁星

　　七夕节，又称七巧节、女儿节、乞巧节等，是中国民间的传统节日。在古代，七夕节是女子们的专属节日。后来，七夕与"牛郎织女"的美丽爱情传说联系在一起，因此被认为是中国最具浪漫色彩的传统节日。

穿针引线赛巧

　　穿针乞巧，也叫"赛巧"，即女子比赛穿针。女子们结彩线，穿七孔针，谁穿得越快，就意味着谁乞到的巧越多，穿得慢的称为"输巧"，"输巧"的人要将事先准备好的礼物送给得巧者。

储七夕水

　　广东、广西一带有储存"七夕水"的风俗。七夕清晨，人们会到井边或者河边汲水，再将新鲜冬瓜洗净切成小块，和"七夕水"一起装坛密封，放在阴凉处，三年后开封饮用。据说七夕冬瓜水可清热解暑，去热清毒。

吃巧果

　　巧果又名"乞巧果子"，主要的材料是油、面、白糖。巧果的做法是：将白糖熔为糖浆，和入面粉、芝麻拌匀，摊在案上擀（gǎn）薄并切为长方块，最后折为梭形，入油炸至金黄，巧果便做成了。

听天语

在浙江绍兴农村的一些地区，七夕夜会有许多少女，偷偷躲在枝叶茂盛的南瓜棚下，待夜深人静之时听天语，如果能听到牛郎织女相会时的悄悄话，该少女日后就会得到千年不渝的爱情。

拜魁星

北斗七星的第一颗星叫魁（kuí）星，又称魁首。魁星，是中国古代神话中主宰文章兴衰的神，在古代学子心目中，魁星具有至高无上的地位。传说七月七日是魁星的生日，魁星文事，想求取功名的读书人特别崇敬魁星，所以在七夕这天拜祭他，祈求他保佑自己考运亨通。

诗词拓展

秋夕

[唐] 杜牧

银烛秋光冷画屏，

轻罗小扇扑流萤。

天阶夜色凉如水，

坐看牵牛织女星。

米芾

生卒：1051—1107年
字号：字元章，号鹿门居士、
　　　襄阳漫士、海岳外史
称号：米南宫，"宋四家"
　　　之一
成就：书画自成一家，创立
　　　"米点山水"

扫码听音频

中秋节 | 中秋登海岱楼作

北 米芾

目穷淮海两如银，
万道虹光育蚌珍。
天上若无修月户，
桂枝撑损向西轮。

注释

万道虹光： 指的是月圆时的光。

中秋节

月圆之处是故乡

八月十五中秋节是中国民间的传统节日。中秋节自古便有祭月、赏月、吃月饼、玩花灯、赏桂花、饮桂花酒等民俗，流传至今，经久不息。中秋节以月之圆兆人之团圆，是人们寄托思念故乡、思念亲人之情，祈盼丰收、幸福的团圆之节。

祭月

祭月，在中国是一种十分古老的习俗，实际上是古人对"月神"的一种崇拜活动。至今在广东部分地区，人们仍有在中秋晚上拜月的习俗。人们会在香案上摆上月饼、西瓜、苹果、红枣、李子、葡萄等，高燃红烛，全家人依次拜祭月亮，祈求福佑。

赏月

赏月的风俗来源于祭月，从古至今，中国人民都有饮宴赏月的习俗。中秋这天，一家人会聚在一起吃一顿丰盛的中秋宴，预示着圆满、吉庆。

吃月饼

月饼，又叫团圆饼，是古代中秋祭拜月神的供品。因为月饼象征着大团圆，后来人们便把月饼当成了节日食品，在中秋节前用月饼当礼物赠送亲友，并在中秋节这天与家人一起品尝月饼。现在，吃月饼已经是中国南北各地过中秋节的必备活动，中秋节这天人们都要吃月饼以示"团圆"。

赏桂花、饮桂花酒

人们经常在中秋时吃月饼赏桂花，食用桂花制作的各种食品，这些食品以糕点、糖果最为多见。中秋之夜，人们仰望着月中丹桂，闻着阵阵桂香，喝一杯桂花蜜酒，合家甜甜蜜蜜，已成为节日一种美的享受。

兔儿爷

如今，到了中秋节，北京人会给孩子买个"兔儿爷"当玩具。早年间，很多人会在中秋节这天供奉"兔儿爷"，这一习俗源自明代。后来，人们仿照戏曲人物，把"兔儿爷"雕造成金盔金甲的武士，背插纸旗或纸伞，有的坐着，有的立着，形态不一。

诗词拓展

嫦娥

[唐] 李商隐

云母屏风烛影深，

长河渐落晓星沉。

嫦娥应悔偷灵药，

碧海青天夜夜心。

生卒：约701—761年
字号：字摩诘，号摩诘居士
称号：诗佛，与孟浩然合称
　　　"王孟"
爱好：书法、绘画、音乐

王维

扫码听音频

重阳节 | 九月九日忆山东兄弟

唐 王维

独在异乡为异客，
每逢佳节倍思亲。
遥知兄弟登高处，
遍插茱萸少一人。

注释

茱萸（zhū yú）：一种常绿带香植物。古人认为茱萸有辟邪消灾的作用，因此在重阳节，人们会在头上插茱萸枝或臂佩装有茱萸的布袋，然后登高远眺，赏景游乐。

一个人独自在他乡作客，每逢节日就会加倍思念远方的亲人。

遥想远在家乡的兄弟们今日登高望远时，都身佩茱萸，唯独少了我。

这首诗是诗人十七岁时所作，语言朴素自然，句句含情，不同于其擅长的山水诗。开篇直抒胸臆，表达了自己年少离家、独处异乡的孤独，之后怀乡之情高涨，又遥想家乡兄弟重阳登高的情景，突显诗人此刻的孤独。"每逢佳节倍思亲"一句引发千万游子共鸣，如今更是游子抒发思乡之情的名句。

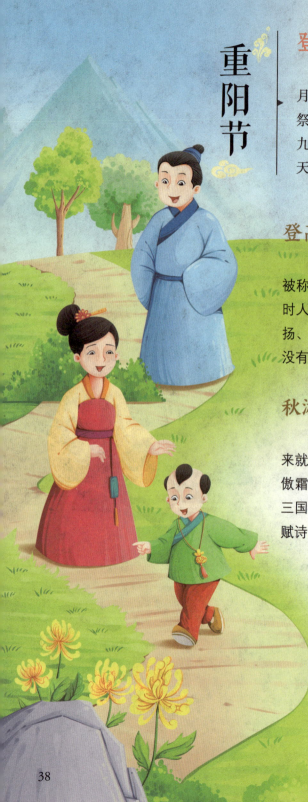

重阳节

登高望远好时候

重阳节在每年的农历九月初九日。古人认为九月九日是吉祥的日子，人们在九月农作物丰收之时祭天帝、祭祖，以谢天帝、祖先恩德。传承至今，九月九日又添加了敬老等内涵，人们于重阳这一天，尊老敬老，知恩感恩。

登高祈福

古代民间在重阳节有登高的风俗，所以重阳节也被称为"登高节"。人们登高的习俗一方面是源自古时人们对山岳的崇拜，一方面是因为此时节"清气上扬、浊气下沉"，登高可畅享清气。人们登高之处也没有特别的规定，可以登高山、登高楼或登高台。

秋游赏菊

古时候的重阳日也被称为菊花节，所以重阳日历来就有赏菊花的风俗。菊花的花色五彩缤纷，而且能傲霜怒放，在中国传统文化中，菊花象征着长寿，从三国魏晋以来，人们都会在重阳这天聚会饮酒、赏菊赋诗。

佩插茱萸

茱萸是一种可以做中药的植物。古人认为在重阳节这一天登山插茱萸可以驱虫去湿、逐风邪，于是人们会让妇女、儿童把茱萸佩戴在手臂上或磨碎放在香袋里，还有插在头上的，有些地方男子也佩戴。

拜神祭祖

重阳节是中国传统四大祭祖节日之一，古代民间素有祭祖祈福的传统。重阳祭祖的传统习俗在岭南一带至今仍盛行，人们在每年的重阳节举行祭祖活动。无论是祭祖活动还是登高远望，其最根本的作用是增强人们文化认同感，加强家族和社会的凝聚力。

喝菊花酒

菊花有着顽强的生命力，而且含有养生成分，重阳佳节饮菊花酒，是中国的传统习俗。那时的人们就将菊花酒作为重阳必饮、祛灾祈福的"吉祥酒"。菊花酒是一味药酒，味道微微有一点苦，喝后可让人明目醒脑。

吃重阳糕

重阳糕又称花糕、五色糕，做法比较随意。讲究的重阳糕有九层，像座宝塔，上面还做成两只小羊，寓意重阳（羊）。现在的重阳糕仍旧没有固定制法，重阳节吃的糕类都被称为重阳糕。

诗词拓展

醉花阴

[宋] 李清照

薄雾浓云愁永昼，瑞脑消金兽。佳节又重阳，玉枕纱厨，半夜凉初透。

东篱把酒黄昏后，有暗香盈袖。莫道不消魂，帘卷西风，人比黄花瘦。

許浑

生卒：不详
字号：字用晦，一作仲晦
称号：许丁卯
诗风：长于律体，
　　　多写水景

扫码听音频

寒衣节 | 塞下

唐 许浑

夜战桑乾北，
秦兵半不归。
朝来有乡信，
犹自寄征衣。

40

桑乾（gān）：桑乾河，永定河的上游，发源于山西，流经华北平原。

秦兵：唐都关中是秦朝旧地，所以称唐军为"秦兵"。

桑乾河北边的一场夜战，秦兵伤亡过半，很多人再也无法回家了。

第二天清晨收到他们家乡寄来的书信，信中说御寒的衣服已经寄出。

这首诗自然、平淡、质朴，用短小精炼的语言高度浓缩了战争的悲剧性。前两句描述了桑乾河北夜战的情况；后两句写家乡的亲人不知道战争近况，依旧给战士们来信寄物，烘托出浓烈的悲剧气氛。

寒衣节

十月初一送寒衣

寒衣节，每年农历十月初一，又称"十月朝""祭祖节""冥阴节"，民间亦称为鬼头日，是中国传统的祭祀节日。寒衣节流行于北方，不少北方人会在这一天祭扫，纪念已逝亲人。

朱元璋"授衣"的传说

相传明初朱元璋在南京称帝，为了显示顺应天时，在十月初一这天早朝，行"授衣"之礼，并把刚收获的赤豆、糯米做成热羹赐给群臣尝新。南京民谚说："十月朝、穿棉袄，吃豆羹、御寒冷。""寒衣节"由此而来。

孟姜女千里送寒衣

秦朝时，很多壮年男子被抓去修长城，孟姜女的新婚丈夫也是其中之一。眼看天寒地冻，孟姜女万里跋涉到长城脚下给丈夫送寒衣，不料却得知丈夫已经累死，尸体不知埋在何处。孟姜女顿时痛哭失声，哭得日月无光，感动了上天，长城一段段倒塌，孟姜女因此找到了丈夫的尸骨。后来就有了寒衣节这天给死去的亲人送寒衣的习俗。

寒衣怎么送

给逝去的人送寒衣，与清明扫墓祭祖的形式类似。寒衣节这天，人们会将准备好的供物冥衣焚烧，这就代表已经把过冬的衣物送给了逝去的人，此举寄托了生者对死者的哀思与怀念。

君不来

[唐] 方干

远路东西欲问谁，

寒来无处寄寒衣。

去时初种庭前树，

树已胜巢人未归。

红豆饭

　　除了焚烧寒衣外，很多人还会给逝去的先人供奉红豆饭。江苏大丰一带至今还流传着一个传说：从前有个放牛娃与地主抗争，被地主砍死，鲜血把撒在地上的米饭染得通红。因为那天正好是十月初一，所以很多人在十月初一会吃红豆饭纪念他。

预备冬衣

　　在北方地区，到了农历十月一之后，天气一天比一天冷，女子们会在这一天将做好的棉衣拿出来，让儿女、丈夫换季。如果此时天气仍然暖和，不适宜穿棉衣，她们也要督促儿女、丈夫试穿一下冬衣，图个吉利。

43

杜甫

生卒：712—770年
字号：字子美，号少陵野老
称号：诗圣、杜工部
爱好：追星
（李白迷弟）

扫码听音频

冬至 | 至后

唐 杜甫

冬至至后日初长，
远在剑南思洛阳。
青袍白马有何意，
金谷铜驼非故乡。
梅花欲开不自觉，
棣萼一别永相望。
愁极本凭诗遣兴，
诗成吟咏转凄凉。

注释

棣萼（dì è）：比喻兄弟。

译文

　　冬至日以后，白天越来越长，我远在蜀地思念洛阳。

　　我在这里闲官卑位没什么意思，虽然这里也有像金谷、铜驼一样的名胜古迹，但毕竟不是故乡。

　　梅花含苞欲放却不自知，我不由地想起在洛阳的兄弟友人。

　　本想写首诗来排解愁闷，没想到越写越发觉得凄凉。

赏析

　　诗人写此诗时，正在成都（剑南）的朋友严武那里做幕僚。时逢冬至日，又加上与严武间发生了一些不愉快的事，诗人心情十分低落，于是思念起洛阳和洛阳的兄弟友人们。诗中，诗人先是讲眼前的景色，后又以景抒情，越发写出自己的凄凉落寞。

冬至

冬至大如年

冬至是时年八节之一，还是二十四节气中一个重要的节气，这一天，太阳几乎直射南回归线，因此，这一天也是北半球各地一年中白昼最短的一天。在民间有"冬至大如年"的说法，冬至被视为冬季的大节日。

周公测影

传说冬至节气最早是周公采用土圭（guī）法测影测出来的。早在3000多年前，周公始用土圭法测影，在河南洛邑测得天下之中的位置，定此为土中。相传"冬至"是二十四节气（时间平均法）当中最早被周公测定出来的一个，因此有把冬至作为二十四节气之首的说法。

"亚岁"说

古人对冬至很重视，冬至有"亚岁"之称，"亚岁"意思是仅亚于"过年"。冬至又被称为"小年"，是说年关将近，一年中剩下的日子不多了。据记载，自汉代以来，冬至这天都会举行庆贺仪式，有的朝代，朝廷休假三天，君王不听政，民间歇市三天，其热闹程度丝毫不次于现在的过年。

祭天

古时，宫廷和民间均十分重视冬至，据说从汉代起，帝王们就会在冬至这天祭天。这一天，皇帝们装扮整齐，亲自向上天祈求国泰民安，祈求来年风调雨顺。到了明朝和清朝，这个传统依旧被延续着，而且还专门修建了天坛。

冬至吃食

"气始于冬至"，从冬至这天开始，生命活动开始由衰转盛，因此在这一天人们也格外讲究饮食滋补以养生。在北方，人们有冬至吃饺子的习俗，也有部分地区，如山东滕州会在这天喝羊肉汤驱寒；而在南方，吃食更多样，江南会吃红豆糯米饭，宁波吃番薯汤果，江西吃麻糍，台湾吃糯糕。

驱寒娇耳汤

在中国北方许多地区，每年冬至日，有吃饺子的习俗，据说这一习俗与医圣张仲景有关。相传，张仲景告老还乡时看到受冻的百姓，便用羊肉和一些驱寒药材以及面皮，包成像耳朵的样子，做成一种叫"驱寒娇耳汤"的药物，施舍给百姓吃。后来，每逢冬至，人们便模仿这一做法，并最终形成了冬至吃饺子的习俗。

 诗词拓展

冬至后作呈秘阁侍郎

[宋] 李昉

节辰才过一阳生，草树依依已有情。

杨柳莫嫌凋旧叶，牡丹还喜动新萌。

潜惊绿竹微添翠，暗觉幽禽渐变声。

从此日长天又暖，时时独入小园行。

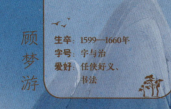

顾梦游

生卒：1599—1660年
字号：字与治
爱好：任侠好义、
　　　书法

扫码听音频

腊八节 | 腊八日水草庵即事

清 顾梦游

清水塘边血作磷，
正阳门外马生尘。
只应水月无新恨，
且喜云山来故人。
晴腊无如今日好，
闲游同是再生身。
自伤白发空流浪，
一瓣香消泪满巾。

清水塘边有血色的红磷光闪烁，正阳门外的马奔跑过后掀起一片尘土。

皎白的月光下，没有什么新的仇恨了，而且很欣喜的是隐居多年的老友来与我相聚。

整个腊月都是晴天也不如今天好，和朋友悠闲地游玩就好像重获新生。

突然伤感自己年纪大了还在外面漂泊，点一炷香祈福，泪水把手巾都浸湿了。

赏析

诗人出生于明末清初，不愿意为官，靠写书法卖字为生，生活非常清贫。这首诗描写了诗人漂泊在外，与好久不见的老友相聚后，不由得回想往日的时光，感叹自己一生漂泊，忍不住泪湿巾帕。

腊八节

过了腊八就是年

每年的农历十二月初八就是腊八节，俗称"腊八"。这一天本是佛教的盛大节日，后来逐渐成为家喻户晓的民间节日。在北方，有"过了腊八便是年"之说，过腊八节意味着拉开了过年的序幕。

十二月为什么叫"腊月"？

十二月是岁终之月，也称"腊月"，原因有三：一说，《隋书·礼仪志》曰"腊者，接也"，有新旧交替的意思；二说，"腊"从"肉"旁，就是用肉"冬祭"；三说，"腊者，逐疫迎春"。

腊日

"腊八"源于最早的"腊日"，秦始皇统一全国时将举行冬祭的日子称为"腊日"。汉代时，又把腊日定在农历的十二月初八。汉代的腊日风俗，除了要祭祀，还有休息、团聚、宴饮等活动，在朝堂之上，皇帝举行朝贺，百官相互庆贺，然后官员会放假回家；在民间，百姓在家里设宴会，给长者敬酒。

狩猎

狩猎活动要追溯到上古时代，每年的最后一个月是人们狩猎的"旺季"。百姓们猎取野兽，祭祀先祖，向先祖们报告一年中的大小事，分享喜悦，求先祖保佑后代平顺、安康。

泡腊八醋

在中国北方地区有在腊八这天用醋泡大蒜的习俗，名"腊八醋"。腊八醋，要泡到大年初一，初一吃饺子，要吃素饺子，取一年素素净净之意，素饺子蘸腊八醋吃，别有一番滋味。腊八醋不仅味道醇正，而且放很久都不会坏。

朱元璋与腊八粥

腊八粥又称大家饭、七宝五味粥，是由多种食材熬成的粥。据说，当年朱元璋落难在牢监里受苦时，正值寒天，又冷又饿的朱元璋竟然从监牢的老鼠洞刨找出一些红豆、大米、红枣等七八种五谷杂粮。他把这些东西熬成了粥，因那天正是腊月初八，朱元璋便将这锅杂粮粥命名为腊八粥。后来朱元璋平定天下，把那一天定为腊八节，而腊八粥也因此流传开来。

吕蒙正

生卒：944—1011年
字号：字圣功
成就：状元及第，
　　　三登相位

扫码听音频

祭灶节 | 祭灶诗

宋 吕蒙正

一碗清汤诗一篇，
灶君今日上青天。
玉皇若问人间事，
乱世文章不值钱。

　　用一碗清水和一首诗祭祀灶王爷，灶王爷今天就要回天上复命。

　　玉皇大帝如果问起人间的事，就请说人世正乱，文章一文不值。

　　这首诗通俗直白，是诗人尚未为官时的作品。彼时，诗人随其母一起被赶出家族，母子相依为命，居住在寒窑，只能用清水一碗、诗一首祭祀灶王爷。全诗道出诗人的辛酸，也寄托了诗人的希望。

祭灶节

灶余弄饴过小年

祭灶节，也被称为小年、谢节、灶王节，节期为农历腊月二十三（南方地区为腊月二十四），这一天也被视为过年的开端。祭灶节在古代的地位仅次于中秋节，古时，在外面做官、经商或读书者，都要在祭灶日前赶回家团圆、吃糖瓜，以求灶神祈福，全家来年平安。

灶王爷的传说

祭灶，在中国民间信仰中俗称为"送神"，据说每年年底，灶君、太岁神与民间诸神都要回天庭向玉皇大帝述职，尤其灶君会向玉帝禀告人间善恶是非，作为对人类奖惩报应的依据，所以人们大多在此时奉拜家中诸神与灶君。

二十三，糖瓜粘

古话说"二十三，糖瓜粘，灶君老爷要上天"。灶糖俗称糖瓜，是一种麦芽糖制品，黏性很大，用糖瓜供奉灶王爷，一是想让他的嘴变得甜些，在玉皇大帝那里多为主人家美言几句；一是用糖粘住他的嘴，不让他说坏话。

办年货

小年，也意味着人们要开始准备年货了。办年货，就要买许多吃的、用的、穿的、戴的，表示新年要有新气象，表达了中国劳动人民一种辞旧迎新、迎祥纳福的美好愿望。

扫尘

送走了灶王爷，离春节只剩下六七天时间了，此时人们要开始打扫卫生，俗称扫尘。扫尘为的是除旧迎新，拔除不祥，准备干干净净过个好年。

剃头过年

祭灶节前后，很多地方还有理发的习俗，正如古语所说"有钱没钱，剃头过年"。不管这一年过得如何，年前都要把自己收拾得干净、清爽，好好过大年。

剪窗花

所有春节前的准备工作中，剪贴窗花是最盛行的民俗活动。窗花的内容有各种动、植物等掌故，如喜鹊登梅、燕穿桃柳、孔雀戏牡丹、狮子滚绣球、三羊（阳）开泰、五蝠（福）捧寿、莲（连）年有鱼（馀）和合二仙等。

诗词拓展

祭灶

[清] 罗昭隐

一盏清茶一缕烟，

灶神老爷上青天。

玉皇若问人间事，

为道文章不值钱。

陆游

生卒：1125—1210年
字号：字务观，号放翁
称号：南宋诗人之冠，"南宋四大家"之一
爱好：美食、养生、书法、养猫

扫码听音频

除夕 | 除夜雪

宋 陆游

北风吹雪四更初，
嘉瑞天教及岁除。
半盏屠苏犹未举，
灯前小草写桃符。

四更天刚到，北风就带来一场大雪，这是上天赐的瑞雪，在除夕之夜到来，兆示着来年的丰收。

盛了半盏屠苏酒的酒杯还没来得及举起，我便就着灯光用草书赶写起迎春的桃符。

赏析

过年挂桃符是历史悠久的汉族民俗传统，古人在辞旧迎新之际，用桃木板分别写上"神荼""郁垒"二神的名字，或者用纸画上二神的图像，悬挂、嵌缀或者张贴在门首，以祈福灭祸。这首诗就描述了诗人看到天降瑞雪，兴奋地写迎春桃符的情景。

除夕

爆竹声中一岁除

除夕是农历年最后一天的夜晚。除夕夜是人们除旧迎新、阖家团圆、祭祀祖先的时间，在每个人心中都有着特殊的意义。这一天，漂泊在外的游子都会赶着回家和家人团聚，在爆竹声中辞旧岁，迎新春。

接神

祭灶节时，人们将灶王爷送到了天庭，就是所谓的"送神"；而到了除夕，灶王爷会从天庭回到人间，所以这一天，人们也会在灶台上摆放祭品，迎接灶王爷回来，被称为"接神"。

贴春联

春联，又叫门对、对联、春贴，是一种中国特有的文学形式，特点是对仗工整、文字简洁精巧。在中国，贴春联是重要的过年习俗，临近春节时，无论是城市还是农村，每家每户都会将吉祥话语写在红纸上做成春联贴于门上，以避邪驱灾、纳吉迎福。

"福"字倒着贴

在贴春联的同时，一些人家还会在屋门上、墙壁上、门楣上贴上大大小小的"福"字。春节贴"福"字，是中国民间由来已久的风俗。"福"字指福气、福运，寄托了人们对幸福生活的向往，对美好未来的祝愿。为了更充分地表现这种向往和祝愿，有的人干脆将"福"字倒过来贴，表示"幸福已到""福气已倒（到）"。

年夜饭

三十的晚上，每家每户最重要的事情就是一家人聚在一起吃一顿年夜饭。年夜饭会有大菜、冷盆、热炒、点心，一般还少不了一条大鱼。"鱼"和"余"谐音，象征了"吉庆有余"，也喻示着"年年有余"。

守岁

除夕守岁是年俗活动之一。守岁之俗由来已久，主要表现为所有房子都点燃岁火，合家欢聚，并守着"岁火"不让其熄灭，等着辞旧迎新的时刻，迎接新年到来。有的地方在除夕之夜，全家团聚在一起，吃过年夜饭，点起蜡烛或油灯，围坐炉旁闲聊，通宵守夜，象征着把一切邪瘟病疫驱走，期待着新的一年吉祥如意。

诗词拓展

除夜作

［唐］高适

旅馆寒灯独不眠，

客心何事转凄然？

故乡今夜思千里，

霜鬓明朝又一年。

扫码收听，同步伴读
赏诗词，听故事，学知识
腹有诗书气自华，让诗词融入孩子的人生

讲给孩子的诗词中国

藏在古诗词里的二十四节气

◎糖雪人———著绘

黑龙江美术出版社

图书在版编目（CIP）数据

讲给孩子的诗词中国 / 糖雪人著绘. —— 哈尔滨：
黑龙江美术出版社, 2022.5
　ISBN 978-7-5593-6788-4

Ⅰ.①讲… Ⅱ.①糖… Ⅲ.①古典诗歌 – 中国 – 少儿
读物 Ⅳ.①I222

中国版本图书馆CIP数据核字(2020)第236184号

JIANGGEI HAIZI DE SHICI ZHONGGUO

书　　名/ 讲给孩子的诗词中国
作　　者/ 糖雪人◎著绘
出 品 人/ 于　丹
责任编辑/ 颜云飞
特约编辑/ 李艺芳
出版发行/ 黑龙江美术出版社
地　　址/ 哈尔滨市道里区安定街225号
邮政编码/ 150016
发行电话/ （0451）84270524
经　　销/ 全国新华书店
印　　刷/ 天津创先河普业印刷有限公司
开　　本/ 1/16 787mm×1092mm
印　　张/ 30
版　　次/ 2022 年 5 月第 1 版
印　　次/ 2022 年 5 月第 1 次印刷
书　　号/ ISBN 978-7-5593-6788-4
定　　价/ 208.00元（全8册）

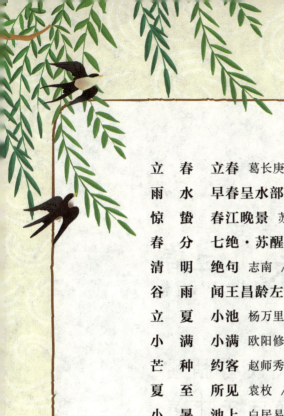

目录

葛长庚

生卒：不详
字号：又名白玉蟾，字白叟，号海蟾、海琼子
称号：紫清明道真人、道教南宗第五世祖
爱好：饮酒、云游、书法、绘画

扫码听音频

立春 | 立春

宋 葛长庚

东风吹散梅梢雪，
一夜挽回天下春。
从此阳春应有脚，
百花富贵草精神。

译文

东风吹起，冰雪消融，梅花开得越发秀美了，似乎一夜之间，春天就回来了。

从此春意如同有脚一般，所到之处，花儿盛开，草儿萌发，一片生机盎然。

4

| 甲骨文 | 金文 | 小篆 | 楷书 |

一年之计在于春，春日阳光和煦、绿草萌发，古人在造"春"这个字的时候，就充分考虑了这些特点。

甲骨文的"春"字由左右两部分组成，左边上下都是草，中间是一轮红红的太阳；右边是一颗种子，它下面的根已扎进土里，上面冒出了小芽，这是甲骨文的"屯"（zhūn）字，形容万物萌芽，积极向上生长的状态，同时也表示声音。

到了金文和小篆，"草""日"和"屯"都还在，只是位置发生了变化。

而楷书的"春"，"草"和"屯"已经看不出原形，只剩"日"还在。

立春

黄庭坚

韭苗香煮饼，

野老不知春。

看镜道如咫（zhǐ），

倚楼梅照人。

5

立春

二月 3、4 或5日

"立"，是开始的意思，立春表示春天来了。从这一天开始，东风要来了，冰雪快化了，天也慢慢变暖了。此时，南方大地回暖，正是梅花盛开的大好时节，但是北方还处在寒冷空气中，刮风下雪也是常事。

二十四节气的来历

早在东周春秋战国时代，我国人民就有了日南至、日北至的概念。随后人们根据月初、月中的日月运行位置，还有天气变化、动植物生长等自然现象，把一年平分为二十四份。并且根据他们各自的特点，取了相应的名称，这就是二十四节气的由来。

立春三候

一候东风解冻： 东风送暖，大地解冻。

二候蛰虫始振： 躲在洞里睡了一个冬天的小虫子开始扭动身子，慢慢苏醒。

三候鱼陟负冰： 河里的冰开始融化，鱼儿也出来活动了。但由于有些冰块还没化，所以看起来就像鱼背着冰块一样。

抢春

　　有些地方，人们会在立春前用泥土做一个春牛，再在牛肚子里塞上五谷。等到立春这一天，把春牛打碎，叫做"打春"。打完春，人们纷纷将春牛的碎块和五谷抢回家，将土块放在牲畜圈，粮食放在粮仓，寓意槽头兴旺、仓满粮足，这种做法叫做"抢春"。

咬春

　　立春这天，很多地方都有吃萝卜的习俗，俗称"咬春"。

　　相传很久以前，一个村庄的人突然得了可怕的瘟疫，人人都心慌气短，头重脚轻，打不起一点儿精神。后来，村子里来了一个道士，分给大家一些萝卜。村民们吃了萝卜，那些症状竟然奇迹般消失了。而这一天，恰好是立春。从此以后，每年立春，人们都会咬上几口萝卜来保平安。"咬春"的习俗也就流传了下来。

　　以前，立春这日从一大清早开始，就有卖萝卜的小贩儿挑着担子走街串巷吆喝着：卖萝卜啦，萝卜赛梨，萝卜赛梨！那时候，即使再穷的人家，也要买个萝卜给孩子咬咬春。

　　有些地方立春这天还会吃春饼——用面粉烙成一张张筋道的薄饼，然后卷上豆芽、韭菜、春蒿等各种蔬菜来吃，也叫"咬春"。

　　吃春饼讲究从头吃到尾，叫"有头有尾"。

> ### 七十二候
>
> 　　候，是物候的意思，是我们的祖先在细致观察了植物、动物、天气变化等因素后，做出的总结。每个节气有三候，一候五天。一年二十四节气，共七十二候。

韩愈

生卒：768—824年
字号：字退之
称号：韩昌黎，"唐宋八大家"之首
诗风：力求新奇，雄强豪放

扫码听音频

雨水

早春呈水部张十八员外郎

唐 韩愈

天街小雨润如酥，
草色遥看近却无。
最是一年春好处，
绝胜烟柳满皇都。

译文

长安街上细密的春雨润滑如奶油，远远看去，青青草色依稀连成一片，近看时却显得稀疏了。

一年之中最美的就是这早春的景色，远胜过满城烟柳的春末。

8

雨水

二月
18、19
或20日

雨水时节过后，气温逐渐回升，大部分地区开始降雨，并且雨量逐渐增多。但是，这个时节天气变化多端，人体容易受到病菌侵袭而生病，所以要注意"春捂"。

🟢 雨水三候

一候獭祭鱼： 天气渐暖，水獭开始捕鱼了。有趣的是，水獭捕到鱼后，往往吃两口就抛在岸边，如同陈列供品祭祀一样。

二候候雁北： 大雁开始从南方飞回北方。

三候草木萌动： 小草和树木都发芽了。

拉保保

"保保"是四川方言，指干爹，"拉保保"就是给孩子认干爹。

古时候，人们为了让自己的儿女顺利成长，会在雨水这一天，拿着装好酒好菜香蜡纸钱的筐，带着孩子在人群中找可以认干爹的对象。如果希望孩子长大有知识，就拉一个文人做干爹；如果想让孩子身体强壮，就拉一个身材高大的人作干爹。

如果对方答应了，"拉保保"的人就会摆好带来的酒菜，焚香点蜡，让孩子叩头拜干爹，再请干爹喝酒吃菜，最后，再让干爹给娃娃取个名字，拉保保就算圆满成功了。

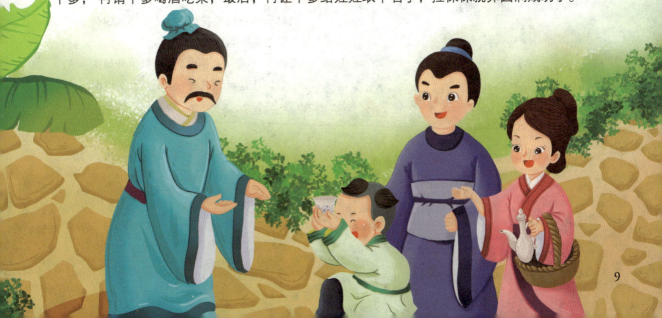

苏轼

生卒: 1037—1101年
字号: 字子瞻, 号东坡居士
称号: "唐宋八大家"之
一, 与辛弃疾并称
"苏辛"
爱好: 书法、绘画、美食、
酿酒

扫码听音频

惊蛰 | 春江晚景

宋 苏轼

竹外桃花三两枝,
春江水暖鸭先知。
蒌蒿满地芦芽短,
正是河豚欲上时。

译文

竹林外两三枝桃花初放,水中嬉戏的鸭子最先察觉了初春江水的回暖。

河滩上已经长满了蒌蒿,芦笋也开始抽芽了,此时正是河豚逆流而上,从大海游回江河产卵的季节。

惊蛰

三月
5、6
或7日

"蛰"是藏的意思。这个节气，春雷开始轰隆隆地响起，降雨渐渐增多，蛰伏在土里冬眠的小动物们都从地里钻了出来，它们要出来找吃的了。

💚 惊蛰三候

一候桃始华： 桃花开始开放。

二候仓庚鸣： 仓庚是指黄鹂，黄鹂感受到春的气息，开始站在枝头鸣叫。

三候鹰化为鸠（jiū）： 鸠是指布谷鸟，又叫杜鹃、子规。惊蛰过后，鹰飞往北方繁衍后代了，布谷鸟开始出来鸣叫，古人不知道这一点，误以为鹰变成了布谷鸟。

吃梨

惊蛰时节，天气干燥，而梨味甘汁多，能清热去火。所以，民间有惊蛰吃梨的习俗。

驱虫害

惊蛰时节，蛇虫鼠蚁纷纷从冬眠中苏醒过来，开始出来活动；而此时天气转暖，细菌也开始活跃。所以古时候在惊蛰这一天，人们会手持点燃的艾草，熏一熏家中各个角落，以驱赶虫害。

徐铉
生卒 916—991年
字号 字鼎臣
称号 徐骑省
爱好 制香、书法

扫码听音频

春分 | 七绝·苏醒

宋 徐铉

春分雨脚落声微，
柳岸斜风带客归。
时令北方偏向晚，
可知早有绿腰肥。

译文

春分时节，温柔的春雨悄无声息地落在地上，杨柳岸微风轻拂，带回了客居他乡的旅人。

这个时节北方要来得晚一些，却不知长江以南早就草长莺飞、花红柳绿了。

春分

三月 20或21日

春分这一天，昼夜长短平分。此时，我国大部分地方都进入明媚的春天，辽阔的大地上草长莺飞，小麦拔节，油菜花香。这一时期，南方雨水增多，北方则多大风和扬沙等恶劣天气，有时还会出现"倒春寒"。

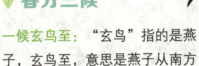

春分三候

一候玄鸟至： "玄鸟"指的是燕子，玄鸟至，意思是燕子从南方飞回了北方。

二候雷乃发声： 下雨时天空便要打雷。

三候始电： 下雨的时候，开始伴有闪电。

竖蛋

我国有"春分到，蛋儿俏"的谚语。据说，春分这一天，由于地球地轴的倾斜角度特殊，最容易把鸡蛋竖起来。所以春分竖蛋，是很多地方都流行的一个习俗，具体玩法是：选择一个光滑匀称、刚生下四五天的新鲜鸡蛋，大头朝下，在桌子上把它竖起来。

放风筝

春分前后，清气上升，微风飘荡，正是人们放风筝的好时节。尤其春分当天，憋了一个冬天的孩子们会兴致勃勃地走出家门，奔跑着放飞各式各样的风筝，大人们也会参与其中，借此表达对美好生活的祈盼。

扫码听音频

志南

生卒：不详
职业：僧人
法号：志南

清明 | 绝句

宋 志南

古木阴中系短篷，
杖藜扶我过桥东。
沾衣欲湿杏花雨，
吹面不寒杨柳风。

译文

在大树的树荫下，我拴住了小船，拄着拐杖走过桥的东边，尽情观赏这春光。

阳春三月，杏花开放，杨柳依依，细雨沾衣，似湿而不见湿，和风迎面吹来，一点寒意都感觉不到。

清明

清明前后，我国大部分地区气温变暖，大地披上了绿色的春装，天空也渐渐变得清澈，人们因此给这个节气取名"清明"，意思是天清地明。

清明三候

一候桐始华：清明一到，泡桐花开放了。

二候田鼠化为鴽（rú）：鴽，是指鹌鹑一类的鸟。清明后五日，田鼠躲进了洞里，小鸟飞上了枝头，古人以为田鼠变成了小鸟。

三候虹始见：雨后的天空有彩虹出现了。

扫墓祭祖

扫墓祭祖是清明节最重要的习俗。过去，人们扫墓时，会铲除墓前的杂草，放上供品，在坟前上香，燃烧纸钱金锭，叩头行礼并燃放鞭炮，以表示对祖先的怀念。

踏青

清明时节，自然界到处呈现一派生机勃勃的景象，正是郊游的大好时光。过去古人外出踏青，往往都是呼朋引伴，还会举行各种各样的活动，如放风筝、植树、插柳等。

李白

生卒：701—762年
字号：字太白，号青莲居士
称号：诗仙、谪（zhé）仙人
爱好：饮酒、旅行、剑术

扫码听音频

谷雨

闻王昌龄左迁龙标遥有此寄

唐 李白

杨花落尽子规啼，
闻道龙标过五溪。
我寄愁心与明月，
随风直到夜郎西。

译文

树上柳絮落尽，杜鹃在不停地啼叫，我听说你被贬到龙标去了，那里地方偏远，还要经过五溪。

让我把对你的忧愁与思念托付给天上的明月吧，伴随着你一直走到那夜郎以西！

16

谷雨

四月
19、20
或21日

谷雨是春季的最后一个节气。谷雨时节，柳絮飞落，杜鹃夜啼，大自然的雨量更加充沛，气温继续升高，非常适合谷类作物的生长，因此有"雨生百谷"的说法。

谷雨三候

一候萍始生：雨水后降雨越来越多，浮萍开始生长。

二候鸣鸠拂其羽：布谷鸟开始梳理着羽毛，不停鸣叫，提醒人们不要错过播种的好时机。

三候戴胜降于桑：这时候，可以在桑树枝头看见戴胜鸟了。

赏牡丹

牡丹花也被称为"谷雨花"，是花卉中唯一以节气命名的花。谷雨前后，牡丹花争相开放。有的地方会举办牡丹花展，人们纷纷前去观赏；到了晚上还会参加牡丹花会，一边赏花一边宴饮。

吃香椿

"北吃香椿南喝茶"，谷雨时，南方有喝谷雨茶的习俗，北方则是吃香椿。此时香椿鲜嫩爽口，人们摘下香椿芽炒鸡蛋或包饺子，味道好极了。

杨万里

生卒：1127—1206年
字号：字廷秀，号诚斋
称号：一代诗宗、"南宋四大家"之一
爱好：品茶、美食

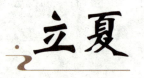

扫码听音频

立夏 | 小池

宋 杨万里

泉眼无声惜细流，
树阴照水爱晴柔。
小荷才露尖尖角，
早有蜻蜓立上头。

译文

泉眼里无声地冒出一股涓涓细流，很爱惜的样子，树影倒映在水中，是对春日的喜爱。

细嫩的小荷叶才刚刚从水面露出叶尖，早已有蜻蜓站立在上面。

18

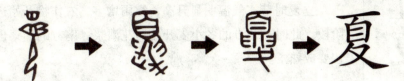

甲骨文　　　　金文　　　　小篆　　　　楷书

夏，最初的意思是"人"。

甲骨文的"夏"，很像一个小人，有头，有躯干，有胳膊，有腿有脚。

到了金文，虽然有了变化，但仍然能看出"人"的样子。

小篆的"夏"，头、手、足虽然还可以看出来，但是躯干和四肢已经没有了明显区分。

到了楷书，又去掉了小篆字形中的两手，简化为了现在的"夏"。

春天万物萌发，到了夏季它们就长得很大很繁茂了，因此，夏还有"大"的意思。古书上说："大国曰夏。"意思是国家很大很发达就叫做夏。中原是我们华夏文明的发源地，中原地区相对于周边部族来说生产力更加发达，文明程度更加先进，因此我们的祖先就把我们第一个朝代命名为"夏"朝，并称自己为夏，而我们所说的华夏也是这么来的。

诗词拓展

立夏

陆游

赤帜插城扉，东君整驾归。

泥新巢燕闹，花尽蜜蜂稀。

槐柳阴初密，帘栊暑尚微。

日斜汤沐罢，熟练试单衣。

19

立夏

立夏时节，气温明显升高，雷雨增多，农作物开始进入旺盛生长阶段。此时，北方的冬小麦开始扬花灌浆，南方的油菜也开始结荚，快要成熟了。

立夏三候

一候蝼蝈鸣：蝼蝈开始在田间鸣叫。

二候蚯蚓生：蚯蚓钻到地面上来了。

三候王瓜生：王瓜是一种藤蔓植物，立夏十日以后开始爬藤。

称人

我国南方，立夏有"称人"的习俗。这一天午饭过后，人们会在村口挂起一杆大木秤，秤钩上悬挂一个筐箩或一条板凳，大家轮流坐上去称体重。负责称重的人一面打秤花，一面说着吉祥话。如果称老人，就说"秤花八十七，活到九十一"，寓意老人长寿；如果秤小孩，则说"秤花一打二十三，小官人长大会出山。七品县官勿犯难，三公九卿也好攀"，意思是孩子长大后有出息。

吃立夏饭

有些地方，每年立夏的前一天，大人会让孩子去左邻右舍讨一碗米，称"兜夏夏米"，然后挖点笋，"偷"点蚕豆，割点蒜苗。等到立夏这一天，将"兜夏夏米"与笋、蚕豆和蒜苗一起煮成饭，饭上放上青梅、樱桃，再分送给前一天给米的人家，每家一小碗。这就是立夏饭。人们认为，孩子吃立夏饭，可以预防中暑。

斗蛋

相传很久以前，立夏这天会有瘟神来传播瘟疫。瘟神所到之处，人们会食欲减退，身体乏力消瘦，特别是孩子们，症状尤为明显。后来，女娲娘娘为了庇护孩子们，就找到了瘟神，警告他说："凡是胸前挂着蛋袋的，都是我的孩子，不得加害！"

等到了第二年立夏，瘟神再次降临时，竟然发现每个孩子的脖子上都挂着一个用丝线编织的网袋，里面装着煮熟的鸡蛋、鸭蛋或大大的鹅蛋。瘟神想起女娲娘娘的话，就再也不敢靠近了。

从那以后，立夏这一天就有了挂蛋和吃煮鸡蛋的习俗。后来，孩子们还会聚在一起玩"斗蛋"的游戏：每人拿一只鸡蛋，蛋头对蛋头、蛋尾对蛋尾对碰，最后谁的蛋壳没碎，谁就是"蛋王"。

欧阳修

生卒：1007—1072年
字号：字永叔，号醉翁，
　　　六一居士
称号："唐宋八大家"之一
爱好：饮酒、集碑文、
　　　赏牡丹

扫码听音频

小满 ｜ 小满

宋 欧阳修

夜莺啼绿柳，
皓月醒长空。
最爱垄头麦，
迎风笑落红。

译文

　　小满时节，杨柳依依，枝头传来夜莺动听的歌声，一轮明月挂在天上，皎洁的月光照亮了夜空。
　　最喜欢这个时节田垄里的麦子了，它们在初夏的风中轻轻摇曳，笑看那满地落红。

小满

五月 20,21 或22日

所谓小满，就是夏熟作物的籽粒开始灌浆饱满，但还未成熟，只是小满，还未大满。小满时节，全国各地气温多数达到22℃以上，南方和北方都将迎来炎热的盛夏。

🌿 小满三候

一候苦菜秀：苦菜茂盛。

二候靡草死：喜阴的细软草类在烈日的炙烤下，渐渐枯萎死去。

三候麦秋至：麦子由青转黄，开始成熟。

吃苦菜

在古代，小满前后正是青黄不接的时候，在缺少粮食的年代，苦菜正好可以帮人们填饱肚子，度过饥荒。久而久之，小满吃苦菜就成了一种习俗。另外，苦菜新鲜爽口，有清热、解毒的功效。小满过后，将迎来炎热的夏季，所以小满吃苦菜，还有迎夏去病的意思在里面。

祭蚕

蚕很难养，温度、湿度，桑叶的冷、熟、干、湿等均影响蚕的生存。古人为了祈求养蚕有个好收成，有小满祭蚕的习俗，所以小满又被称为"祈蚕节"。在这一天，蚕农要到蚕娘庙或蚕神庙前跪拜，供上供品，并用稻草扎成稻草山，把面粉做的"面茧"放到上面，象征蚕茧丰收。

赵师秀

生卒：？—1219年
字号：字紫芝，号灵秀
称号："永嘉四灵"之一
诗风：清瘦野逸，
　　　平和冲淡

扫码听音频

芒种 | 约客

宋　赵师秀

黄梅时节家家雨，
青草池塘处处蛙。
有约不来过夜半，
闲敲棋子落灯花。

译文

梅雨时节家家户户都被烟雨笼罩着，长满青草的池塘边上，传来阵阵蛙声。

已经过了午夜，约好的客人还没有来，我无聊地轻轻敲着棋子，看着灯花一朵一朵落下。

芒种

六月
5、6
或7日

芒种的意思是"有芒的麦子快收，有芒的稻子可种"。这时，气温显著升高，雨量非常充沛，我国长江中下游地区也迎来了长达一个月左右的"梅雨"天气。

📍 芒种三候

一候螳螂生：螳螂破卵而出。

二候鵙（jú）始鸣：鵙，伯劳鸟。伯劳鸟开始鸣叫。

三候反舌无声：反舌鸟停止了鸣叫。

打泥巴仗

贵州东南部一带，侗族的新婚夫妇在芒种这天，与朋友一起插秧，边插秧边打闹，互扔泥巴。谁身上泥巴最多，谁就是最受欢迎的人。

送花神

芒种过后，百花凋零，所以人们会在这一天用丝织品叠成旌旗的形状，用彩线系到花枝上，送别花神，同时期盼着来年再次相会。

25

袁枚

生卒：1716－1798年
字号：字子才，号简斋、随园老人
称号："乾隆三大家"之一，"性灵派三大家"之一
爱好：品茶、藏书、游山玩水

扫码听音频

夏至 | 所见

清 袁枚

牧童骑黄牛，
歌声振林樾。
意欲捕鸣蝉，
忽然闭口立。

译文

　　牧童骑在黄牛背上，嘹亮的歌声在林中回荡。

　　大概是想要捕捉树上那只鸣叫的蝉吧，他突然停止了歌声，一声不响地站立在树旁。

夏至

六月
21或
22日

夏至以后，太阳像个大火球炙烤着大地，气温也越来越高，而且经常下雨，农作物生长旺盛。北半球各地，这一天白天最长，之后白天时间将会慢慢缩短。

🟢 夏至三候

一候鹿角解：鹿角开始脱落。

二候蜩（tiáo）始鸣："蜩"，指蝉，俗称"知了"。立夏五日以后，树上的知了开始叫了。

三候半夏生：半夏（一种草药）开始生长。

吃夏至面

俗话说，"吃过夏至面，一天短一线"，夏至吃面，是很多地方的重要习俗。

古时候，夏至是一个很重要的日子。这一天，百官放假，人们会用新收的麦子做一碗面来祭神，以祈求风调雨顺，没有灾荒。于是，夏至吃面这一习俗也就流传了下来。

夏至面不同于我们平常所吃的热汤面，而是过了凉水的"过水面"。具体做法是，将手擀面煮熟，捞入盛满清凉井水的盆中，等面变凉后捞入碗中，再浇上事先准备好的各种调料和小菜。在炎热的夏天，吃上一碗清凉的过水面，要多美有多美。

白居易

生卒：772—846年
字号：字乐天，号香山居士、醉吟先生
称号：诗魔、诗王，与元稹（zhěn）合称"元白"
爱好：酿酒、藏书

扫码听音频

小暑 | 池上

唐 白居易

小娃撑小艇，偷采白莲回。
不解藏踪迹，浮萍一道开。

译文

一个小娃娃撑着小船，偷偷地采了白莲，又赶紧划了回来。

他不懂得掩藏自己偷采白莲的踪迹，水面的浮萍上留下了一条船划过的痕迹。

小暑

七月
6、7
或8日

小暑后天气开始炎热，民间有"小暑大暑，上蒸下煮"的说法。从小暑开始，南方的梅雨天气即将结束，北方则进入了多雨时期，人们常说的"三伏天"就要开始了。

📍 小暑三候

一候温风至："温风"就是热风，小暑以后，刮的风都是热的了。

二候蟋蟀居壁：蟋蟀已经长成，但还在洞穴中，不能出穴飞。

三候鹰始鸷：老鹰因地面气温太高，开始飞入清凉的高空活动。

晒书晒衣服

小暑这天是一年中光照最强的日子，相传龙王在这一天晒龙袍。在民间，人们也会把衣服、书画拿到太阳底下暴晒，以去潮、去湿、防霉防蛀。

吃藕

小暑正是荷花盛开、莲藕上市的时节，南方水乡的人会将新采的鲜藕用小火煨烂，切片，加蜂蜜，就成了一道适合夏季的诱人美食——蜜汁藕。

29

苏轼

生卒：1037—1101年
字号：字子瞻，号东坡居士
称号："唐宋八大家"之一，
　　　与辛弃疾并称"苏辛"
爱好：书法、绘画、
　　　美食、酿酒

扫码听音频

大暑

六月二十七日
望湖楼醉书

宋 苏轼

黑云翻墨未遮山，
白雨跳珠乱入船。
卷地风来忽吹散，
望湖楼下水如天。

译文

　　黑云翻滚，像泼了墨汁一般，远处的山峦在翻腾的乌云中依稀可见。这时候，如注的大雨已经到来，白色的雨点砸在船上，像千万颗珍珠落下，水花四溅。

　　忽然间狂风卷地而来，吹散了满天的乌云，也吹走了大雨。这时再看望湖楼下，碧波如镜，水天一色。

大暑

七月
22、23
或24日

大暑正值三伏的中伏前后，是一年中气温最高、农作物生长最快的时期，也是旱、涝、风灾等各种灾害频繁发生的时期。

大暑三候

一候腐草为萤：萤火虫习惯把卵产在枯草上，大暑时候，孵化成虫。所以古人误以为萤火虫是腐草变的。

> **二候土润溽（rù）暑**："溽"是湿的意思，暑是热。大暑五日以后，天气变得闷热，土地变得潮湿。

> **三候大雨时行**：大雷雨时常会出现。

吃仙草

广东很多地方有大暑吃仙草的习俗。仙草又名凉粉草，其茎叶晒干后可以做成烧仙草，是一种消暑的甜品。

送大暑船

浙江沿海地区，每到大暑这天，渔民会举办热闹的送"大暑船"活动。

"大暑船"内载有各种祭品，在锣鼓和鞭炮声中，渔民轮流抬着"大暑船"将其运到码头，进行一系列祈福仪式。随后，这艘"大暑船"被渔船拉出渔港，然后在大海上点燃，任其沉浮，以此祈求五谷丰登，生活安康。

刘翰

生卒：不详
字号：字武之，一说武子
诗风：追随"永嘉四灵"之风

扫码听音频

立秋 | 立秋

宋 刘翰

乳鸦啼散玉屏空，
一枕新凉一扇风。
睡起秋声无觅处，
满阶梧桐月明中。

译文

天黑了，鸣叫的小乌鸦归巢了，屏风上的字也看不清了，屋内一下显得安静空旷起来。躺在床上用扇子扇风时，扇一下，就能感觉到一阵凉爽。

睡梦中朦朦胧胧地听见外面秋风萧萧，可是醒来细听，却一点声音都没有了。只见落满台阶的梧桐叶，沐浴在朗朗的月光中。

甲骨文　　　　大篆　　　　小篆　　　　楷书

在甲骨文里，"秋"是一只蟋蟀的造型，发音也拟蟋蟀鸣叫而来。蟋蟀是秋天的鸣虫，古人借此表达"秋天"这个概念，象音又象形。

到了大篆，蟋蟀讹变成了似龟非龟的"龟"字，左边多了一个"禾"字，表示秋天是稻谷成熟的季节。"禾"字下面又加了一个"火"字，古人认为，"大火星"在黄昏时偏西而下，"火"字在下，便是天气渐寒、秋天将至之意。

小篆中的"秋"，舍弃了蟋蟀的部分，"火"移到了"禾"的左边，表达了秋阳似火、禾谷成熟之意。

等到了楷书，"火"又移到了"禾"的右边，便成了我们现在所见到的"秋"字。

诗词拓展

山居秋暝

王维

空山新雨后，天气晚来秋。

明月松间照，清泉石上流。

竹喧归浣女，莲动下渔舟。

随意春芳歇，王孙自可留。

立秋

立秋是秋天的第一个节气。立秋后，我国大部分地区仍处在炎热的夏季，但总的趋势是天气逐渐转凉，早晚温差日益明显，虽然白天有"秋老虎"发威，夜晚却已经比较凉爽了。

立秋三候

一候凉风至：刮风时能感觉到凉意了。

二候白露降：大地上早晨会有雾气产生。

三候寒蝉鸣：感受到秋意的寒蝉开始鸣叫。

啃秋

啃秋，又叫咬秋，即立秋日吃西瓜。

相传朱元璋定都南京后不久，南京城里很多十多岁的娃儿都生了癞痢疮。后来，有一家富户，他家的女儿每天啃西瓜，"癞痢疮"竟神奇地消失了。于是，许多人家纷纷效仿，买西瓜给娃儿吃，"啃秋"的习俗也就流传了下来。

从此以后，无论是城市还是农村，在立秋这天，人们都会啃个西瓜来去除余夏的暑气，预防秋燥。

吃秋桃

浙江杭州一带，每到立秋这一天，人人都要吃上一个秋桃，吃完桃子还要把桃核藏起来。等到除夕，再悄悄地把桃核丢进火炉中烧成灰烬。人们认为这样可以免除一年的瘟疫。

晒秋

立秋前后，乡间的农家小院里，窗台上、屋顶上、房檐下到处都摆满了秋收回来的粮食、瓜果。红彤彤、金灿灿的，在太阳的照耀下格外耀眼。这就是立秋的传统农俗——晒秋。

贴秋膘

古时候，在立秋这天，人们会架起大秤，挨个称体重，然后和立夏时称的体重对比，看看过了一个夏天，是瘦了还是胖了。如果体重减轻，就是"苦夏"了，需要适当进补，而补的办法，就是吃肉，俗称"贴秋膘"。于是，就有了立秋"贴秋膘"的习俗。

为了补偿夏天胃口不好带来的亏损，人们会在立秋这天吃各种各样的肉：酱肘子、白切肉、红烧肉、炖肉、炖鸡、炖鸭、炖鱼、肉馅饺子，等等。

仇远

生卒：1247—1326年
字号：字仁近，一字仁父，
　　　号山村民
称号：山村先生，与白珽并
　　　称"仇白"
爱好：游山玩水

扫码听音频

处暑 | 处暑后风雨

宋 仇远

疾风驱急雨，残暑扫除空。
因识炎凉态，都来顷刻中。
纸窗嫌有隙，纨扇笑无功。
儿读秋声赋，令人忆醉翁。

译文

疾风伴着大雨，将残留的暑气一扫而空。
片刻之间，天气就变得凉爽起来。
窗纸上有空隙，嗤笑拿着扇子没有用了。
儿童在读秋风赋，令人回忆起当年悲秋的
欧阳修来。

处暑

八月
22、23
或24日

"处"含有躲藏、终止的意思。处暑节气的到来，意味着天气由热转凉。这时，我国大部分地区气温下降，降水也开始减少，空气不再闷热潮湿。

💡 处暑三候

一候鹰乃祭鸟：老鹰开始大量捕猎鸟类，并且把吃不完的鸟儿摆在地上，像是在祭天一样。

二候天地始肃：草木开始凋零，天地间充满了萧杀之气。

三候禾乃登：庄稼到了时日，即将成熟。

吃鸭子

处暑时节，降雨减少，人们常常会感觉口干舌燥，而鸭肉味甘性凉，清热去火，能预防"秋燥"，所以很多地方有处暑吃鸭子的习俗。

放河灯

民间自古有处暑时节"放河灯"的习俗。夜幕降临之际，人们会在河里放上一盏盏荷花灯，整条河流都被映照得分外耀眼。天空中，还飘荡着点燃的孔明灯，大家用这种方法，寄托对逝去亲人的哀思。

37

杜甫

生卒：712—770年
字号：字子美，号少陵野老
称号：诗圣、杜工部
爱好：追星
（李白迷弟）

扫码听音频

白露 | 月夜忆舍弟

唐 杜甫

戍鼓断人行，秋边一雁声。
露从今夜白，月是故乡明。
有弟皆分散，无家问死生。
寄书长不达，况乃未休兵。

译文

戍楼上的更鼓声响起，开始宵禁了，秋夜的边塞传来了孤雁哀鸣。

从今夜起，露水将显得更凉更白了，月亮还是故乡的最明亮。

虽有兄弟，但都在战乱中离散，个个离家漂泊，无法打听消息。

捎出去的家书常常不能送到，何况战乱频繁，至今还没有停止。

38

白露

随着天气转凉，夜晚时分，水汽会在地面或叶子上凝结成晶莹的露珠，所以人们就把这个节气称为"白露"。白露一到，人们会明显地感觉到炎热的夏天已过，而凉爽的秋天已经到来了。

白露三候

一候鸿雁来：
大雁从北方飞往南方过冬。

二候玄鸟归：
燕子也飞去了南方。

三候群鸟养羞：
"羞"同"馐"，美食。百鸟纷纷储存过冬的粮食。

吃龙眼

白露时节，秋燥伤人，福州人这个时节喜欢吃龙眼。传说白露这一天，吃一颗龙眼相当于吃一只鸡那么补，虽然这种说法有些夸张，但白露吃龙眼，确实有滋补养生的效果。

喝白露茶

白露节气，秋意渐浓，很多地方有喝"白露茶"的习俗。白露前后正是茶树生长的极好时期。白露茶有一种独特的甘醇清香味。古时候，人们会在白露这一天的清晨，手托铜盘，将露珠一颗一颗收入盘中，然后用露水来煮"白露茶"。

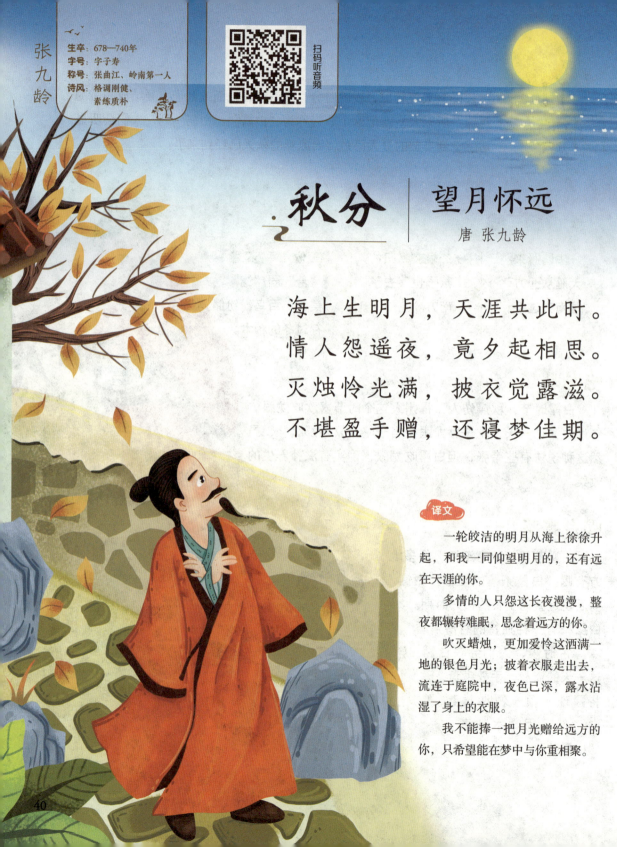

张九龄

生卒 678—740年
字号 字子寿
称号 张曲江、岭南第一人
诗风 格调刚健、素练质朴

扫码听音频

秋分 | 望月怀远

唐 张九龄

海上生明月，天涯共此时。
情人怨遥夜，竟夕起相思。
灭烛怜光满，披衣觉露滋。
不堪盈手赠，还寝梦佳期。

译文

一轮皎洁的明月从海上徐徐升起，和我一同仰望明月的，还有远在天涯的你。

多情的人只怨这长夜漫漫，整夜都辗转难眠，思念着远方的你。

吹灭蜡烛，更加爱怜这洒满一地的银色月光；披着衣服走出去，流连于庭院中，夜色已深，露水沾湿了身上的衣服。

我不能捧一把月光赠给远方的你，只希望能在梦中与你重相聚。

秋分

九月 22、23 或24日

秋分，意味着秋天已经过去了一半，逐渐进入了深秋。此时，我国大部分地区雨季已经结束，正是凉风习习、碧空万里、风和日丽、蟹肥菊黄的时候。

🌱 秋分三候

一候雷始收声：秋分后不再打雷。

二候蛰虫坯（pī）户：蛰居的小虫开始藏入地下巢穴，用细土将洞口封起来，以防寒气侵入。

三候水始涸：降雨量减少，一些沼泽及水洼开始干涸。

送秋牛

过去在民间，秋分时节会有人挨家送"秋牛图"。秋牛图上有农历节气表和农夫牵牛图，善于说唱的人挨户送，并即兴说些吉祥话，说得主人乐意给钱为止。这种随口而出的吉祥话俗称"说秋"，说秋人则叫"秋官"。

粘雀子嘴

秋分时节，正是稻谷快要成熟的时候。为了避免小鸟偷吃稻谷，人们会在这一天包一些不包心的汤圆，煮好后用竹签串成串，插到田间地头，名曰粘雀子嘴。人们认为，小鸟吃了汤圆，嘴巴会被粘住，就不会再破坏庄稼了。

生卒：不详
字号：字楚望
爱好：品茶、修道
诗风：写景状物，
老练沉郁

李郢

扫码听音频

寒露 | 早发

唐 李郢

野店星河在，
行人道路长。
孤灯怜宿处，
斜月厌新装。
草色多寒露，
虫声似故乡。
清秋无限恨，
残菊过重阳。

译文

山村旅社外星河灿烂，身在旅途的我要走的路还很漫长。

我躺在旅店里，孤枕难眠，一直看着月亮西斜落下，像是厌倦了这新的衣裳似的。

草叶之上寒露团团，虫鸣声声恰似故乡。

这清秋之夜给思乡的我带来无限怨恨，只有衰败的菊花陪我过重阳。

寒露

十月
7、8
或9日

寒露时节，气温比白露时更低，地面的露水更冷，快要凝结成霜了。此时，南岭及以北的广大地区均已进入秋季，东北和西北地区已进入或即将进入冬季。

寒露三候

一候鸿雁来宾：最后一批大雁飞往南方过冬。古人称后到的为"宾"。

二候雀入大水为蛤：深秋，雀鸟不再外出，海边出现了蛤蜊。贝壳上的花纹和颜色与雀鸟相似，古人误以为蛤蜊是雀鸟所化。

三候菊有黄华：菊花竞相开放。

喝菊花酒

农历九月又被称为"菊月"，是各类菊花竞相开放的时节。菊花是反季节的花，越是霜寒露重，越是开得艳丽，所以寒露这一天，很多地方都有赏菊的习俗。除了赏菊，某些地方还会饮"菊花酒"。

相传，这一习俗起源于晋朝大诗人陶渊明。陶渊明是出了名的爱菊爱酒，他喝酒的时候，会把菊花瓣放在酒里一起喝。后来，人们就发明了菊花酒。

杜牧

生卒：803—853年
字号：字牧之，号樊川居士
称号：小杜，与李商隐合称 "小李杜"
爱好：研究军事

扫码听音频

霜降 | 山行

唐 杜牧

远上寒山石径斜，
白云深处有人家。
停车坐爱枫林晚，
霜叶红于二月花。

译文

　　沿着弯弯曲曲的小路上山，在那白云深处，居然还有人家。

　　停下车来，是因为喜爱这深秋枫林晚景。枫叶被秋霜染过，比二月的春花还要红。

霜降

九月23或24日

霜降是秋季的最后一个节气，意味着天气渐冷，开始有霜。俗话说"霜降杀百草"，经霜打过，草木大多失去了生机，而枫叶则在秋霜中变得火红。

🏵 霜降三候

一候豺乃祭兽：豺狼开始大量捕获猎物。

二候草木黄落：草开始变黄枯萎，树的叶子也纷纷掉落。

三候蜇虫咸俯：小虫子都在洞里潜伏起来，不吃不动，垂头进入冬眠状态。

吃柿子

相传，朱元璋小时候家里非常穷，经常挨饿。有一年霜降，已经两天没饭吃的朱元璋在一个小村庄发现了一棵柿子树。他使出全身力气爬到树上，大吃了一顿，这才没被饿死。神奇的是，那个冬天，他既没有流鼻涕，嘴唇也没有干裂。

后来，朱元璋当了皇帝。有一年霜降，他领兵再次路过那个小村庄，发现那棵柿子树还在，非常感慨，就脱下战袍披在了柿子树上，并封它为"凌霜侯"。这个故事在民间流传开来，今人就有了霜降吃柿子的习俗。

李白		
生卒:	701—762年	
字号:	字太白，号青莲居士	
称号:	诗仙、谪（zhé）仙人	
爱好:	饮酒、旅行、剑术	

扫码听音频

立冬 | 立冬

唐 李白

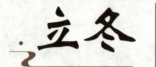

冻笔新诗懒写，
寒炉美酒时温。
醉看墨花月白，
恍疑雪满前村。

译文

　　立冬之日，天气寒冷，墨笔冻结，正好偷懒不写新诗，火炉上的美酒时常是温热的。
　　醉眼观看砚台上月白色的花纹，恍惚间以为是大雪落满山村。

甲骨文　　　金文　　　小篆　　　楷书

冬，本意是"终"。

甲骨文中的"冬"，像一根绳子的两端打了结，表示记录终结了。冬天是一年终最后一个季节，冬天一到，一年就要终结了，所以古人用这个字来表示"冬"。

金文将两端的绳结上移，变为实心，看着更像绳子上的结了。

冬天的特点是寒冷，结冰，所以小篆在金文的基础上，将两个绳结连起来变成了一横，并在下面增加了冰凌形，突出了终结、寒冷的特征。

到了楷书，为了书写方便，将上半部分简化成了"夂"，下半部分简化成了两点，就成了我们现在见到的"冬"。

诗词拓展

立冬

王稚登

秋风吹尽旧庭柯，

黄叶丹枫客里过。

一点禅灯半轮月，

今宵寒较昨宵多。

立冬

十一月 7或8日

冬，是终了的意思，意味着农作物收割完毕，收藏入库，小动物也开始藏起来冬眠。立冬，表示秋季结束，冬季自此开始。这时的降水虽然稀少，但形式多样，有雨、雨夹雪、雪、冰粒等。

立冬三候

一候水始冰：水开始结冰。	二候地始冻：土地也开始冻结。	三候雉（zhì）入大水为蜃（shèn）：雉是指野鸡一类的大鸟，蜃为大蛤。立冬后，野鸡一类的大鸟不见了，海边出现了大蛤。因为大蛤外壳与野鸡的花纹和颜色相似，所以古人认为雉到立冬后变成了大蛤。

补冬

俗话说"立冬补冬，补嘴空"，为了抵御冬季的严寒，立冬这天，全国大部分地区都有"补冬"的习俗。在南方，人们会吃鸡鸭鱼肉等高热量的食物，有的人家还会放一些中药来增加滋补的功效。北方则流行吃饺子，馅料各种各样，白菜、茄子、酸菜、萝卜，等等。

祭祖祭天

古时候，立冬这天，即便再忙的农人也要在家休息一天，杀鸡宰羊，祭祀祖先和苍天，感谢上天恩赐的丰年，并祈求上天来年风调雨顺。祭祀仪式结束后，人们会把祭品做成美食，来犒赏辛苦了一年的自己。

拜师

立冬与立春、立夏、立秋合称四立，在古时是很重要的节日。这一天，皇帝会率领文武百官到京城的北郊设坛祭祀，而民间则会举行"拜师"活动——许多家长和学生，会提着果品和点心去拜望老师。

所以立冬这一天，也就成了古代老师们的大日子。他们会在大厅里挂上孔子像，写上"大哉至圣先师孔子"几个字。学生来后，要在孔子像前行跪拜礼，口念："孔子，孔子，大哉孔子！孔子以前未有孔子，孔子以后孰如孔子！"然后向老师请安。礼毕，再分头在老师家中做一些家务活。有些老师家还会像过大事一样，设宴招待前来拜师的学生。

白居易

生卒：772—846年
字号：字乐天，号香山居士、醉吟先生
称号：诗魔、诗王，与元稹（zhěn）合称"元白"
爱好：酿酒、藏书

扫码听音频

小雪 | 问刘十九

唐 白居易

绿蚁新醅酒，
红泥小火炉。
晚来天欲雪，
能饮一杯无？

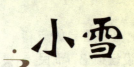

译文

新酿的米酒还未过滤，酒面上泛起一层绿色的酒渣，香气扑鼻，温酒用的小泥炉正烧得通红。

天色阴沉，看样子晚上要下雪，能否一顾寒舍，和我共饮一杯暖酒？

50

小雪

十一月 22或 23日

小雪节气，天气逐渐寒冷，降水形式由雨改为雪，但此时由于地面温度还不够低，雪量也不够大，还无法形成积雪，因此称为"小雪"。这一时节，我国北方一些地区会降下入冬以来的第一场雪。

📍 小雪三候

一候虹藏不见：彩虹不再出现。

二候天气上升地气下降：天上的阳气上升，地上的阴气下降，导致天地不通，阴阳不交，所以万物失去生机。

三候闭塞而成冬：天地闭塞，寒冷的冬天来了。

吃糍粑

南方一些地区，有小雪节气吃糍粑的习俗。糍粑是用糯米蒸熟、捣烂后制成的一种美食，是南方各地春节前必做的一种食物。

喝刨汤

在我国西南部地区的农村，有小雪节气喝刨汤的习俗。所谓"刨汤"，就是"杀年猪"的人家，用新杀的还冒着热乎气的猪肉和内脏，配以其他蔬菜煮成的一种美食。喝刨汤要请亲朋好友，所以喝"刨汤"这天，主人家会十分热闹。

51

柳宗元

生卒 773—819年
字号 字子厚
称号 柳河东、柳柳州
爱好 礼佛、美食、
　　　游山玩水

扫码听音频

大雪 ｜ 江雪

唐 柳宗元

千山鸟飞绝，
万径人踪灭。
孤舟蓑笠翁，
独钓寒江雪。

译文

所有的山岭都不见了飞鸟的身影，所有的道路都不见了人的踪迹。

江面上有一叶孤舟，一位披着蓑衣带着斗笠的老翁，独自在大雪覆盖的寒冷江面上垂钓。

大雪

到了大雪节气，我国大部分地区最低气温都降到了0℃以下，北方还常常会出现大雪或暴雪。这个时候，地面上可以见到积雪了。

大雪三候

一候鹖鴠 (hé dàn) 不鸣：鹖鴠，就是寒号鸟。因天气寒冷，寒号鸟不再鸣叫了。

二候虎始交：老虎开始有求偶行为。

三候荔挺出：一种叫"荔"的兰草抽出了新芽。

腌肉

俗话说"小雪腌菜，大雪腌肉"。大雪节气一到，广东、四川、湖南等地，家家户户都在忙着腌肉：将粗盐加八角、桂皮、花椒等炒熟，晾凉后，涂抹在鱼、肉上并反复揉搓至肉的表面微红、有液体渗出时，再把肉放到坛子里，把剩下的盐撒上去，在上面压一块石头进行腌制。两周后取出，挂在朝阳的屋檐下晾干。大雪时节腌肉，春节的餐桌上就又多了一道美食。

53

白居易

生卒：772—846年
字号：字乐天，号香山居士、醉吟先生
称号：诗魔、诗王，与元稹（zhěn）合称"元白"
爱好：酿酒、藏书

扫码听音频

冬至 | 邯郸冬至夜

唐 白居易

邯郸驿里逢冬至，
抱膝灯前影伴身。
想得家中夜深坐，
还应说著远行人。

译文

居住在邯郸客栈的时候正好赶上冬至，而我只能抱膝坐在灯前，与自己的影子相伴。

我想，家中亲人今日围坐在灯前，应该会欢聚到深夜，还应该会谈到我这个离家在外的人吧。

冬至

冬至，又称冬节，是北半球一年中白天最短、夜晚最长的一天。冬至过后，各地陆续进入了"数九寒天"的极寒天气。

冬至三候

一候蚯蚓结：蚯蚓蜷缩着身子，像打结了一样。

二候麋（mí）角解：麋鹿的角脱落下来。

三候水泉动：深藏在地下的水和山里的泉水悄悄流动起来。

吃水饺

相传有一年冬天，张仲景在回乡的路上看到乡亲们饥寒交迫，不少人的耳朵都冻烂了，非常心痛。于是冬至这天，他让弟子把羊肉和一些祛寒药材包到面皮里，做成耳朵的形状煮熟，取名"娇耳"，分给病人食用。人们吃后浑身暖和，两耳发热。

后人为了纪念张仲景，就在每年冬至这天包一些"娇耳"来吃。也就是如今冬至吃水饺的习俗。

生卒：？—1225年
字号：字子野
　　　号小山

杜耒

扫码听音频

小寒 | 寒夜

宋 杜耒

寒夜客来茶当酒，
竹炉汤沸火初红。
寻常一样窗前月，
才有梅花便不同。

译文

　　冬夜有客来访，主人点火烧水，以茶代酒招待客人。此时，火炉炭火刚红，水在壶里沸腾着。

　　月光照射在窗前，与平时并没有什么两样，只是窗前有几枝梅花在月光下幽幽地开着，就显得与往日不同了。

小寒

一月5、6或7日

俗话说"冷在三九",而小寒正值"三九"前后,所以小寒一到,意味一年中最寒冷的日子来了。古人有"二十四番花信风"之说,从小寒到谷雨,八个节气,二十四候,每一候,有一种花开放。而小寒,正是腊梅凌寒开放的时候。

小寒三候

一候雁北乡:大雁开始陆续向北方迁移。

二候鹊始巢:喜鹊开始筑巢。

三候雉始雊(gòu):雉,是野鸡;雊,是鸣叫的意思。野鸡开始鸣叫。

吃菜饭

以前,南京人对小寒颇为重视。这一天,人们会剁上一些生姜粒,再用青菜矮脚黄、咸肉片、香肠片或是板鸭丁,与糯米一起煮成菜饭来吃。小寒是一年之中最冷的节气,也是阴气最盛的时期。南京菜饭药食双补,美味可口,冬日里吃完后特别暖和。

而广州的传统,则是小寒早上吃糯米饭。为避免太糯,一般是60%的糯米和40%的香米同煮。然后把腊肉和腊肠切碎,炒熟,花生米炒熟,再加一些碎葱白,拌在饭里面吃。

邵雍

生卒：1011—1077年
字号：字尧夫，号安乐先生、伊川翁
专长：理学、数学
诗风：随性而咏，理趣幽缈

扫码听音频

大寒 | 大寒吟

宋 邵雍

旧雪未及消，新雪又拥户。
阶前冻银床，檐头冰钟乳。
清日无光辉，烈风正号怒。
人口各有舌，言语不能吐。

译文

前些日子下的雪还没消融，新雪又封闭了门户。

石阶上覆盖着厚厚的白雪，就像银色的床铺一样，屋檐上垂挂的冰柱，像是倒悬的钟乳石。

清冷的太阳失去了温暖的光辉，凛冽的寒风正在愤怒地呼号。

人们口中虽有舌头，却仿佛被冻住了似的，说不出话来。

大寒

一月 20或21日

大寒，有天气寒冷到极点的意思。俗话说"大寒到顶端，日后天渐暖"，大寒时节天气虽然寒冷，但因为已近春天，所以极寒过后，气温反而开始有回升的迹象了。

大寒三候

一候鸡乳：可以开始孵小鸡了。

二候征鸟厉疾：征鸟，是指鹰隼（sǔn）之类的鸟；厉疾，是快速、迅猛的意思。鹰隼之类的鸟快速地盘旋在空中寻找食物。

三候水泽腹坚：水域中的冰一直冻到水中央，而且冻得结结实实。

吃年糕

在古代，很多地方都有吃糯米驱寒的习俗，因为糯米比大米含糖量高，吃完浑身暖和，利于驱寒。糯米制做的食物中，有"吉祥如意、步步高升"寓意的年糕最受欢迎。所以，我国大部分地区都有大寒吃年糕的习俗。

因为地域不同，人们所吃的年糕种类也不同，比如云贵、四川、重庆、湖北等地吃糍粑，宁波吃水磨年糕，上海吃毛蟹年糕，北京吃红枣桂圆年糕，又叫"消寒糕"。

扫码收听，同步伴读

赏诗词，听故事，学知识

腹有诗书气自华，让诗词融入孩子的人生

讲给孩子的
诗词中国

藏在古诗词里的十二生肖

◎糖雪人————著绘

黑龙江美术出版社

图书在版编目（ＣＩＰ）数据

讲给孩子的诗词中国 / 糖雪人著绘. —— 哈尔滨：
黑龙江美术出版社, 2022.5
ISBN 978-7-5593-6788-4

Ⅰ.①讲… Ⅱ.①糖… Ⅲ.①古典诗歌－中国－少儿
读物 Ⅳ.①I222

中国版本图书馆CIP数据核字(2020)第236184号

JIANGGEI HAIZI DE SHICI ZHONGGUO

书　　名/ 讲给孩子的诗词中国
作　　者/ 糖雪人◎著绘
出 品 人/ 于　丹
责任编辑/ 颜云飞
特约编辑/ 李艺芳
出版发行/ 黑龙江美术出版社
地　　址/ 哈尔滨市道里区安定街225号
邮政编码/ 150016
发行电话/（0451）84270524
经　　销/ 全国新华书店
印　　刷/ 天津创先河普业印刷有限公司
开　　本/ 1/16 787mm × 1092mm
印　　张/ 30
版　　次/ 2022 年 5 月第 1 版
印　　次/ 2022 年 5 月第 1 次印刷
书　　号/ ISBN 978-7-5593-6788-4
定　　价/ 208.00元（全8册）

目录

读十二辰诗卷掇其馀
作此聊奉一笑
［宋］朱熹

鼠圃夸卤冬雄，
饥废豪莽三争。
啮耕听嗟卧蛇，
箪牛圈园龙与
空赢虎兔蛰不
闻驾才业看角
夜晓时旧君头

毁车杀马罢驰逐,
烹羊酤酒聊从容。
手种猴桃垂架绿,
养得鹍鸡鸣角角。
客来犬吠催煮茶,
不用东家买猪肉。

【生僻字注音】
啮(niè)　　　羸(léi)
酤(gū)　　　鹍(kūn)

5

生肖纪年与美好寓意

十二生肖，又名属相，是中国人用来代表年份的十二种动物，与十二地支相配用以纪年。早在先秦时，我们的祖先便已经使用天干地支纪年。天干有十个，地支有十二个，顺序相配，两个一组，有六十个组合，就是六十年为一个循环，周而复始。比如，1984 年是甲子年，下一个甲子年就是 2044 年。

但是，对于普通老百姓来说，这种纪年法太复杂了，很难记认。为了方便，人们把十二地支和十二种动物对应搭配起来，顺序排列为子鼠、丑牛、寅（yín）虎、卯（mǎo）兔、辰龙、巳（sì）蛇、午马、

天干

| 甲 | 乙 | 丙 | 丁 | 戊 | 己 | 庚 | 辛 | 壬 | 癸 | 甲 | 乙 |
| 子 | 丑 | 寅 | 卯 | 辰 | 巳 | 午 | 未 | 申 | 酉 | 戌 | 亥 |

地支

未羊、申猴、酉（yǒu）鸡、戌（xū）狗、亥（hài）猪，生肖纪年法就此应运而生。

生肖纪年法十二年为一个循环，比如1984年出生的人属鼠，那么12年后的1996年出生的人也属鼠。在民间，有属什么像什么的说法，意为人的神态、性格等与自己的属相动物有相似性。当然，这只是一种寓意，表达了亲朋好友对宝宝的美好祝福，也展现了中国的生肖文化。

从古至今，中国人对十二生肖喜爱有加，不仅创作出许多生动有趣的传说，衍生出形形色色的风俗，文人墨客还留下了无数诗词名篇。其中，十二生肖诗，又称十二属诗、十二辰诗，将十二属相名称依次嵌入诗句中，是一种比较独特的诗歌文化，代表作有南朝沈炯（jiǒng）的《十二属诗》和宋朝朱熹（xī）的《读十二辰诗卷掇（duō）其馀作此聊奉一笑》等，流传至今。

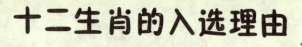

十二生肖的入选理由

关于十二生肖的起源，古今学者众说纷纭，至今未有定论。但有一种解释颇有道理，被许多人接受，那就是生肖起源与动物崇拜有关。原始社会，生产力低下，人们对大自然的认识有限，一方面要依赖动物以获取食物，一方面又害怕动物的伤害和攻击，对一些超越人类极限的动物器官功能生出崇敬感，逐渐转变为对动物的崇拜。

那么，为什么选择鼠、牛、虎、兔、龙、蛇、马、羊、猴、鸡、狗、猪这十二种动物作为生肖呢？这与它们和人类的亲密程度有关。

第一类是驯化了的动物：牛、马、羊、鸡、狗、猪。《三字经》中说："马牛羊，鸡犬豕，此六畜（chù），人所饲。"意思是，马、牛、羊、鸡、狗和猪，这六种动物被称作"六畜"，都是人们家里经常饲养的。在古代农耕社会，五谷丰登、六畜兴旺，代表着一个家族的兴盛与富足。六畜与人类的生活如此息息相关，自然入选十二生肖。

　　第二类是大自然中与人类关系密切的动物：鼠、虎、兔、蛇、猴。老鼠与人类关系最为紧密，只要有粮食的地方，就一定会发现它们的踪迹；兔子和猴子在人类看来活泼可爱，所以创造了很多正面形象，如《西游记》中的石猴孙悟空、中秋节的时令玩具兔爷等；老虎和蛇是人类在野外最容易遇见的危险动物，所以也最畏惧它们。

　　第三类就是十二生肖里唯一虚构的动物，中华民族的文化图腾——龙。传说，黄帝统一四方后，在召开部落联盟大会时，从每个部落的图腾中抽取一部分元素组合起来，创造出了全新的龙图腾。从此，龙就成了华夏民族的精神象征，它入选十二生肖也就理所当然了。

猫为什么没有入选？

　　真实的原因是，猫"迟到"了！我国记载家猫的文献最早在西汉，此前，在文字记载或壁画、图腾等里面，均没有发现家猫的踪影。而等到古人开始驯养猫的时候，十二生肖已确定了。

曹邺

生卒：不详
字号：字邺之，一作业之
称号：广西诗风开创人，与
　　　刘驾并称"曹刘"
诗风：抒发感慨，体恤
　　　民疾

扫码听音频

鼠 | 官仓鼠

唐　曹邺

官仓老鼠大如斗，
见人开仓亦不走。
健儿无粮百姓饥，
谁遣朝朝入君口？

注释

斗：量粮食的器具，容量是一斗。

健儿：士兵。

遣（qiǎn）：让，使。

译文

官府粮仓里的老鼠大得像量米的斗，看见人来开粮仓也不逃走。

守卫边疆（jiāng）的将士没有粮食，辛劳的百姓也在挨饿，是谁天天把这些粮食送到你们嘴里的？

赏析

这是一首讽喻诗。官仓鼠肥硕如斗，士兵百姓却忍饥挨饿，二者形成鲜明对比，锋芒直指封建社会的统治者，把他们的贪婪嘴脸展现无遗。

全诗语言浅白，意蕴深厚，立意高远，深受文人志士的推崇。

生肖寓意：
智慧机敏、才华横溢

属鼠诗人：
杜甫、白居易、李清照

鼠年举例：
1996 年、2008 年、2020 年

生肖故事 鼠为"生肖之首"的由来

很久以前，玉皇大帝让动物们在正月初一前往天宫，先到的动物可以入选十二生肖。消息一传开，老鼠就跟猫约好了，在大年三十晚上一起动身。到了三十晚上，老鼠来到约定地点，等了好久，猫也不来，老鼠猜猫肯定睡懒觉呢，便不再等，抓紧时间上路了。老鼠走得很快，竟然第一个到了天宫门口，所以位列十二生肖第一位。而睡懒觉的猫因为迟到而落选了，它觉得这都是老鼠的错，从此一见到老鼠就穷追不舍。

生肖百科 祭祀老鼠的填仓节

农历正月二十五，古时民间称为"填仓节"，是一个象征新年五谷丰登的节日，会祭祀"仓神"。传说中，仓神就是老鼠，号为"大耗星君""掌管仓中之耗子"。这一天，家家户户都会在仓囤装满粮食；有的地方，会用草灰撒成粮囤形状，里面撒上五谷杂粮，再用瓦盖上，意为粮食满仓；有的地方，还要点灯烧香以祭祀仓神，祈求仓神口下留情，少来偷吃。

老鼠为什么被称作"耗子"？

五代时，战争频繁，苛捐杂税繁多，正项之外有各种附加税，附加税之外还有"雀鼠耗"，意为被麻雀、老鼠吃掉的损耗。官府规定：每缴（jiǎo）粮食一石，加损耗两斗；就连丝、棉、绸、线、麻、皮等雀鼠不吃的东西也算在内，每缴银十两加耗半两。百姓苦不堪言，却不敢公然抱怨，只能咒骂老鼠是"耗子"。

【生肖成语】

鼠目寸光：老鼠的目光只有一寸之远。比喻见识短浅、缺乏远见。

胆小如鼠：胆子小得像老鼠一样。形容非常胆小。

投鼠忌器：想要打老鼠，又害怕损害器具。形容做事犹豫不决，因有顾忌而不敢大胆行动。

诗词拓展

硕鼠（节选）
《国风·魏风》

硕鼠硕鼠，无食我黍！

三岁贯女，莫我肯顾。

逝将去女，适彼乐土。

乐土乐土，爰得我所。

杨万里

生卒	1127—1206年
字号	字廷秀，号诚斋
称号	一代诗宗、"南宋四大家"之一
爱好	品茶、美食

扫码听音频

牛 | # 桑茶坑道中（其七）

宋 杨万里

晴明风日雨乾时，
草满花堤水满溪。
童子柳阴眠正着，
一牛吃过柳阴西。

注释

桑茶坑：地名，在安徽泾县。
乾（gān）：同"干"。
花堤（dī）：鲜花盛开的堤岸。
柳阴：柳下的阴影。

译文

雨后初晴，和风日暖，地面上的雨水已蒸发干净，小溪里的流水却涨满河槽，堤岸处绿草繁茂、野花盛放。

岸边柳阴里，小牧童睡梦正酣，那头老牛只顾埋头吃草，越走越远，直吃到了柳林的西面。

这首诗描写的是初春时节的田野风光，天气由雨而晴，地面由湿而干，溪水由浅而满，花草在风中摇曳，儿童静谧入眠，老牛肆意吃草，展示出大自然流动的生机。全诗远景写意，粗放淋漓；近景写人，细致入微，语言浅显易懂，勾勒出浓浓的生活气息和古典纯净之美。

15

生肖寓意：
勤劳强壮、憨厚倔强

属牛诗人：
孟浩然、李白、苏轼

牛年举例：
1997 年、2009 年、
2021 年

知错能改的老牛

　　古时，大地寸草不生，玉帝便问众神仙，谁愿去人间播种。老牛当时在殿前当差，自告奋勇接下了任务。玉帝吩咐老牛走三步撒一把草籽，但是老牛出天宫时摔了一跤，头发晕，误以为玉帝是说走一步撒三把草籽，就这样做了。结果第二年，人间野草丛生，庄稼无处生长。玉帝大怒，惩罚老牛以后只能吃草，祖祖辈辈帮农夫干活。老牛知错能改，来到人间后，勤劳能干，任劳任怨。人们都很喜欢老牛，一致推举它为十二生肖之一。

田单火牛阵杀敌

　　战国时，燕国乐毅率六国联军进攻齐国，一路所向披靡（mí）。齐国田单将军坚守即墨城数年，危亡之际，他挑选了一千多头牛，在牛角绑上两把尖刀，在牛尾系上浸透了油的苇束，牛身上披着大红大绿的被子。午夜时分，田单在牛尾上点了火，牛就朝着燕军猛冲过去，齐军的五千勇士紧跟着冲杀上去，燕军被杀得七零八落，死伤无数，齐军反败为胜。

【生肖成语】

对牛弹琴：形容跟不通事理的人讲道理，有讥笑对方愚蠢之意，或讽刺说话的人不看对象。

杀鸡焉用牛刀：比喻没有必要在小事情上耗费大力气。

16

诗词百科 丰收吉兆鞭春牛

宋朝熙宁年间，《秦州志》记载：州城南门外人山人海，知州带着文武官员庄严肃立，手中都拿着五色丝缠成的鞭子。中间一头披红挂彩的春牛，用泥土塑就，活灵活现。鼓乐声中，官员依序上前，围着春牛转一圈，抽三鞭，一旁有小吏高声吼着劝农歌。当最后一名官员结束时，锣鼓一个变奏，百姓一拥而上弄碎春牛，将抢得的春牛泥撒在田里。

这套仪式，称为鞭春牛，意在祈求丰年。正如唐朝元稹（zhěn）《生春》诗云："鞭牛县门外，争土盖春蚕。"

诗词拓展

病牛

唐 李纲

耕犁千亩实千箱，
力尽筋疲谁复伤？
但得众生皆得饱，
不辞羸（léi）病卧残阳。

苏轼

生卒：1037—1101年
字号：字子瞻，号东坡居士
称号："唐宋八大家"之一
爱好：书法、绘画、美食、
　　　酿酒

扫码听音频

虎 | 江城子·密州出猎

宋 苏轼

老夫聊发少年狂，左牵黄，右擎苍，锦帽貂裘，千骑卷平冈。为报倾城随太守，亲射虎，看孙郎。

酒酣胸胆尚开张。鬓微霜，又何妨！持节云中，何日遣冯唐？会挽雕弓如满月，西北望，射天狼。

江城子：词牌名。

黄：黄犬。

擎（qíng）苍：托起苍鹰。

孙郎：三国东吴孙权。

节：传达命令的符节。

天狼：星名，又称犬星，原指侵掠，此处隐指辽国与西夏。

译文

　　我姑且抒发一下少年人的豪情，左手牵着黄狗，右臂托起苍鹰，随从将士个个头戴华美艳丽的帽子，身穿貂鼠皮衣，千骑奔驰如疾风般席卷平坦的山冈。为报答全城人追随我的盛意，我要像孙权那样亲手射杀老虎。

　　我痛饮美酒，心胸开阔，胆气更为豪壮，即使两鬓微白，又有何妨？皇帝何时能像汉文帝派冯唐去云中赦免魏尚一样，派人拿着符节来让我去边疆抗敌呢？那时我定将拉弓如满月，瞄准西北，射向辽和西夏。

赏析

　　此词是千古传诵的东坡豪放词代表作，也是宋人较早抒发爱国情怀的词作，在题材和意境方面颇具开拓意义。全词"狂"态毕露，虽描写出猎之行，却旨在抒发兴国安邦之志和慷慨激愤之情，气象恢弘，豪气万千，一反此前词作的柔弱格调，充满阳刚之美。

生肖故事 "百兽之王"老虎

远古时，老虎雄霸山林，勇猛无比，玉帝便任命它为天宫卫士，又让它下凡镇住作恶的百兽。当时，狮子、熊、马最为厉害，老虎凭着高超的武艺一一击败了他们，其他恶兽闻风而逃，百姓喜笑颜开。玉帝一高兴，便在老虎前额刻下三条横线，记为三功。后来，人间受到东海龟怪的骚扰，老虎又咬死了龟怪。玉帝又给老虎记功，在三横之中添了一竖，一个醒目的"王"字就出现在了老虎前额。从此，老虎就成为百兽之王，并入选十二生肖了。

生肖百科 孙权射虎

三国时，东吴开国皇帝孙权喜欢游猎。这日，他和侍从张世等人出城赏景打猎，行至栖霞山，树林中突然窜出一只斑斓（lán）猛虎，孙权紧追不舍，将双戟（jǐ）投向猛虎，没中，又急取弓箭，射中了虎的前胸。猛虎咆哮如雷，纵身扑向孙权。危急关头，张世飞出一柄青铜长戈，击中了猛虎的天灵盖，让它一命呜呼。百姓见猛虎被杀，十分惊喜，孙权射虎的事就在民间传开了。

苏轼与柳永的PK

诗词百科

　　苏轼作词时，正是柳永词风靡北宋之际。苏轼想改变当时的柔媚词风，就以柳永为对手，树起了"自是一家"的旗帜，且因自己的词有别于"柳七郎（柳永）风味"而得意。宋朝俞文豹《吹剑续录》上记载：苏东坡有一幕士善歌，东坡问他："我的词与柳永词相比怎么样？"幕士说："柳永词，适合十七八岁女孩执红牙板歌咏；学士词，须关西大汉持铜琵琶、铁绰板吟唱。"此言是对苏东坡的豪放词与柳永的婉约词最形象的解释。

【生肖成语】

狐假虎威：狐狸借老虎之威吓退百兽。比喻倚仗别人的势力欺压其他人。

三人成虎：三个人谣传集市上有老虎，听者信以为真。比喻谣言经过多人重复，能使人信以为真。

画虎类犬：画技不好，画的老虎看起来更像狗。比喻模仿人或事不成功，显得很不成样子。

诗词拓展

画虎

明 汪广洋

虎为百兽尊，罔（wǎng）敢触其怒。

惟有父子情，一步一回顾。

21

李白

生卒：701—762年
字号：字太白，号青莲居士
称号：诗仙、谪（zhé）仙人
爱好：饮酒、旅行、
剑术

扫码听音频

兔 | 古朗月行（节选）

唐 李白

小时不识月，呼作白玉盘。

又疑瑶台镜，飞在青云端。

仙人垂两足，桂树何团团。

白兔捣药成，问言与谁餐？

注释

朗月行：乐府旧题。

瑶台：传说中西王母居住的地方。

仙人：传说驾月的车夫叫望舒，又名纤阿。

问言：问。言，语助词，无实意。

小时候不认识月亮，把它称作白玉盘。

又怀疑它是瑶台仙镜，飞在夜空青云之上。

当月亮初生的时候，先看到仙人的两只脚，接着，团团的大桂树出现了。

月中有白兔捣仙药，那究竟是给谁吃的呢？

这首诗共十六句，此处节选了前八句。诗人从儿童视角出发，通过丰富的想象及强烈的抒情，对神话传说进行巧妙加工，勾勒出瑰丽神奇而意蕴深远的艺术形象，展现出诗人的感慨和希望。全诗文辞如行云流水，富有魅力，体现出李白诗歌雄奇奔放、清新俊逸的浪漫主义风格。

生肖故事 兔牛赛跑

　　相传，兔子和黄牛是邻居，兔子因身轻体便跑得快，就嘲笑黄牛。黄牛不服气，私下坚持锻炼，终于练成不知疲乏的"铁脚"。等到玉帝选生肖那天，兔子不等黄牛起床，就先跑了。兔子跑了很久，见身后不见任何动物的影子，不由想：我今天起得最早，跑得又最快，就是睡一觉起来，这生肖头名也非我莫属。于是它放心地呼呼大睡起来。黄牛虽然落后了，但凭着耐力和铁脚，一鼓作气跑到了天宫。兔子睡醒后急忙追赶，却还是慢了，只排在了第四名。

【生肖成语】

守株待兔：想捉兔子自己不去找，却守着大树等兔子撞上来。比喻不主动努力，而心存侥幸，希望得到意外收获。

狡兔三窟（kū）：狡猾的兔子准备了好几个藏身的洞穴。比喻掩盖的方法多。

月宫中的玉兔

　　玉兔，又称月兔，是中国古代神话中的祥瑞，传说是嫦娥的宠物。追溯玉兔的缘起，大概与神仙西王母有关。玉兔、三足乌、九尾狐同为西王母的三宝，而玉兔常年累月为西王母制造长生不老药，表现最勤劳，便被送上了月宫。嫦娥在月宫生活寂寥，玉兔的到来，为她增添了不少生气。从此，玉兔就在月宫里和嫦娥相伴，并勤勤恳恳地为她捣制长生不老药。

兔儿爷的来历

　　传说有一年，北京城里瘟疫横行，百姓痛苦不堪。为结束苦难，玉兔变成白衣郎中来到民间。但百姓忌讳玉兔一身白衣，玉兔就到庙里借了神像的盔甲穿上，老虎、大象、梅花鹿、麒麟等动物，则日夜载着玉兔东奔西走，瘟疫终被消除。百姓感激玉兔，请巧匠用泥塑彩绘做成玉兔的样子供奉在堂前，尊称为"兔儿爷"，每到农历八月十五，会摆上新鲜的果蔬五谷供奉祭拜，祈求全家平安吉祥。兔儿爷现已成为最具代表性的北京非物质文化遗产之一。

诗词拓展

宫词（其二十三）

唐 王建

新秋白兔大于拳，
红耳霜毛趁草眠。
天子不教人射杀，
玉鞭遮到马蹄前。

李商隐

生卒年：约813—约858年
字号：字义山，号玉谿（xī）
生
称号：和杜牧合称"小李杜"
诗风：构思新奇，风格
秾丽

扫码听音频

龙 | 咏史

唐 李商隐

北湖南埭水漫漫，
一片降旗百尺竿。
三百年间同晓梦，
钟山何处有龙盘。

注释

北湖：金陵（今南京）玄武湖。

南埭：鸡鸣埭，在玄武湖边，此处代指玄武湖。埭（dài），水闸，土坝。

一片降旗百尺竿：指吴主孙皓投降晋龙骧将军王浚，也指陈后主投降隋庐州总管韩擒虎。

三百年：指东吴、东晋、宋、齐、梁、陈六朝建国年代的约数。

钟山：金陵紫金山。

译文

玄武湖已成了汪洋一片，一片降旗挂上百尺竿头。
三百来年如同一场短梦，钟山哪一处有真龙盘踞？

赏析

这是一首吟咏六朝兴衰更替的诗作。先是追述当年六朝的繁华和亡国时的情景，含蓄地嘲讽了六朝亡国之君的荒淫昏庸，又用"晓梦"巧妙概括了六朝的兴衰更迭，流露出对六朝兴亡的无限感慨之情，顺势质疑：定都于此的王朝纷纷被攻占，哪里看得出"龙盘"之势？

27

生肖寓意：
光明勇敢、皇权象征

属龙诗人：
谢朓、林逋、贺铸

龙年举例：
2000 年、2012 年、
2024 年

生肖故事 借角不还的龙

　　玉帝要开生肖大会，龙也被邀请参加。龙有一身亮晶晶的鳞甲，很是威武，但头上光秃秃的，很难看。它看到公鸡头上有一对美丽的大角，就问公鸡："鸡老弟，可以把你的角借我吗？你有漂亮的花外衣，即便没有这对角，也是最美丽的。"公鸡一听，不禁骄傲起来，便把角借给了龙。大会上，大家都对龙头上的角赞不绝口，龙就不想把角归还给鸡了。大会结束后，它一看到公鸡来就跳到水里躲了起来。从此，每天天一亮，公鸡总要大叫："龙哥哥，角还我……"

龙的形象

　　中国的龙文化源远流长，早在远古时就有龙的传说。《周易》云"飞龙在天""云从龙""震为龙"，是说天上的乌云、闪电和雷鸣都是龙所为。那时龙的形象比较简单，直到唐宋之后，龙才逐渐形成今天的形象。宋人罗愿在《尔雅翼》中有"释龙"："角似鹿、头似驼、眼似兔、项似蛇、腹似蜃（shèn）、鳞似鱼、爪似鹰、掌似虎、耳似牛"。在百姓心中，龙象征着自由欢腾，所以经常在喜庆节日舞龙、赛龙舟，祈求平安幸福。

龙生九子，各有所好

囚牛：牛头龙身，喜欢音乐，多刻于胡琴头上。

睚眦（yá zì）：龙角豹身，生性好斗，常被雕饰在刀柄、剑鞘上。

嘲风：形似狗，喜好冒险，用作殿角的装饰。

蒲牢：形似盘曲的龙，喜欢吼叫，充作洪钟提梁的兽钮。

狻猊（suān ní）：形如狮，喜烟好坐，用作佛座或香炉的脚步装饰。

赑屃（bì xì）：形似龟，好负重，宫殿、祠堂、陵墓中均可见其背负石碑。

狴犴（bì àn）：形似虎，平生好讼，往往刻于狱门之上。

负屃（fù xì）：身似龙，喜好诗文，常盘绕在石碑碑文顶部。

螭吻（chī wěn）：龙头鱼身，平生好吞，常出现在建筑物的屋脊上。

诗词拓展

狼山观海

宋 王安石

万里昆仑谁凿破，无边波浪拍天来。

晓寒云雾连穷屿，春暖鱼龙化蛰雷。

阆苑仙人何处觅？灵槎使者几时回？

遨游半在江湖里，始觉今朝眼界开。

【生肖成语】

画龙点睛：原是形容画家张僧繇（yáo）画技传神。后比喻写文章或者讲话时，在关键处用精辟的言语点明主旨，使内容更生动、更具感染力。

攀龙附凤：比喻依附有名望的人，从中获取名利。

29

曹操

生卒：155—220年
字号：字孟德，谥号魏武帝
称号："建安文学"代表人物
爱好：书法

扫码听音频

蛇 | 龟虽寿（节选）

东汉 曹操

神龟虽寿，犹有竟时。
腾蛇乘雾，终为土灰。
老骥伏枥，志在千里。
烈士暮年，壮心不已。

注释

神龟：传说中的通灵之龟，能活几千岁。
竟：终结，这里指死亡。
腾蛇：仙兽，又名飞蛇，是一种会腾云驾雾的蛇。
骥（jì）：良马，千里马。
枥（lì）：马槽。

神龟虽然长寿，但也有死亡的时候。

腾蛇尽管能乘雾飞行，终究也会死亡化为土灰。

年老的千里马即使躺在马棚里，仍有驰骋千里的雄心壮志。

壮志凌云的人就是到了晚年，奋发向上的雄心也不会止息。

赏析

此诗写于曹操北伐乌桓胜利的归途，当时曹操已经五十三岁，但他仍以不断进取的精神激励自己，遂有了这首极富人生哲理的抒怀言志之作。诗人开篇以两个形象的比喻，说明了生死存亡是不可违背的自然规律，但语气随即转为激昂，笔挟风雷，迸发出奋进豪迈之情，淋漓尽致地展现了诗人老当益壮的精神。

生肖故事 弃恶从善的蛇

很久以前，蛇有四条腿，却好吃懒做；青蛙没有腿，靠肚子蠕动爬行，却十分勤快地捕捉害虫。人类因此厌恶蛇，喜欢青蛙。蛇发现此事后，见人就咬，见畜就吃，闹得人间大乱。玉帝大怒，令神兵砍去蛇的四条腿，又见青蛙有功，就将蛇的四条腿赐给了青蛙。蛇痛心改过，也开始吃害虫，还跟着龙学治水，死后又让自己的躯体成为药物，救治了许多病人。玉帝见蛇弃恶从善，奋发向上，就让它上了生肖榜。

生肖百科 人类始祖伏羲女娲

伏羲（xī）、女娲（wā）是中国神话中的创世人物，相传二人都是人首蛇身，原本是兄妹，后来为了拯救苍生，又结为夫妻，生儿育女。伏羲和女娲生育的四个孩子也都是神灵，管理着人间；二人的孙子炎黄二帝，更是成为中华民族的始祖。女娲和伏羲为人类做了很多事情，女娲造人和补天，又创造万物；伏羲教会人类使用火，还创造了太极八卦，发明了文字，结束了人类"结绳记事"的历史。

诗词百科 乱世枭雄，建安风骨

东汉末年，天下大乱，曹操以汉天子的名义平定中原，被称为"一代枭雄"。曹操还是当时文坛的领军人物，在建安年间召集文士，开创了被誉为"建安风骨"的文学风貌。"建安七子"孔融、陈琳等，都是曹操的僚属，不管他们以前做过什么，曹操都不计较。陈琳在袁绍手下时，曾起草过谩骂曹操及其祖先的檄（xí）文。曹操打败袁绍后，陈琳以为自己必死无疑了。曹操却对陈琳说："代替袁绍写文章骂人，骂我本人就可以了，怎么把我的祖宗都骂进去了呢？"曹操任命陈琳为祭酒，让他起草檄书，发挥特长。

诗词拓展

望海楼晚景五绝（其一）

宋 苏轼

横风吹雨入楼斜，

壮观应须好句夸。

雨过潮平江海碧，

电光时掣紫金蛇。

马致远

生卒：1250—约1321年
字号：号东篱
称号："元曲四大家"之一
曲风：高华雄浑，情深
　　　文明

扫码听音频

天净沙·秋思

元　马致远

枯藤老树昏鸦，
小桥流水人家，
古道西风瘦马。
夕阳西下，
断肠人在天涯。

注释

天净沙：曲牌名，属越调。
古道：废弃不用的古老驿道或年代久远的驿道。
西风：寒冷、萧瑟的秋风。

枯藤缠绕的老树上，栖息着黄昏归巢的乌鸦，
小桥下流水潺潺（chán），映出岸边的农家，
荒凉古道上，秋风瑟瑟，一匹瘦马缓缓前行。
夕阳已从西边落下，
孤独忧伤的旅人还漂泊在遥远的地方。

这首小令情景交融，抒写了诗人对家乡的思念之情，被赞为秋思之祖。全曲语言极为凝练，前三行共列出九种景物，无一秋字，却描绘出一幅凄凉动人的秋郊夕照图，言简而义丰；"断肠"二字为诗眼，充分抒发了一个游子倦于漂泊的悲哀愁楚之情，意蕴无尽。

生肖寓意：
勤劳温顺、矫健英勇

属马诗人：
李贺、范成大、元好问

马年举例：
2002 年、2014 年、2026 年

（生肖故事）将功赎罪的天马

远古时，马生有双翅，上天能飞，下地能跑，入水能游，叫天马。天马因得玉帝喜爱，成为御马，渐渐骄横起来。一日，天马硬闯龙宫，飞腿踢死了神龟。玉帝大怒，下令削去天马双翅，将它压在昆仑山下。两百多年后，人类始姐从昆仑山经过，天马大喊道："善良的人祖，快来救我，我愿终生为您效力。"人祖生出同情之心，将天马救出。自此，天马终生为人类效劳，平时耕地拉车，战时征战沙场。玉帝因马诚心立功赎罪，就允许马排进了生肖榜。

（生肖百科）有垂缰之义

东晋十六国时期，前秦世祖苻坚成功消灭前燕、前凉等政权，统一北方。后来，苻坚挥师南下，意图消灭东晋，却最终兵败淝水，各民族趁机纷纷独立。慕容冲身为前燕皇族，也率领军队围攻苻坚。一次战役中，苻坚战败，落荒而逃，不幸跌落到一处山涧中，爬也爬不上来，追兵又逐渐逼近。千钧一发之际，苻坚的坐骑突然跪在涧边，将缰绳垂了下来。苻坚抓住缰绳爬上来，才脱了大难。

载入史册的赤兔马

赤兔马最早见于《三国志·吕布传》，"布有良马曰赤兔"。吕布是三国时一等一的豪杰，以勇武闻名；赤兔是一等一的骏马，可日行千里，夜走八百，传其"浑身上下，火炭般赤，无半根杂毛；从头至尾，长一丈；从蹄至项，高八尺；嘶喊咆哮，有腾空入海之状"。对于一匹马而言，能够名载史册绝对是最高荣誉，它在三国史上的地位也可见一斑。据记载，赤兔马在吕布死后，不知去向，并没有成为关羽的坐骑，《三国演义》中的情节不过是文学杜撰。

诗词拓展

己亥杂诗（其二百二十）

清 龚自珍

九州生气恃风雷，

万马齐喑（yīn）究可哀。

我劝天公重抖擞，

不拘一格降人才。

【生肖成语】

老马识途：老马能够认识道路。比喻经验丰富的人对情况比较熟悉，能更好地把事情办好。

倚马可待：靠着即将出发的战马写文章，让人立等可取。形容人文思敏捷，写文章写得快。

车水马龙：车像流水，马像游龙。形容车马来来往往，场面繁华热闹。

王维

生卒：约701—761年
字号：字摩诘，号摩诘居士
称号：诗佛，与孟浩然合称
　　　"王孟"
爱好：书法、绘画、
　　　音乐

扫码听音频

羊｜渭川田家

唐　王维

斜光照墟落，穷巷牛羊归。

野老念牧童，倚仗候荆扉。

雉雊麦苗秀，蚕眠桑叶稀。

田夫荷锄至，相见语依依。

即此羡闲逸，怅然吟《式微》。

渭川：源于甘肃鸟鼠山，经陕西，流入黄河。

墟落：村庄。

穷巷：深巷。

荆扉：柴门。

雉雊（zhì gòu）：野鸡鸣叫。

蚕眠：蚕在蜕皮前，不吃不动，像睡着一样，叫"蚕眠"。

荷（hè）：肩负的意思。

《式微》：《诗经》篇名，其中有"式微，式微，胡不归"句，此处取思归之意，表作者的归隐心。

夕阳的余晖洒向村庄，牛羊沿着深巷纷纷回归。

村中老人惦念着放牧的孙儿，拄着拐杖在柴门边等候。

麦田里的野鸡鸣叫个不停，蚕儿开始吐丝作茧，桑林里的桑叶已所剩无几。

农夫们三三两两扛着锄头归来，在田间小道上偶然相遇，亲切絮语，乐而忘归。

在这种时刻如此闲情逸致怎不叫我羡慕？我不禁怅然地吟起《式微》。

此诗用白描手法，描绘了渭川田家黄昏时的闲逸景致。全诗的主旨在于"归"，牛羊徐徐而归，牧童放牧归来，农夫扛着锄头归家，写出了人与物皆有所归的景象，最后直抒胸臆，表达了诗人的羡慕之情，以及向往归隐的心情，语言清新自然，诗意盎然。

39

为人类盗取五谷的羊

生肖寓意：
善良温和、孝顺正义

属羊诗人：
曹操、陈子昂、杨万里

羊年举例：
2003 年、2015 年、2027 年

　　远古时，人间没有五谷，人类因长期食用蔬菜和野草，面黄肌瘦。天宫的神羊同情人类，恳求玉帝把天宫的粮食和人类共享，可是玉帝不肯。神羊就偷偷潜入御田，采摘了稻、稷、麦、豆、麻的种子，把它们交给人类并教会人类种植的方法。人类播下种子后，收获了丰盛的粮食。玉帝大发雷霆，下令宰羊于人间。神奇的是，羊受刑之地，不仅长出了草，还出现了小羊羔。羊食草，又为人类贡献了自己的肉、奶和毛，人类十分感激，就举荐羊排入了生肖榜。

生肖百科 广州五羊传说

　　相传周朝时，广州海天茫茫，遍地荒芜，民不聊生。一天，南海的天空忽然响起悠扬的仙乐，出现了五朵彩色祥云，上有五位仙人，身穿五色彩衣，骑着五色仙羊，带着优良稻穗。五位仙人把稻穗赠给了广州人，并祝愿此地五谷丰登，永无饥荒。然后，五位仙人乘云而去，但五只仙羊因依恋人间，就化为石头留了下来，并一直保佑着广州风调雨顺。从此，广州便成了岭南最富庶的地方。这就是广州"羊城"名称的由来。

独角神羊——獬豸

《墨子》记载，春秋晚期，齐国大臣王里国和中里徼（jiǎo）发生纠葛，官司直闹到齐庄公面前。齐庄公无法决断，想到圣人皋陶（gāo yáo）以獬豸（xiè zhì）断案的传说，不由心中一动。相传，獬豸为独角神羊，能分辨忠奸是非。齐庄公严肃认真地将神羊请来决断，说来也怪，王里国陈述时，神羊一动不动，中里徼陈述时，神羊却突然跃起，用角顶中里徼，中里徼败诉。獬豸自古被视为正义的象征，历代执法者官服图案都用它，至今，獬豸的雕像仍矗立在许多法院门口。

【生肖成语】

歧路亡羊： 因岔路太多无法追寻而丢失了羊。比喻事情复杂多变，一旦迷失方向，便可能误入歧途。

亡羊补牢： 羊逃跑了再修补羊圈，还不算晚。比喻当事情出现失误后，及时补救，还能有所挽回。

顺手牵羊： 顺手把人家的羊牵走。现比喻乘机拿走别人的东西。

诗词拓展

书停云壁

宋 辛弃疾

学作尧夫自在诗，

何曾因物说天机。

斜阳草舍迷归路，

却与牛羊作伴归。

扫码听音频

猴 | 早发白帝城

唐 李白

朝辞白帝彩云间，
千里江陵一日还。
两岸猿声啼不住，
轻舟已过万重山。

注释

白帝城：故址在今重庆奉节县白帝山上。
江陵：今湖北荆州市。
猿：猿猴。

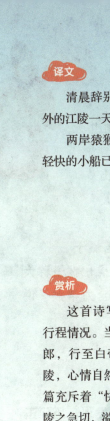

译文

　　清晨辞别了彩云环绕的白帝城，去千里外的江陵一天就到达了。

　　两岸猿猴的啼叫声不断地在耳边响起，轻快的小船已经驶过了千万座高山。

赏析

　　这首诗写的是诗人从白帝城到江陵的行程情况。当时诗人已58岁，却获罪流放夜郎，行至白帝城忽然遇赦，得以乘舟返江陵，心情自然十分欢畅。全诗一泻直下，通篇充斥着"快"感，诗人心情之轻快，返江陵之急切，溢于言表，却回味悠长。

43

生肖寓意：
机灵聪慧、吉祥长寿

属猴诗人：
韩愈、辛弃疾、文天祥

猴年举例：
2004 年、2016 年、2028 年

山中无老虎，猴子称大王

很久以前，老虎以镇山之威成为兽王。一天，老虎不幸落入了猎人的网中，拼命挣扎也无济于事，正好看到猴子过来了，急忙高喊救命。猴子连忙爬上树，解开了猎人的网绳，救出了老虎。老虎很感激猴子，表示救命之恩日后一定报答。之后，两人的关系日益紧密。当虎王外出时，猴子便代行镇山之令，百兽慑于虎王的威势只好听从。这便是"山中无老虎，猴子称大王"的来历。等玉帝选生肖时，老虎倾尽全力帮猴子说情，猴子便也上了生肖榜。

孙悟空与弼马温

《西游记》中，孙悟空曾在天宫任过"弼（bì）马温"一职。有人发现，历代王朝的官职里都没有这个职位。其实，"弼马温"不过是"避马瘟"的谐音。在我国古代，养马的地方往往会同时养一只猴子，认为这能让马群避开瘟疫，此习俗可以追溯到汉朝以前。那么，弼马温到底是多大的官呢？《西游记》中记载，弼马温是御马监正堂管事，下设监丞、监副、典簿、力士等官员，管辖天马千匹。这也就相当于明朝的御马监，官职为正四品、从四品或正五品。

长孙无忌与欧阳询互讽

　　唐太宗时，一次宫宴上，太宗兴致不错，便让臣子们作诗助兴。宰相长孙无忌是皇后兄长，他先以名臣欧阳询为题："耸膊成山字，埋肩不出头。谁家麟阁上，画此一猕猴？"这是讽刺欧阳询的相貌，说他像猴子。欧阳询反应很快，看着长孙无忌也毒舌了一把："索头连背暖，漫裆畏肚寒。只因心混混，所以面团团。"这是嘲讽长孙无忌肥胖如面团。太宗失笑："欧阳询，你也不怕皇后听见？"欧阳询说："皇帝在此，何惧皇后。"三人一起哈哈大笑。

【生肖成语】

杀鸡儆猴：杀掉鸡以吓唬猴子。比喻惩戒一个人以警告其余人。

尖嘴猴腮：尖嘴巴，瘦面颊。形容人相貌丑陋粗俗。

沐猴而冠：猕猴戴帽子，装成人的样子。比喻虚有其表，得意忘形；或是讽刺为人愚鲁无知，空有表面。

诗词拓展

重送裴郎中贬吉州

唐 刘长卿

猿啼客散暮江头，

人自伤心水自流。

同作逐臣君更远，

青山万里一孤舟。

孟浩然

生卒：689—740年
字号：字浩然，号孟山人
称号：与王维合称"王孟"
爱好：旅行

扫码听音频

鸡 | 过故人庄

唐 孟浩然

故人具鸡黍，邀我至田家。
绿树村边合，青山郭外斜。
开轩面场圃，把酒话桑麻。
待到重阳日，还来就菊花。

46

过：拜访。

具：准备。

黍（shǔ）：黄米，古代认为是上等的粮食。

郭：古代城墙有内外两重，内为城，外为郭。此处指村庄的外墙。

场圃：农家小院。场，打谷场。圃，菜园。

就：此处指欣赏。

译文

老朋友准备了鸡和黄米饭，邀请我到他的田庄做客。

翠绿的树木环绕着小村子，村子外面青山连绵不断。

打开窗户面对着谷场和菜园，我们喝着酒，谈论着今年庄稼的长势。

等到九月初九重阳节的那一天，我还要再来和你一起喝酒，观赏菊花。

赏析

　　这是诗人隐居鹿门山时，描写恬淡生活的田园诗。先写诗人受邀访友途中的景象，烘托出清新氛围，后写在友人家中话家常的场面，最后与友人约定重阳再聚，表达了诗人对农家生活的喜爱，也流露出与友人友情的真挚深厚。全诗由"邀"到"访"再到"至"最后到"约"，一气呵成，自然流畅。

生肖故事 打鸣司晨的鸡王

以前，鸡王争强好斗，总是打架斗殴，惹是生非。而玉帝封十二生肖时，主要看动物对人类的贡献，鸡王按理是排不上的。鸡王好好想了想，决定用自己的金嗓子唤醒沉睡的人们。于是每天早晨，鸡王都会早早起床，亮开嗓子喔喔大叫，叫醒酣眠的人类。久而久之，人类非常感谢鸡王，就请玉帝把鸡王也封为生肖。鸡成为生肖后，更加勤勉，日复一日地打鸣司晨。

生肖百科 古代"养鸡专业户"

西汉《列仙传》中，提到过一个"养鸡专业户"——祝鸡翁。《列仙传》里的人虽然各有神迹，但并非杜撰，如姜子牙、老子、范蠡（lí）等都确有其人。据说，祝鸡翁是洛地人，住在尸乡北山脚下，养鸡一百多年，散养了上千只鸡。这些鸡白天觅食，晚上栖息在树上。他给每只鸡都起了名字，每叫一个名字，被点名的鸡都会应声前来。

晚年，他将这些鸡出售，到吴山生活，有数百只白鹤和孔雀常伴他左右。

"面试"失败的孟浩然

　　青年时代的孟浩然，放荡不羁爱自由，对仕途不屑一顾，喜欢隐居。人到中年时，孟浩然思想稍稍转变，就前往长安参加科举，但没有考中。落榜后，孟浩然到王维家做客，皇上突然驾到，孟浩然慌忙间藏到了床下。皇上发现有两盏茶，问道："谁在这里做客？"王维回禀："是襄阳才子孟浩然。"孟浩然从床下爬了出来，皇上问他："可有新作？"孟浩然吟诵了《岁暮归南山》，委婉表达了怀才不遇的孤愤。令孟浩然没想到的是，皇上听到"不才明主弃"时，十分气愤："你不求仕，为什么要污蔑我？"自此，孟浩然一生与仕途无缘。

诗词拓展

画鸡

明 唐寅

头上红冠不用裁，
满身雪白走将来。
平生不敢轻言语，
一叫千门万户开。

【生肖成语】

鸡犬不宁： 鸡狗等动物都被骚扰不得安静。形容受到严重的扰乱。

鸡犬升天： 鸡、狗跟着主人一起升天成仙。比喻一人得志后，和他有关系的人也都跟着发达。

鸡飞蛋打： 鸡飞走了，蛋也打破了。比喻两头落空，一无所得。

刘长卿

生卒：？—约789年
字号：字文房
称号："五言长城"
爱好：旅行

扫码听音频

狗 | 逢雪宿芙蓉山主人

唐 刘长卿

日暮苍山远，
天寒白屋贫。
柴门闻犬吠，
风雪夜归人。

注释

芙蓉山： 此处大约是指湖南桂阳或宁乡的芙蓉山。
苍山： 青山。
白屋： 茅屋。

译文

太阳落山了，青山苍茫更加显得山路遥远，天气寒冷，山中的茅屋更加显得贫寒。

忽然听到柴门外传来了狗叫声，原来是茅屋的主人冒着风雪回来了。

赏析

本诗描写了诗人风雪夜投宿时所见所闻，诗中有画，画外抒情。本诗看似跳脱，但"柴门"上承"白屋"，"风雪"对应"天寒"，"夜"与"日暮"在时间上衔接，紧紧相扣。从写法上看，上联写诗人自己，下联似写"夜归人"，实则以他人表达诗人内心之感，情景交融，浑然一体。

生肖故事 猫狗不和的缘由

传说，玉帝选生肖时，问起狗和猫的食量。猫抢先回答说："我会抓老鼠，每顿吃一灯盏。"狗老老实实回答："我每天看门守园，一顿一盆。"玉帝断定，猫吃得少干事多，贡献比狗大。狗气愤极了，觉得猫用谎言赢了自己，就一边骂，一边追咬猫。猫自知理亏，一溜烟跑了，不敢露面。正好这时，天宫召集动物排队竞逐生肖，狗急忙赶到天宫，进了生肖榜，猫却因躲藏错过了机会。此后，诚实正直的狗，始终不原谅猫，见到猫就追，直到今天。

生肖百科 狗有湿草之恩

晋人干宝所著《搜神记》中，有一个义狗救主的故事。三国时期，吴国人李信纯有一只狗，取名黑龙，非常通人性。一天，李信纯出门会友，喝得酩酊大醉，回家时摔倒在草地上，便睡了过去。这时，猎人们放火围猎，大火很快就要烧到李信纯了，他仍酣睡不醒。黑龙急忙拉他，却拉不动。黑龙立刻跑到附近的溪水里，把全身弄湿，然后跑回来，用身上的水将李信纯附近的草打湿。黑龙如此往返多次，李信纯最终幸免一死。

张打油的《咏雪》

唐开元时，有个人名叫张打油，善于调侃写诗，后人将这种风格的诗称为"打油诗"。一年冬天，村里下了一场鹅毛大雪，遍野雪白。同村的百姓很高兴，要张打油以"咏雪"为题作诗。张打油望着漫天飞舞的雪花，取来纸砚笔墨，凝神沉思。这时，一只黄狗和一只白狗追逐而来。他立刻挥毫写就："江上一笼统，井上黑窟窿。黄狗身上白，白狗身上肿。"这首诗虽然滑稽却也风趣，形象地写出了雪中景物的特点。

诗词拓展

访戴天山道士不遇

唐 李白

犬吠水声中，桃花带露浓。

树深时见鹿，溪午不闻钟。

野竹分青霭，飞泉挂碧峰。

无人知所去，愁倚两三松。

陆游

生卒：1125—1210年
字号：字务观，号放翁
称号：南宋诗人之冠，"南宋四大家"之一
爱好：美食、养生、书法、养猫

扫码听音频

猪 | 游山西村

宋 陆游

莫笑农家腊酒浑，丰年留客足鸡豚。

山重水复疑无路，柳暗花明又一村。

箫鼓追随春社近，衣冠简朴古风存。

从今若许闲乘月，拄杖无时夜叩门。

腊酒：腊月里酿造的酒。

豚：小猪，此处代指猪肉。

春社：古代把立春后第五个戊日定为春社日，拜祭社公（土地神）和五谷神，祈求丰收。

叩（kòu）门：敲门。

译文

不要笑农家腊月里酿的酒浑浊不醇厚，丰收的年景里待客的菜肴非常丰盛。

山峦重叠水流曲折正担心无路可走，柳绿花红间忽然又出现了一个山村。

吹着箫打起鼓春社的日子已经接近，布衣素冠的淳朴古风仍然保留。

今后若能乘大好月色出外闲游，我一定拄着拐杖随时来敲你的家门。

赏析

　　这是一首记游诗，诗人以轻松的笔触，描绘出乡村农家淳朴的生活，流露出诗人对农家的热爱，对闲适生活的向往。全诗通篇无一"游"字，却游意尽显，构思别致，层次分明，读来亲切自然，极具感染力。尤以颔联最为出色，对仗工整，意境十足，是传诵千古的名句。

55

生肖寓意：
憨厚和善、豁达富足

属猪诗人：
戴复古、刘伯温、李渔

猪年举例：
2007年、2019年、2031年

生肖故事 吃粗糠，当属相

　　古时有个员外，家财万贯，良田万顷，年近花甲时得一子。一位相士断言，这孩子是大福大贵之命。孩子渐渐长大，却不学无术，不事生产，因为他认定自己天生富贵。可是，父母过世后，家业衰落，他最终饿死了。他死后阴魂不散，和阎王告状，说自己不应落魄而死。阎王请玉帝公断，玉帝不喜，对他说："你命相虽好，却懒惰成性，今罚你为猪，去吃粗糠。"恰逢天宫此时在挑选属相，差官把"吃粗糠"听成了"当属相"。从此，他就成了生肖猪。

生肖百科 爱干净的猪

　　一提到猪，人们总是嫌弃它脏兮兮的。然而，专家指出，猪是已知圈养动物中最爱清洁的。猪通常会选清洁干燥处为"卧室"，有将"餐厅""卧室"和"厕所"分开的好习惯。如果可以，猪绝对不会弄脏睡觉、吃饭或活动的地方。而猪在泥里滚来滚去，是因为猪身上没有汗腺散热，皮下脂肪又厚，只能通过打湿全身使自己凉快，同时清除和抵御寄生虫。所以，猪也是被逼无奈，因为猪的生存空间太窄小且脏乱了。更无奈的是，猪就这样被深深误会了。

诗词百科 "美食达人"陆游

陆游热爱美食，有上百首诗词是咏叹佳肴的。他提倡乡土风味，如"祖国山河无限好，家乡父老不患贫。淡云出岫（xiù）发何日，也味争如乡味醇"；认为吃粥可延年益寿，如"我得宛丘平易法，只将食粥致神仙"，他活到八十多，与吃粥有一定关系；用橙薤（xiè）等香料拌和的酸酱烹制排骨，味美至极，如"东门买彘骨，醢（hǎi）酱点橙薤"，彘骨即猪排……陆游的烹饪技艺也很高，经常亲自下厨。一次，他就地取材，用竹笋、蕨菜和野鸡等物，烹制出一桌丰盛的菜肴，吃得宾客们扪（mén）腹赞叹。

【生肖成语】

猪朋狗友：比喻好吃懒做、不务正业的坏朋友。

一龙一猪：意在劝学，比喻同一起跑线的两人，长大后却相差悬殊，差别极大。

泥猪疥狗：比喻卑贱或粗鄙的人。

诗词拓展

社日

唐 王驾

鹅湖山下稻粱肥，
豚栅鸡栖半掩扉。
桑柘影斜春社散，
家家扶得醉人归。

57

外国人也有生肖

生肖是中国人的集体记忆，可许多人不知道的是，生肖不是中国独有，世界文明古国都有十二生肖，至今仍在那些土地上流传。

印度：鼠、牛、狮、兔、龙、蛇、马、羊、猴、金翅鸟、狗、猪。

伊拉克：猫、犬、蛇、蜣螂、驴、狮、公羊、猴、鳄、红鹤。

埃及：牡牛、山羊、猴子、驴、蟹、蛇、犬、猫、鳄、红鹤、狮子、鹰。

希腊：牡牛、山羊、猴子、驴、蟹、蛇、犬、鼠、鳄、红鹤、狮子、鹰。

在印度古籍《阿婆缚纱》和《行林钞》中，神将都有坐下骑兽，这些动物后来便衍化为印度人的生肖，与我国的生肖相比，只是以狮代替了虎，以金翅鸟代替了鸡。

伊拉克的生肖，起源于古巴比伦，最奇特之处，就是包括了蜣螂。希腊的生肖，与伊拉克相似，更与埃及基本一致，只是将猫用鼠代替，这是因为，古希腊文明是在古巴比伦和古埃及文明影响下成长的。

东亚，朝鲜、韩国、日本同属中华文化圈，故而他们在生肖上保留了原汁原味的中华印迹。在东南亚，泰国、柬埔寨，他们的生肖种类与中国完全一致，只是首尾顺序上有所不同。

越南的生肖种类与中国相似，唯一一处不同，就是他们的生肖无兔有猫。据说，生肖传入越南时，越南尚无兔子，越南人就用猫代替了兔子；也有人认为，卯兔中的"卯"字，读音与猫相近，在翻译时误译作了猫。

生肖还存在于地处拉丁美洲的墨西哥。墨西哥的生肖，有虎、兔、龙、猴、狗、猪和其他六种墨西哥特有的动物，即松鼠、猩猩、鹿、蜥蜴、豹、孔雀，这体现了墨西哥生肖文化中浓郁的本土特色。

与中国的生肖相差最大的，是缅甸。缅甸人是按出生那一天是星期几，来决定自己的属相的。星期一属老虎，星期二属狮子，星期三上半天属双牙象，下半天属无牙象，星期四属老鼠，星期五属天竺鼠，星期六属龙，星期日属妙翅鸟。如此一来，缅甸人除了每年过一次生日以外，每个星期还过一次"生日"，真幸福啊！

扫码收听，同步伴读
赏诗词，听故事，学知识
腹有诗书气自华，让诗词融入孩子的人生

讲给孩子的诗词中国

藏在古诗词里的中华典故

◎糖雪人————著绘

黑龙江美术出版社

图书在版编目（ＣＩＰ）数据

讲给孩子的诗词中国 / 糖雪人著绘. -- 哈尔滨：
黑龙江美术出版社, 2022.5
ISBN 978-7-5593-6788-4

Ⅰ.①讲… Ⅱ.①糖… Ⅲ.①古典诗歌 – 中国 – 少儿
读物 Ⅳ.①I222

中国版本图书馆CIP数据核字(2020)第236184号

JIANGGEI HAIZI DE SHICI ZHONGGUO

书　　名/ 讲给孩子的诗词中国
作　　者/ 糖雪人◎著绘
出 品 人/ 于　丹
责任编辑/ 颜云飞
特约编辑/ 李艺芳
出版发行/ 黑龙江美术出版社
地　　址/ 哈尔滨市道里区安定街225号
邮政编码/ 150016
发行电话/ （0451）84270524
经　　销/ 全国新华书店
印　　刷/ 天津创先河普业印刷有限公司
开　　本/ 1/16 787mm×1092mm
印　　张/ 30
版　　次/ 2022 年 5 月第 1 版
印　　次/ 2022 年 5 月第 1 次印刷
书　　号/ ISBN 978-7-5593-6788-4
定　　价/ 208.00元（全8册）

目录

精卫填海

读山海经（其十）

魏晋 陶渊明

精卫衔微木，将以填沧海。
刑天舞干戚，猛志固常在。
同物既无虑，化去不复悔。
徒设在昔心，良辰讵可待。

注释

干戚：盾牌和斧头。

同物：指精卫由人化为鸟，人和鸟同为生灵。

化去：指刑天由人变化成乳眼脐口的怪神。

讵（jù）：岂，表示反问。

译文

精卫衔着小小的木头，要用它填平沧海。

刑天挥舞着盾牌和斧头，勇猛的斗志始终存在。

同样都是生灵不存忧虑，变化成异物也并不悔恨。

空有昔日的壮志雄心，美好的时光又岂能等到。

诗词典故

精卫填海

　　上古时期有神农氏和炎帝，神农氏尝遍百草后创立了医学，并教会了世人种植农作物；炎帝是掌管太阳的神。但也有传说认为，神农氏与太阳神炎帝本为一人。炎帝有个名叫女娃的女儿，非常喜欢在水中玩耍，东海是她最常去的地方。

　　有一次，女娃在东海中游玩，不经意间游出了很远，这时海上突然起了风，海浪越来越大，最终把女娃吞没了。女娃的灵魂化作一只外形有点儿像乌鸦的鸟，但与乌鸦不同的是，这只鸟的头上长有花纹，并长着白色的嘴巴和红色的脚。这只鸟儿不停地从西山中衔树枝、石子，然后把这些东西全部扔入东海。日复一日，年复一年，这只执着的鸟儿从未停歇过，发誓要把吞噬了她的东海填平。因为这只鸟儿总是发出"精卫、精卫"的叫声，所以人们就叫它"精卫"。

典故出处

　　《山海经·北次三经》："炎帝之少女名曰女娃。女娃游于东海，溺而不返，故为精卫。常衔西山之木石，以堙（yīn）于东海。"

释义

　　比喻不怕困难、坚定执着的精神。

6

战神刑天

　　相传，刑天原本是炎帝手下的一个无名巨人，后来在争夺天下的大战中，炎帝和蚩尤相继被黄帝打败，这个巨人就只身去找黄帝决斗。可黄帝太厉害了，打败了巨人，还砍下了他的头颅埋在常羊山。没了头颅的巨人不肯认输，他以双乳为眼睛，肚脐为嘴巴，继续挥舞着盾牌和斧头与黄帝战斗。后来，大家就叫他"刑天"，"刑"是砍、割的意思，"天"则有头颅的意思。

陶渊明不为五斗米折腰

　　陶渊明是东晋末年的大诗人，他为人傲岸不群，可因家贫，他也不得不出仕做官以贴补家用。405年秋，陶渊明来到彭泽（位于今江西北部）当县令。一天，朝廷派督邮到彭泽视察，陶渊明正要去拜见，他手下小吏请他穿上官服、束上大带再去。这个督邮平日作威作福惯了，陶渊明本就很看不起他。至此，陶渊明叹口气说："我岂能为五斗米向乡里小儿折腰！"说完，便放下官印，辞官而去。

> **诗词拓展**
>
> ### 四时
>
> 魏晋 陶渊明
>
> 春水满四泽，
>
> 夏云多奇峰。
>
> 秋月扬明晖，
>
> 冬岭秀寒松。

骆宾王

生卒：约638—？年
字号：字观光
称号：骆临海，"初唐四杰"之一
诗风：辞采华胆，格律谨严

扫码听音频

图穷匕见

于易水送人

唐 骆宾王

此地别燕丹，
壮士发冲冠。
昔时人已没，
今日水犹寒。

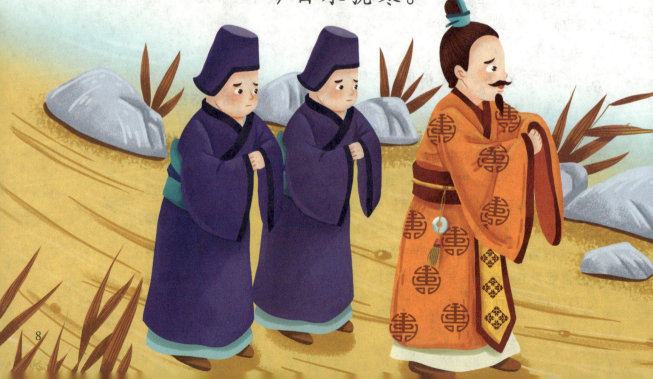

注释

易水： 河流名，位于今河北西部的易县境内。

别燕丹： 指荆轲与燕太子丹作别。

没（mò）： 即殁（mò），死的意思。

译文

在此地告别了燕太子丹，壮士荆轲怒发冲冠。

昔日的英豪已经长逝，今日的易水仍是如此寒冷。

图穷匕见

　　战国末年，秦国想要攻打燕国。壮士荆轲奉燕太子丹之命，带着秦国叛将樊於（wū）期的人头和燕国属地督亢的地图，出使秦国，准备伺机刺杀秦王嬴（yíng）政。

　　秦王召荆轲入咸阳宫见驾。咸阳宫里，到处都是身穿盔甲、腰佩利剑的护卫，荆轲面不改色，很是淡定。秦王命荆轲献上地图，于是荆轲走到秦王面前，一边缓缓地展开地图，一边解说督亢的情况。就在地图完全被展开的时候，一把匕首露了出来，荆轲迅速拿起匕首向秦王刺去。秦王连忙闪开，然后想拔出自己腰间的宝剑，谁知宝剑太长，一时间竟无法拔出，只得绕着殿柱跑以躲避荆轲的追杀。

　　依据秦国律令，没有秦王的命令，护卫不得进殿，上殿的大臣也不得随身携带兵器，因此大臣们只能徒手阻挡。危急时刻，太医拿出药囊砸向荆轲，待荆轲躲避药囊时，秦王终于拔出宝剑，他一剑砍断了荆轲的腿。最后，护卫们一拥而上，将荆轲乱剑砍死。

典故出处

　　《战国策·燕策三》："轲既取图奉之。发图，图穷而匕首见。"

释　义

　　比喻事情发展到最后，真相或本意显露了出来。

乌头白，马生角

　　燕太子丹年少时曾在赵国做人质，而秦王嬴政出生在赵国，两人曾是好朋友。后来，燕王喜又将太子丹送到秦国做人质，此时嬴政已经登上王位，但他对太子丹很不友好。太子丹很想回国，多次向秦王请求归燕，秦王都拒绝了，还说："乌头白，马生角，乃许耳。"意思就是："等到乌鸦变白，马长出犄角，就准许你回国。""乌头白，马生角"如今被用来比喻不可能发生的事。

骆宾王讨伐武则天

　　唐朝嗣圣元年（684年），武则天废中宗而自掌实权。这年九月，徐敬业在扬州起兵反对武则天。骆宾王当时也在扬州，于是他投奔徐敬业，协助徐敬业讨伐武则天。骆宾王掌管文书记要，他起草了著名的《为徐敬业讨武曌（zhào）檄（xí）》。这篇檄文慷慨激昂、气吞山河，武则天看后不但没有生气，反而感叹自己怎么会错失这么有才华的人，可见骆宾王是多么有文采。后来，徐敬业兵败被杀，骆宾王不知所终。

诗词拓展

咏蝉

唐　骆宾王

西陆蝉声唱，南冠客思深。

不堪玄鬓影，来对白头吟。

露重飞难进，风多响易沉。

无人信高洁，谁为表予心？

11

李白

生卒	701—762年
字号	字太白，号青莲居士
称号	诗仙、谪（zhé）仙人
爱好	饮酒、旅行、剑术

扫码听音频

姜太公钓鱼

行路难三首（其一）

唐 李白

金樽清酒斗十千，玉盘珍羞直万钱。

停杯投箸不能食，拔剑四顾心茫然。

欲渡黄河冰塞川，将登太行雪满山。

闲来垂钓碧溪上，忽复乘舟梦日边。

行路难，行路难，多歧路，今安在？

长风破浪会有时，直挂云帆济沧海！

注释

珍羞：羞，同"馐"，指名贵的菜肴。

箸（zhù）：筷子。

垂钓碧溪上：传说姜太公未遇周文王时，曾在磻（pán）溪（今陕西宝鸡东南）垂钓。

乘舟梦日边：传说伊尹见商汤以前，曾梦见乘舟经过日月之边。

长风破浪：南朝宋著名将领宗悫（què）年少时，叔父宗炳问他的志向，他说："愿乘长风破万里浪。"

济：渡。

译文

　　金杯中的美酒一斗价十千，玉盘里的佳肴珍贵值万千。

　　心情愁闷使我放下筷子不愿进餐，拔出宝剑环顾四周心下一片茫然。

　　想渡过黄河，冰雪封冻了大川；想登上太行山，风雪封住了山路。

　　姜太公垂钓磻溪，闲待周王访贤；伊尹做梦乘舟绕日，终遇商汤纳能。

　　人生的道路何等艰难，何等艰难，歧路纷杂，真正的大道究竟在哪边？

　　相信乘风破浪的时机终将到来，到时定要扬起征帆横渡沧海。

13

姜太公钓鱼，愿者上钩

　　商朝末年，商纣王残暴不仁，民心尽失。周朝奠基者西伯侯姬昌决意替天行道，讨伐暴君，于是他四处访贤纳能以辅佐自己。

　　有一次，姬昌带着侍从外出打猎。一行人来到磻溪时，看见一位须发皆白的老人坐在溪边垂钓，嘴里还喃喃自语。西伯侯仔细倾听，发现老人一直在说："来啊！来啊！愿者上钩啊！"姬昌望向鱼钩，发现那鱼钩竟然离水面足有三尺高，而且它还是直的，上面也没有放鱼饵。姬昌觉得这老者不一般，就和他攀谈起来。老人名叫姜尚，他侃侃而谈，对天下大事分析得头头是道。姬昌认为姜尚很有才干，便把他请了回去，封为相。姜尚辅佐周朝兴邦立国、灭亡商朝，成就了一番大事业，人们都尊称他为"太公望"。

典故出处

　　《史记·齐太公世家》："太公望吕尚者，东海上人。……吕尚盖尝穷困，年老矣，以渔钓奸周西伯。"

释　义

　　比喻心甘情愿地走入别人设下的圈套。

14

伊尹辅商汤

伊尹出生于伊水之滨，后来流落到有莘（shēn）氏为奴。伊尹虽地位卑微，但他胸有大志，不甘心一生为奴，所以当他知道商国君主汤向有莘氏首领的女儿提亲之事后，就向有莘氏的首领请求做陪嫁的媵（yìng）臣。就这样，伊尹来到了商国。

到商王宫后，伊尹做了商汤的厨师。每天，伊尹都想尽各种办法把饭菜做得美味可口。商汤对他赞不绝口。一天，商汤觉得伊尹做的菜十分难吃，就把他叫来，问他原因。伊尹抓住这难得的时机，以烹饪和五味做比喻，为商汤分析天下局势和治国之道，并劝商汤承担灭夏的大任。汤由此知道伊尹是贤能之士，便拜他为相。后来，伊尹协助商汤灭夏，还辅佐了商汤之后四任商王。

伊尹去世后，被商天子列为"旧老臣"之首，以天子之礼下葬，受到隆重祭祀，祭祀时，不但与商汤同祭，而且还单独享祀。

诗词拓展

次韵择之将近丰城有作

宋 朱熹

老矣身如万斛舟，

长风破浪若为收。

江山若有逢迎意，

到处何妨为少留。

李白

生卒：701—762年
字号：字太白，号青莲居士
称号：诗仙、谪（zhé）仙人
爱好：饮酒、旅行、剑术

扫码听音频

飞鸟尽，良弓藏

宣州谢朓楼饯别校书叔云

唐 李白

弃我去者昨日之日不可留，
乱我心者今日之日多烦忧。
长风万里送秋雁，对此可以酣高楼。
蓬莱文章建安骨，中间小谢又清发。
俱怀逸兴壮思飞，欲上青天览明月。
抽刀断水水更流，举杯销愁愁更愁。
人生在世不称意，明朝散发弄扁舟。

注释

谢朓 (tiǎo) 楼：又名北楼、谢公楼，位于今天安徽宣城陵阳山，为南朝齐时，谢朓任宣城太守时所建。

校 (jiào) 书：官职名，即秘书省校书郎，掌管朝廷的图书整理工作。

叔云：指李白的叔叔李云。

览：通"揽"，摘取。

称 (chèn) 意：称心如意。

散发 (fà)：不束冠，意谓不做官。

弄扁 (piān) 舟：春秋末年，范蠡辞别越王勾践，乘扁舟归隐江湖。此处用此典故，指归隐江湖。

译文

弃我而去的昨日早已不可挽留，

乱我心思的今日令人几多烦扰。

万里长风送走行行秋雁，面对这种美景正好开怀畅饮。

你的文章有建安风骨，我的文章流露出谢朓诗风的清秀。

你我都满怀壮志豪情，神思像要腾空而上，去往青天揽明月。

抽刀断水水波奔流更畅，举杯消愁愁思更加浓烈。

人生在世无法称心如意，不如明天披头散发登上一叶扁舟。

17

诗词典故

飞鸟尽，良弓藏

春秋末年，越王勾践在文种（zhǒng）和范蠡（lǐ）的帮助下，攻灭了吴国。灭吴后，勾践在吴宫里大宴群臣。半夜里，勾践发现范蠡不见了，便立即让人四下寻找。第二天，有人在太湖边发现了范蠡的衣物，因此所有人都认为范蠡是投湖自尽了。勾践听闻此事很是痛心，然后下令设灵堂悼念范蠡。

过了几天，有人给文种送了一封信，信里写道："飞鸟被打光后，良弓就会被收起来；野兔被猎光了，猎犬就会被杀掉吃肉。灭掉敌国后，谋臣就没用了，难免会被抛弃或除掉。越王是能共患难不可共安乐的人，你最好尽快离开。"文种这才知道范蠡还活着，只是归隐起来了。不过文种没有听范蠡的建议，他依然选择留在越王身边，只是行事越发小心起来。

谁知，范蠡说的话最后真的应验了，不久之后，勾践就对文种心生猜忌，并想办法逼他自尽。文种自尽前，对天长叹："鸟尽弓藏，兔死狗烹，我真后悔没有听范蠡的话！"说罢，便挥剑自刎（wěn）。

典故出处

《史记·越王勾践世家》："蜚（fēi，同"飞"）鸟尽，良弓藏；狡兔死，走狗烹。"

释 义

鸟儿被打光后，弹弓就会被收藏起来。比喻君主目的达到后，功臣遭弃或被杀。

建安风骨

　　建安（196—220年）是东汉末帝汉献帝最后的年号，而文学史上也有个建安时期，指的是东汉建安年间至魏初的一段时间。这一时期的文学家们，开始摆脱儒家思想的束缚，在作品中反映当时的动荡现实及抒发真情实感，意境或慷慨宏大，或深沉悲凉，这种风格被称为"建安风骨"，代表人物有三曹【曹操、曹丕（pī）、曹植】和七子【孔融、陈琳、王粲、徐干、阮瑀（yǔ）、应场（yáng）、刘桢】。

"小谢"谢朓

　　谢朓是南朝齐的文学家，他出身高门显宦，是"大谢"谢灵运的同族，年少时便有文才，所以人们称他为"小谢"。谢朓在文学上的主要成就是发展了山水诗，与前人相比，他将更多的情感融入到诗歌创作当中。谢朓的诗作多以清丽率真的语句，描摹自然景色中最优美动人的瞬间，让人充分领略自然之美。南朝梁武帝萧衍十分推崇谢朓的诗，竟然说："三日不读谢（即谢朓）诗，便觉口臭。"谢朓诗作中关于声律对仗和写景状物的技巧，对后世尤其是唐代诗人有着极为深刻的影响，单是"诗仙"李白就不只一次在自己的诗歌中提到过谢朓，还表示自己去世后要与谢朓结为"异代芳邻"。

诗词拓展

三山望金陵寄殷淑

唐 李白

三山怀谢朓，水澹望长安。

芜没河阳县，秋江正北看。

卢龙霜气冷，鸱（zhī）鹊月光寒。

耿耿忆琼树，天涯寄一欢。

杜甫

生卒：712—770年
字号：字子美，号少陵野老
称号：诗圣、杜工部
爱好：追星（李白迷弟）

扫码听音频

管鲍之交

贫交行

唐 杜甫

翻手为云覆手雨，
纷纷轻薄何须数。
君不见管鲍贫时交，
此道今人弃如土。

20

注释

贫交行：描写贫贱之交的诗歌。

覆：颠倒。

轻薄：轻佻浮薄，不敦厚。

何须数：意思数不胜数。

译文

　　有些人交友，一会儿像云一样趋合，一会儿像雨一样纷散，变化无常，这些浅薄虚伪的行为不值一提。

　　你难道看不见，管仲和鲍叔牙贫富不移的君子之交，却被今人视作粪土一样抛弃了。

21

管鲍之交

　　春秋时，齐国的鲍叔牙和管仲年轻时便是好友，后来两人又一起做生意。鲍叔牙富有，本钱他出得比较多，可在分红时则是管仲分得多，鲍叔牙却不觉得自己吃亏。后来，管仲和鲍叔牙都从了政，分别侍奉齐襄公的异母兄弟公子纠和公子小白。

　　齐襄公昏庸残暴，为避乱，管仲随公子纠出奔鲁国，鲍叔牙则随公子小白出奔莒（jǔ）国。后来，齐襄公被人刺死，纠和小白急忙带随从回国以争夺齐国君位。回国路上，为了阻止小白，管仲射了他一箭。最终，小白在君位之争中获胜，他便是齐桓公。为报一箭之仇，桓公决意要杀管仲，鲍叔牙竭力阻止，并且举荐管仲为相。齐桓公听从了鲍叔牙的建议，拜管仲为相，鲍叔牙则做了管仲的助手。管仲得知是鲍叔牙举荐了自己，感动地说："父母生了我，鲍叔牙才是最了解我的人啊！"

 典故出处

　　《列子·力命》："桓公礼之，而位于高国之上，鲍叔牙以身下之……管仲尝叹曰：'生我者父母，知我者鲍叔也！'"

　释　义

　　形容朋友之间不计贫贱、只重情义的友情。

春秋首霸齐桓公

春秋初期，周王室已衰微到无力控制众诸侯了，那些经济发达、军事力量强大的诸侯国，为了争夺土地和人口，便用武力兼并周边的弱小国家，同时大国之间也展开了长期的争霸战争，出现了诸侯争霸的格局。

这一时期首先称霸的便是齐桓公。齐桓公即位后，进行了一系列改革，促进生产发展，增强军事实力。再加上齐国地理位置优越，资源丰富。几年之后，齐国变得国富民丰，兵强马壮。齐桓公又抓住机遇打出了"尊王攘夷"的旗帜，召集诸侯会盟，救危济困，征讨不向周王室纳贡的诸侯国。公元前651年，齐桓公在葵丘（今河南兰考）大会诸侯，周襄王也派了使者参加会盟，齐桓公的霸主地位正式确立，成为春秋首霸。

然而齐桓公晚年的时候变得十分昏庸，亲近小人，远离君子。在他死后，他的几个儿子更是为了争夺君位而内讧（hòng），齐国的霸业自此衰落。

诗词拓展

题长安壁主人

唐 张谓

世人结交须黄金，

黄金不多交不深。

纵令然诺暂相许，

终是悠悠行路心。

23

刘禹锡

生卒：772—842年
字号：字梦得，号庐山人
称号：诗豪，与白居易合称"刘白"
爱好：研究哲学

扫码听音频

柯烂忘归

酬乐天扬州初逢席上见赠

唐 刘禹锡

巴山楚水凄凉地，二十三年弃置身。

怀旧空吟闻笛赋，到乡翻似烂柯人。

沉舟侧畔千帆过，病树前头万木春。

今日听君歌一曲，暂凭杯酒长精神。

酬乐天扬州初逢席上见赠：刘禹锡在扬州与白居易相逢时，白居易作《醉赠刘二十八使君》一诗赠与刘禹锡，而这首诗是刘禹锡所作的酬答诗。乐天，即白居易。

巴山楚水：指今天四川、湖南、湖北一带。

弃置：贬谪。

闻笛赋：指西晋向秀的《思旧赋》。

翻似：倒好像。翻，反而。

烂柯人：指晋朝人王质。

译文

　　巴山蜀水是如此荒凉，我被贬谪到这里已经二十三年了。

　　思念老友时只能吟诵《思旧赋》，回到家乡仿佛经历了人世间的沧桑巨变。

　　沉船旁边是千帆竞发，枯萎树木旁边是万木争荣。

　　今天听你吟诵诗歌，暂且借这杯酒振作精神。

诗词典故

柯烂忘归

信安郡【今浙江衢（qú）县】有一座石室山，石室山山脚下住着一个樵夫，名叫王质，他以卖柴为生，所以每天都会上山砍柴。一次，王质砍柴时迷了路，不知不觉间，他走到一个石洞前。王质走进石洞，里边曲径通幽，走了不知多久，突然眼前豁然开朗，他走到了一处开阔地，远远望去，见有几个童子在下棋、谈笑。王质平时也很喜欢下棋，于是他放下斧头，饶有兴味地开始看童子下棋。有个童子看到王质，从怀中取出一枚枣核样子的东西递给王质，让他含在嘴里。王质接过枣核放到嘴里，然后继续观棋。

过了一会儿，两个童子下完一局棋，对王质说："你还不回家？"王质听了，就打算拿了斧头回家。可他发现，斧头的斧柄已经腐烂了。他只好在童子的指点下空手回家。等回到山脚下一看，家里已经物是人非，原来时间已经过去了几百年。

典故出处

《述异记》："信安郡有石室山，晋时王质伐木，……俄顷，童子谓曰：'何不去？'质起，视斧柯烂尽。既归，无复时人。"

释义

形容岁月流逝、人事变迁。

26

向秀写《思旧赋》

　　向秀是魏晋时期的文学家，竹林七贤之一。向秀性情内敛淡泊，喜好读书，与嵇（jī）康、吕安交好。尤其是嵇康，向秀与他情投意合，两人还有一个共同爱好——打铁，他们常常一起打铁以自娱。后来，嵇康因得罪小人而被诬陷，最终和吕安一起被司马昭杀死。同时失去两个朋友，向秀悲痛至极。一次经过朋友旧居的时候，听到邻人吹奏笛子，向秀悲从中来，写下了《思旧赋》以表达自己对嵇康和吕安的怀念。

刘禹锡住陋室

　　唐宪宗年间，刘禹锡因得罪权贵而被贬官至安徽和州。按那时的规定，刘禹锡应当住衙门里三房三厅的屋子，但和州知县是个小人，有意刁难刘禹锡，安排他住到和州城南门，面江而居。不过刘禹锡并不抱怨，反而住得怡然自得。知县不甘心，又安排刘禹锡住到城北一座只有一间半屋子的宅子里。刘禹锡依然没有怨言，每日安心读书。知县气坏了，又将刘禹锡安排住进城中一间只放得下床和桌椅的斗室里。这次刘禹锡忍不住了，愤而写下千古名篇《陋室铭》。

诗词拓展

醉赠刘二十八使君

唐 白居易

为我引杯添酒饮，与君把箸击盘歌。

诗称国手徒为尔，命压人头不奈何。

举眼风光长寂寞，满朝官职独蹉跎。

亦知合被才名折，二十三年折太多。

27

杜牧

生卒：803—853年
字号：字牧之，号樊川居士
称号：小杜，与李商隐合称
　　　"小李杜"
爱好：研究军事

扫码听音频

后庭花

泊秦淮

唐　杜牧

烟笼寒水月笼沙，
夜泊秦淮近酒家。
商女不知亡国恨，
隔江犹唱《后庭花》。

28

注释

商女： 卖唱的歌女。

后庭花： 指南朝陈后主陈叔宝所作的《玉树后庭花》。陈后主沉溺于声色，作此曲与后宫美女寻欢作乐，终致亡国，所以后世称此曲为"亡国之音"。

译文

　　烟雾笼罩着冰冷的秋水，朦胧的月光笼罩着沙滩，夜晚把船停泊在酒馆附近的秦淮河边。

　　歌女不知道亡国的苦难，隔着江还能听到她们高唱着《玉树后庭花》。

陈后主昏庸亡国

南北朝时期，朝代更迭频繁，公元557年，南朝陈霸先建立了陈朝。陈朝虽偏安一隅，但国家安定，经济繁荣，百姓安居乐业，不过这样的好局面持续到后主陈叔宝即位，便戛（jiá）然而止。陈后主穷奢极侈，沉湎酒色，不问政事，每日只知游宴享乐。他在宫中宴饮之时，一定会召宠妃及一众擅长舞文弄墨的近臣进殿，一同寻欢作乐。

陈后主做皇帝不称职，但在诗文和音律上有着极高的天赋，他常在宴饮中与近臣一起填词作曲，再让宫女演唱。在陈后主创作的诗歌中，最有名的莫过于《玉树后庭花》了。《玉树后庭花》的歌词描写的是后宫佳丽千娇百媚，堪与鲜花比美，其词语调哀怨绮丽，还带着一丝悲凉。

就在陈后主醉生梦死之际，北朝的隋文帝杨坚励精图治，厉兵秣马，做好了南下灭陈的准备。公元588年，隋文帝一声令下，隋军五十余万人南下伐陈。第二年年初，陈朝灭亡，陈后主被俘入隋。

 典故出处

《隋书·五行志》记载："祯明初，后主作新歌，词甚哀怨，令后宫美人习而歌之。其辞曰：'玉树后庭花，花开不复久。'"

释义

即《玉树后庭花》，常用来指代亡国之音。

落井下石

相传，当攻打陈朝的隋军攻入皇宫的时候，陈后主带着两个宠妃逃至后宫的一口枯井旁，想要躲藏进枯井中。大臣袁宪等人觉得此举有失国体，便极力阻拦，陈后主一把推开他们，带着宠妃就下到井中。隋军搜至此处，向井中大喊，见无人应答，便说要往井里扔石头，陈后主这才应答。隋军放下绳子，谁知竟拉出后主、两个妃子这一"串"人来。后主被押至隋朝的都城大兴城（今陕西西安），最后在洛阳城病逝。

老僧不识杜牧

据说，杜牧中了进士之后，颇为志得意满，自以为天下人尽知其名。一天，杜牧和好友去长安城南游玩。一行人来到一座寺庙中，见有一老僧正在闭目打坐，于是上前与老僧攀谈。老僧问杜牧是何人，杜牧得意地报上姓名，并说自己是新科进士。本以为老僧会大吃一惊，谁知老僧只说"不知道"。杜牧心下失落，但也清醒了许多，于是赋诗云："家住城南杜曲旁，两枝仙桂一时芳。老僧都未知名姓，始觉空门气味长。"

诗词拓展

台城

唐 刘禹锡

台城六代竞豪华，

结绮临春事最奢。

万户千门成野草，

只缘一曲《后庭花》。

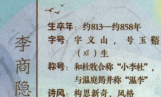

李商隐

生卒年：约813—约858年
字号：字义山，号玉谿
（xī）生
称号：和杜牧合称"小李杜"，
与温庭筠并称"温李"
诗风：构思新奇，风格
秾丽

扫码听音频

庄周梦蝶

锦瑟

唐 李商隐

锦瑟无端五十弦，一弦一柱思华年。
庄生晓梦迷蝴蝶，望帝春心托杜鹃。
沧海月明珠有泪，蓝田日暖玉生烟。
此情可待成追忆，只是当时已惘然。

注释

瑟：古代一种弦乐器。

无端：没来由。

庄生：即庄子，也称庄周。

望帝：相传蜀帝杜宇，号望帝，死后其魂化为杜鹃鸟。

珠有泪：传说南海有鲛（jiāo）人，其泪可变成珍珠。

蓝田：山名，在今陕西，产美玉。

译文

锦瑟为什么要有五十根弦，一弦一柱都让我思念过去的美好年华。

庄子在梦中变成蝴蝶而迷茫，望帝把自己的幽恨托身于杜鹃。

苍茫大海上月光皎洁，鲛人泣泪成珠，蓝田山上红日和暖，美玉生出轻烟。

这样的情愫到现在才来回忆，而当年却感到惘然不解。

庄周梦蝶

战国时期的庄周，是道家学派的代表人物。他学富五车，却只做了漆园吏这样低微的小官。楚威王听说庄周很有才华，便想请庄周担任楚国卿相，但庄周接连拒绝了两次。威王不甘心，再一次派使者去请庄周。

这回，庄周还在午睡，使者便在一旁站着等他醒来。过了许久，庄周终于睡醒了，他见到了使者，伸了伸懒腰，说："我刚才梦见自己变成了一只蝴蝶，飘飘荡荡，逍遥自在极了。"使者怕庄周又找借口推脱，急忙说："变成蝴蝶不过是你的梦而已啊！"庄周大笑道："你怎么能确定是庄周做梦变成了蝴蝶，还是蝴蝶做梦变成了庄周呢？"庄周一席话让使者彻底糊涂了，心想："如果庄周是只蝴蝶，那还怎么做卿相呢？"

使者回去后，将庄周梦中化蝶的事情讲给威王听。威王似有所悟，原来在庄周心中，万事万物都如同梦中化为蝴蝶一样是虚无的，他早已看穿了人生如梦的真谛。

典故出处

《庄子·齐物论》："昔者庄周梦为蝴蝶，栩栩然蝴蝶也，自喻适志与！不知周也。俄然觉，则蘧（qú）蘧然周也。不知周之梦为蝴蝶与，蝴蝶之梦为周与？"

释义

形容做梦见到的虚幻场景，有时也用来描写蝴蝶。

望帝啼鹃

上古时期，蜀王杜宇称帝，号望帝。望帝教百姓耕种，使蜀地变得富足，因此深受百姓爱戴。荆州有个叫鳖灵的人，他因犯了罪而逃到蜀地。望帝发现鳖灵很有才华，便拜他为相。鳖灵将政事处理得井井有条，还治理了水患。望帝因此将帝位禅（shàn）让给了鳖灵。但鳖灵称帝后变得残暴不仁，百姓深受其害。望帝听闻，忧虑而死，最后竟化作杜鹃鸟，每日凄切啼鸣。蜀地百姓都说："这是望帝啊，他现在是多么的懊悔！"

鲛人泣泪

晋朝张华《博物志》中记载："南海水有鲛人，水居如鱼，不废织绩，其眼能泣珠。"是说南海中生活着一种鲛人，像鱼一样生活在水中，他们会纺纱织布，流出的眼泪是珍珠。《太平御览》还写了这么一件事：鲛人从水中出来玩，住在一户人家中，每日织绢布给主人，让主人到市集上去卖，鲛人回家前向主人要一器皿，然后哭泣出一盘珍珠给主人以示谢意。

诗词拓展

论诗三十首（十二）

金 元好问

望帝春心托杜鹃，

佳人锦瑟怨华年。

诗家总爱西昆好，

独恨无人作郑笺。

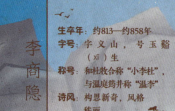

李商隐

生卒年：约813—约858年
字号：字义山，号玉谿
（xī）生
称号：和杜牧合称"小李杜"，
与温庭筠并称"温李"
诗风：构思新奇，风格
秾丽

扫码听音频

青鸟使者

无题

唐 李商隐

相见时难别亦难，
东风无力百花残。
春蚕到死丝方尽，
蜡炬成灰泪始干。
晓镜但愁云鬓改，
夜吟应觉月光寒。
蓬山此去无多路，
青鸟殷勤为探看。

丝：与"思"谐音，指思念之情。
月光寒：指深夜。
青鸟：在中国古代神话中，青鸟是西王母传信的信使。

译文

　　相见很难，分别更是难舍难分，暮春时百花凋谢，东风也很无奈。

　　春蚕结茧到死才能把丝吐完，蜡烛燃尽像泪一样的蜡油才能流干。

　　清晨对镜梳妆时担忧青春的容颜改变，夜晚吟诗时一定能感到月夜寒冷。

　　蓬莱仙境离这里没有多远，希望青鸟使者能殷勤地为我探看。

37

青鸟使者

　　晚年的汉武帝特别迷信，总想长生不老。某年七月七日，汉武帝在承华殿斋戒静坐。中午的时候，天空中突然出现两只大鸟，它们在承华殿上方绕了几圈，然后落在了殿前。这两只鸟颈上的羽毛鲜红如火，身上的羽毛翠绿欲滴，眼睛如同黑珍珠一般闪闪发光。汉武帝问东方朔这是什么鸟，东方朔回答说："这两只鸟是西王母的使者，名为青鸟。它们出现在这里，不久之后，西王母就一定会降临。还请陛下赶快派人将宫院打扫干净。"汉武帝闻听此言，立刻命人打扫宫院。

　　没过多久，天空中便出现了一团紫气，西王母乘着一辆紫色的车从天而降，两只青鸟则分立车后。车停在了汉武帝的面前，汉武帝吃惊地不知道说什么好。西王母命仙女将一个三千年才结一次果的蟠（pán）桃交给了汉武帝，并祝他长生不老，然后便乘车翩翩离去，两只青鸟也紧随其后飞走了。

典故出处

　　《汉武故事》："七月七日，上于承华殿斋，日正中，忽见有青鸟从西方来，集殿前。上问东方朔，朔对曰：'西王母暮必降尊象，上宜洒扫以待之。'"

释 义

　　常用来指代传递书信的使者。

归墟仙山

相传，渤海之东有个大沟壑名叫归墟，归墟上有五座仙山，分别是岱舆、员峤（qiáo）、方壶、瀛洲和蓬莱。仙山上有金玉盖成的宫殿、白色的飞禽走兽以及生有长生不老果实的珠玉之树。为了让这五座仙山不随海水飘走，天帝命十五只大鳌托住五座仙山，这些大鳌分为三班，每六万年换一次岗。龙伯之国有个巨人，他拿着钓竿用大象当饵，一次就钓上来六只大鳌，然后将大鳌带走了。没了大鳌，岱舆和员峤两座仙山随海水飘走，最后沉入海底。从此，归墟就只剩下三座仙山了。

白居易"投胎"

北宋人蔡居厚在《蔡宽夫诗话》中记载了一则趣闻，说大诗人白居易晚年时非常欣赏李商隐的诗，他曾对人开玩笑说："如果死后能投胎当李商隐的儿子就好了。"白居易死后，李商隐大儿子出生了，为纪念白居易，他就给儿子取名白老，不过这个孩子有些愚笨。后来，李商隐又得了一个小儿子，这个孩子倒十分聪颖，大家都笑说："这才是白居易投胎的孩子啊！"

诗词拓展

有所思

唐 李白

我思仙人，乃在碧海之东隅。

海寒多天风，白波连山倒蓬壶。

长鲸喷涌不可涉，抚心茫茫泪如珠。

西来青鸟东飞去，愿寄一书谢麻姑。

王安石

生卒：1021—1086年
字号：字介甫，号半山
称号：临川先生，"唐宋八大家"之一
诗风：含蓄深沉，深婉不迫

扫码听音频

黄粱一梦

怀钟山

宋 王安石

投老归来供奉班，
尘埃无复见钟山。
何须更待黄粱熟，
始觉人间是梦间。

 注释

供奉班：指供职在皇帝身边的一班官员。

钟山：又叫金陵山、紫金山，位于今天江苏南京的东边。

黄粱熟：指黄粱一梦的典故。黄粱，即黄米。

译文

　　年纪渐老我从朝廷归来退居金陵，从前政务繁冗如尘埃遮蔽，没有再见过钟山。

　　何必等到黄粱饭烧熟呢？即使没有像卢生一样入梦，我也已感到人间是梦境。

黄粱一梦

　　在邯郸的一家客店里，年轻人卢生遇见一个自称吕翁的道士，两人相谈甚欢。言谈间，卢生感叹自己空有一身才华却还在田间地头劳作。吕翁听了，拿出一个枕头给卢生，说："你枕着这个枕头睡一觉，定能得到梦寐以求的荣华富贵。"卢生刚好也觉得有些困乏，便枕着这个枕头睡着了。这时，店主正在蒸黄粱饭。

　　梦里，卢生娶了豪族崔氏的女子为妻，过上了富贵的生活。之后，他中了进士，后又因战功而当上宰相。但是同僚们嫉妒他，诬陷他图谋不轨，还将他关进大牢。数年后，他的冤案得以平反，皇帝恢复了他的官职，他的五个儿子和十多个孙子也都做了官，其家世之显赫一时无人能比。就这样，他一直活到了八十多岁。

　　这时，卢生忽然醒过来了，他发现自己还躺在客店的床上，吕翁就坐在身边，而店主人的黄粱饭还没蒸熟。

典故出处

　　《枕中记》："曰：'子枕吾此枕，当令子荣显适意！'时主人方蒸黍，生俛（fǔ）首就之，梦入枕中……及醒，蒸黍尚未熟。"

释义

　　比喻虚幻的梦想，或比喻梦想落空。

王安石变法

　　王安石是北宋时期杰出的文学家、政治家、改革家。熙宁年间，为改变宋朝积贫积弱的局面，王安石在宋神宗的支持下开始变法，推行了一系列富国强兵的新法。新法实行了近二十年，国家积弊有所改善。然而由于新法触犯了贵族和大官僚的利益，因此遭到了他们的反对。此外，由于王安石在实施变法的过程中操之过急，再加上用人不当，致使危害百姓的状况时有发生。宋神宗去世之后，司马光任宰相之职，新法被尽数废除。

不修边幅的王安石

　　王安石的名字千古流传，但让人大跌眼镜的是，他不讲卫生的坏习惯也名留史册。据《宋史·王安石传》记载，王安石生性节俭，衣服脏了不洗，脸脏了也不洗。据说因为常年不洗脸，他的脸上积了厚厚的泥垢，显得脸色很不好，家人以为他生病了，便请大夫来诊治，大夫看看他，说："这是脸太脏了，洗洗就好。"谁知他却说："我的脸就这么黑，再洗也洗不白，还是不要白费工夫了。"

> ### 诗词拓展
>
> #### 题四梦图·黄粱
>
> 宋 刘克庄
>
> 偶然眠一觉，
>
> 推枕起来惊。
>
> 寂寞犹前日，
>
> 荣华已隔生。

李清照

生卒：1084—1155？年
字号：号易安居士
称号：千古第一才女
爱好：赏鉴书画
　　　金石

扫码听音频

四面楚歌

夏日绝句

宋 李清照

生当作人杰，
死亦为鬼雄。
至今思项羽，
不肯过江东。

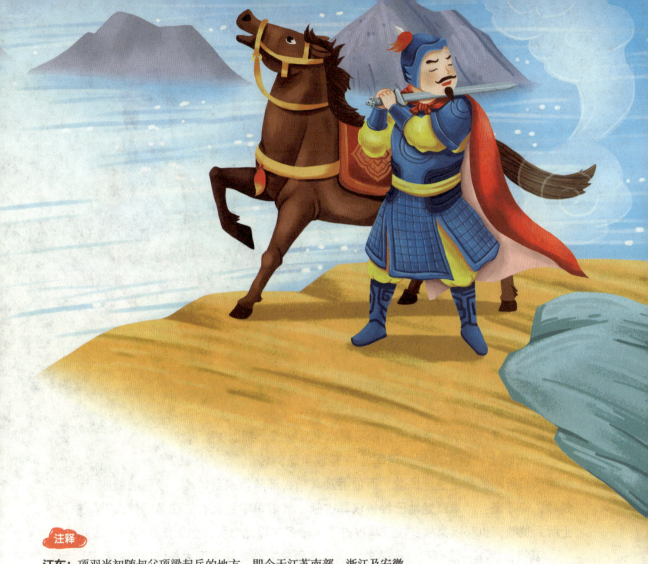

注释

江东：项羽当初随叔父项梁起兵的地方，即今天江苏南部、浙江及安徽南部的部分地区。

译文

活着应当做人中豪杰，死后也要做鬼中英雄。

到今天人们还在怀念项羽，只因他不肯退回江东，苟且偷生。

四面楚歌

公元前202年，项羽领导的楚军被刘邦率汉军围困在垓（gāi）下。一连数天，汉军围而不攻，楚军渐渐粮绝，项羽屡次率兵突围，都以失败告终。

一天晚上，包围楚军的汉军营中有歌声隐约传出，项羽仔细倾听，发现汉军所唱的都是楚地民歌，而项羽及其精锐部队都来自楚地。项羽听着四面传来的楚歌，惊呼道："难道楚地已经被汉军占领？他们军中怎么有如此多的楚人？"楚军将士听到楚歌，也都以为故乡被汉军攻占了，很多人因此痛哭，楚军阵地内一片哀嚎。

其实，汉军并没有完全占领楚地，这四面楚歌是刘邦手下大将张良出的计策，目的是动摇楚军军心。之后不出张良所料，楚军中不少人趁夜出逃，有的逃回家乡，有的投降汉军。

后来，项羽带着八百名精锐骑兵突围逃走。他们边逃边打，到乌江之畔时，楚军所剩无几。项羽不愿投降汉军，也无颜再见江东父老，于是拔剑自刎。

《史记·项羽本纪》："项王军壁垓下，兵少食尽，汉军及诸侯兵围之数重。夜闻汉军四面楚歌，项王乃大惊曰：'汉皆已得楚乎？是何楚人之多也！'"

比喻腹背受敌，处于山穷水尽的境地。

项梁、项羽起义

　　秦朝末年，为反抗暴政，陈胜、吴广在大泽乡揭竿而起，点燃了中国历史上第一次大规模农民起义的烽火。之后，楚国大将项燕的子孙项梁及其侄项羽也在长江以南的会（kuài）稽郡吴县（今江苏吴县）举起义旗。项梁自称会稽郡守，任命项羽为副将。陈胜死后，项梁叔侄率军渡江北进，接连击败秦军。为了获得楚国故地百姓的支持，项梁在盱台【今江苏盱眙（xū yí）东北】拥立楚怀王的孙子熊心为王。

李清照当衣买书

　　李清照出身书香门第，她有一个十分风雅的爱好——收藏，尤其痴迷于收藏古人书画和夏商周三代的古器。据说有一次，李清照穿着一件新衣服去逛书市，看到一个老者在卖一本《古金石考》，这可是她找了很久的古书啊！她赶紧问老者书的价钱，老者说要三十两银子。李清照将身上所有银子拿出来，也只有十两。忽然，她像是想到什么似的，转身就走。过了一会儿，只见李清照只穿着中衣就跑了回来，原来她为了买那本古书，把自己的新衣服拿到当铺当了二十两银子。

诗词拓展

题乌江亭

唐 杜牧

胜败兵家事不期，包羞忍耻是男儿。

江东子弟多才俊，卷土重来未可知。

陆游

生卒：1125—1210年
字号：字务观，号放翁
称号：南宋诗人之冠，"南宋四大家"之一
爱好：美食、养生、书法、养猫

扫码听音频

封侯万里

诉衷情

宋 陆游

当年万里觅封侯，匹马戍梁州。
关河梦断何处？尘暗旧貂裘。

胡未灭，鬓先秋，泪空流。此身谁料，心在天山，身老沧洲。

万里觅封侯： 指班超封侯万里的典故。

关河： 指汉中前线险要的地方。

尘暗旧貂裘： 此处借用苏秦的典故，指出诗人不受重用、未能施展抱负的现状。

沧洲： 靠近水的地方，古代常用来指代隐士居住的地方。

译文

　　回想当年为了建功立业驰骋万里，单枪匹马奔赴边境保卫梁州。如今戍边的从军生活只能在梦中出现，梦醒后不知身在何处，灰尘已让出征穿过的貂裘变得又暗又旧。

　　胡人还未消灭，双鬓却早已白如秋霜，只能任忧国的眼泪白白流淌。谁能预料，自己这一生，心始终在抗敌前线，身却要老死在沧洲！

班超封侯万里

　　班超是东汉时期的军事家、外交家，他胸有大志、不拘小节，并且孝顺父母、勤俭持家，不以劳苦为耻。汉明帝永平五年（62年），班超的哥哥班固奉诏做了校书郎，班超和母亲便随他一同前往京城洛阳。为补贴家用，班超替官府抄写书籍以赚取一些微薄的酬金。班超不喜欢这个工作，他常说大丈夫当像西汉的张骞一样立功封侯，而不是伏在书案前抄抄写写。一次，班超去相面，相士看了他的面相，说："你现在虽只是布衣之士，可是将来必定封侯于万里之外。"班超听了，并不以为然。

　　大将军窦固因欣赏班超的才华而向皇帝举荐他，从此，班超投笔从戎，随窦将军征战沙场，攻打匈奴，立下汗马功劳。之后，他又奉命出使西域，帮助朝廷收复了西域五十多个国家。最后，班超官至西域都护，封定远侯，世称"班定远"。而这正应验了那位相士所言，"封侯于万里之外"。

典故出处

　　《后汉书·班超传》："祭酒，布衣诸生耳，而当封侯万里之外。"

释　义

　　常指在边疆立功而博取功名，形容某人志向远大、气概不凡。

苏秦相六国

战国时期，洛阳人苏秦到齐国游学时，拜鬼谷子为师，学习"纵横之术"，"纵"指的是合纵，即几个国家联合起来共同抵抗一个强国；"横"指的是连横，是一个强国分别瓦解敌对联盟中的几个国家。苏秦学成之后，便下山到各国游说。

苏秦先来到秦国，游说秦惠文王采取连横策略以对付其他六国。不料，秦惠文王对苏秦的建议没有一点兴趣。苏秦接连上书十多次，秦惠文王都没有给予正面回应。苏秦待在秦国馆驿中有出无进，黑貂皮衣穿破了，身上的钱财也用完了，眼见自己穷困潦倒，仕途无望，他只好离开秦国，返回家乡。

因为苏秦一事无成，家里人都很瞧不起他，不过苏秦并不气馁，他埋头苦读圣贤之书，深入研究天下形势。一年后，苏秦再次离开家乡，去各国游说。这次，六国国君被他说服，他们订立合纵盟约，联合抗秦，苏秦还被封为"纵约长"，兼任六国相国，成为战国时期著名的纵横家。

诗词拓展

书愤

宋 陆游

早岁那知世事艰？中原北望气如山。

楼船夜雪瓜洲渡，铁马秋风大散关。

塞上长城空自许，镜中衰鬓已先斑。

出师一表真名世，千载谁堪伯仲间？

辛弃疾

生卒：1140—1207年
字号：字幼安，号稼轩
称号：与苏轼合称"苏辛"，与李清照并称"济南二安"
爱好：舞剑、饮酒

扫码听音频

一饭三遗矢

永遇乐·京口北固亭怀古

宋 辛弃疾

千古江山，英雄无觅，孙仲谋处。舞榭歌台，风流总被，雨打风吹去。斜阳草树，寻常巷陌，人道寄奴曾住。想当年，金戈铁马，气吞万里如虎。

元嘉草草，封狼居胥，赢得仓皇北顾。四十三年，望中犹记，烽火扬州路。可堪回首，佛狸祠下，一片神鸦社鼓。凭谁问：廉颇老矣，尚能饭否？

译文

　　历经千年的江山，再也难找到像孙权那样的英雄。当年的舞榭歌台还在，英雄人物却随着岁月的流逝不复存在。斜阳照着长满草树的寻常小巷，人们说那是当年刘裕住过的地方。遥想当年，他率领千军万马收复失地，气吞山河一如猛虎。

　　然元嘉帝草率北伐，想立战功以封狼居胥，却落得仓皇逃命，北望追兵泪下无数。四十三年过去了，如今望着中原，还记得扬州路上战火连天的景象。往昔不堪回首，如今拓跋焘祠堂香火鼎盛，乌鸦啄祭品，祭祀擂社鼓。还有谁会问：廉颇老了，饭量还好吗？

廉颇一饭三遗矢

　　廉颇是战国时期赵国的著名将领，赵悼襄王时期，廉颇因不受赵王信任而逃到魏国。几年过去了，秦国攻打赵国，赵军接连受挫。这时有人向赵王提议重新启用廉颇，于是赵王派使者去魏国探视廉颇，看看他是否还能担重任。然而，廉颇的仇人用黄金贿赂使者，让使者想办法搅黄这件事。

　　使者来到魏国，廉颇设宴招待他。席间，为了表示自己虽年迈，但精力仍然充沛，廉颇一顿饭吃了十斗米、十斤肉。吃过饭，他穿上盔甲，跨上战马，向使者展示自己的武艺。操演完后，廉颇还向使者表示自己老当益壮，回赵国一定为国征战，万死不辞。

　　使者假意恭维了廉颇几句，然而他返回邯郸后，却向赵王禀报说："廉将军虽然年迈，但饭量依然很大，只是我们聊了没多久，他居然上了三次厕所。"赵王听后，连声惋惜，以后再也没有提起召回廉颇的事了。

典故出处

　　《史记·廉颇蔺相如列传》："赵使还报王曰：'廉将军虽老，尚善饭，然与臣坐，顷之三遗矢矣。'赵王以为老，遂不召。"

释　义

　　矢通"屎"。常被用来形容年迈体弱或年纪太大而没有用处。

生子当如孙仲谋

　　东汉建安十八年（213年），曹操率领军队进攻东吴，欲报赤壁之仇。吴主孙权亲自率领七万军队迎战曹军。曹操攻至濡须口（位于今安徽境内），与东吴军队相遇，两军对峙一个多月，东吴以水军包围曹军，使曹军损兵折将。后来东吴几次挑战，曹操都坚守不出。于是孙权亲自乘船去往曹营刺探军情。曹操在军中远远地看见孙权的舟船军队一路上都军纪严明，不由得感叹道："生子当如孙仲谋，刘景升（即刘表，东汉末群雄之一）儿子若豚犬耳！"

南朝宋武帝刘裕

　　刘裕是南朝刘宋政权的创立者。他早年贫苦，后来参军入伍。在东晋权臣桓玄篡位时，刘裕起兵打败桓玄，挽救了东晋政权，并掌握了东晋实权。义熙五年（409年）及义熙十二年，刘裕两次率军北伐，先灭南燕，后亡后秦、破北魏，收复了山东、河南、关中等地。义熙十四年，刘裕废黜晋安帝改立晋恭帝。元熙元年（419年），刘裕被封为宋王。第二年六月，晋帝将皇位"禅让"给刘裕，刘裕建国号为宋，定年号为永初，是为宋武帝。

诗词拓展

南乡子·登京口北固亭有怀
宋 辛弃疾

何处望神州？满眼风光北固楼。千古兴亡多少事？悠悠，不尽长江滚滚流。

年少万兜鍪（móu），坐断东南战未休。天下英雄谁敌手？曹刘。生子当如孙仲谋。

李贽

生卒：1527—1602年
字号：号宏甫、卓吾、温陵
居士、百泉居士
称号："泰州学派"宗师
爱好：教书、研究
哲学

扫码听音频

青白眼

独坐

明 李贽

有客开青眼，无人问落花。

暖风熏细草，凉月照晴沙。

客久翻疑梦，朋来不忆家。

琴书犹未整，独坐送晚霞。

注释

青眼：对人喜爱或器重。

凉月：秋月。

整：整理。

译文

　　有客来访时欢喜无比，无人关心时只能与落花对话。

　　微醺的春风拂弄着的细细草叶，皎洁的月光映照在沙滩上。

　　长久的客居生活像梦境一般，只有朋友来时才能暂时忘却思乡情愁。

　　一天过去了，琴和书还未整理好，又独坐下来送走天边晚霞。

青白眼

　　魏晋时的名士阮籍憎恶俗礼，待人接物的方式常与世人不同。据说阮籍的母亲去世时，阮籍正与朋友下棋。听到这个噩耗，平日十分孝顺母亲的阮籍并没有立即起身回家，而是坚持将棋下完才回家。回到家里，阮籍一口气灌下两斗酒，然后失声痛哭。服孝期间，阮籍一日比一日憔悴。

　　一天，嵇喜前来吊唁（yàn），阮籍完全不理睬他，还对他施以白眼。嵇喜很不高兴，只在灵前略拜了拜就离开了。回家以后，嵇喜将这件事告诉了弟弟嵇康。嵇康宽慰哥哥道："阮籍向来如此，凡是追求功名利禄的人，他都会施以白眼，并非只针对你一个人。"

　　隔天，嵇康背着琴、抱着酒去阮籍家中吊唁。阮籍素来敬佩嵇康为人，看到嵇康来了，神色立即和缓了许多，以青眼（正眼）看嵇康。嵇康见阮籍形容憔悴，明白阮籍是因为思念母亲而悲伤过度，于是他拿出琴和酒来，与阮籍弹唱对饮，以此来缓解阮籍的悲痛之情。

典故出处

　　《晋书·阮籍传》："籍又能为青白眼。见礼俗之士，以白眼对之。常言'礼岂为我设耶？'时有丧母，嵇喜来吊，阮作白眼，喜不怿（yì）而去。"

释义

　　形容对不同的人表现出不同的态度。还用"青眼、垂青"表示对人的尊重或喜爱，用"白眼"表示对人的轻视或憎恶。

阮籍醉酒避亲

　　三国魏末期，司马氏掌握了朝政实权，等司马昭被封晋王之后，司马氏更是权势滔天，很多人都去巴结司马昭，而司马昭也想拉拢有才华的人为己所用。当时，司马昭的长子司马炎到了娶妻的年纪，而阮籍的女儿待字闺中，司马昭便派人到阮家提亲，顺便拉拢阮籍。阮籍不愿和司马昭结亲，但又不敢得罪他，于是开始每天都喝酒喝得酩酊大醉。就这样持续了两个月，那个奉命提亲的人根本没有机会开口。最后，司马昭只好无奈地说："这个醉鬼，随他去吧！"

"另类"教书先生李贽

　　李贽（zhì）是明朝著名思想家、文学家，他善于独立思考，极具反抗精神。在辞官后居住于湖北麻城期间，他曾多次开坛讲学，不过他教书的风格十分与众不同。比如，别的老师只收男弟子，他则男女弟子都收；别的老师教人一心只读圣贤书，他则认为耕田种菜这样的劳动也是不能偏废的；别的老师要求弟子走路步子要轻、说话莫大声，他则要弟子做人活泼些，读书要大吼……李贽的这些观点在今天看来很平常，在那个年代却是非常不合规矩的，堪称"另类"。

诗词拓展

咏怀八十二首（其一）

魏晋 阮籍

夜中不能寐，起坐弹鸣琴。

薄帷鉴明月，清风吹我襟。

孤鸿号外野，翔鸟鸣北林。

徘徊将何见？忧思独伤心。

扫码收听，同步伴读

赏诗词，听故事，学知识

腹有诗书气自华，让诗词融入孩子的人生

讲给孩子的
诗词中国

藏在古诗词里的 丝 绸 之 路

◎糖雪人———— 著绘

美 黑龙江美术出版社

图书在版编目（CIP）数据

讲给孩子的诗词中国 / 糖雪人著绘. -- 哈尔滨：
黑龙江美术出版社, 2022.5
ISBN 978-7-5593-6788-4

Ⅰ.①讲… Ⅱ.①糖… Ⅲ.①古典诗歌 – 中国 – 少儿
读物 Ⅳ.①I222

中国版本图书馆CIP数据核字(2020)第236184号

JIANGGEI HAIZI DE SHICI ZHONGGUO

书　　名/ 讲给孩子的诗词中国
作　　者/ 糖雪人◎著绘
出 品 人/ 于　丹
责任编辑/ 颜云飞
特约编辑/ 李艺芳
出版发行/ 黑龙江美术出版社
地　　址/ 哈尔滨市道里区安定街225号
邮政编码/ 150016
发行电话/ （0451）84270524
经　　销/ 全国新华书店
印　　刷/ 天津创先河普业印刷有限公司
开　　本/ 1/16 787mm×1092mm
印　　张/ 30
版　　次/ 2022 年 5 月第 1 版
印　　次/ 2022 年 5 月第 1 次印刷
书　　号/ ISBN 978-7-5593-6788-4
定　　价/ 208.00元（全8册）

目录

丝绸之路

连通东西方文明的伟大通路

　　今天，如果我们想去西亚、欧洲等地，只要坐上飞机，用十几二十个小时就能到达。但是，在遥远的古代，我们的祖先想要和外部世界进行交流，则要困难得多。早在距今两千多年的西汉年间，为了沟通东西方，我们的祖先就开通了横贯欧亚大陆的陆上通道，这便是著名的"丝绸之路"。

● "丝绸之路"的由来

　　早在先秦时期，中原王朝就通过中国北方和西北方的游牧民族，与西方世界有一定的交流。随着实力的不断壮大，中原王朝沟通西域诸国的愿望越来越迫切。到汉武帝统治时期，为了打败横行漠北、不断侵扰中原的匈奴人，沟通西域，汉武帝派张骞（qiān）出使西域。张骞先后两次出使西域，最终打破游牧民

族对东西贸易的垄断，开辟了以长安（今陕西西安）为起点，经过甘肃、新疆，到中亚、西亚，并连接地中海各国的陆上贸易通道，这条通道就是最初的丝绸之路。

　　开始的时候，丝绸之路并没有固定的名称。1877年，德国地理学家李希霍芬在其著作中，首先将中国汉朝与中亚、印度之间的以丝绸贸易为主的交通路线称为"丝绸之路"。之后，德国历史学家赫尔曼根据当时最新的考古发现，进一步确定了丝绸之路的范围，即中国古代经由中亚通往南亚、西亚以及欧洲、北非的陆上通道。"丝绸之路"的名称就此固定，它还有个简称——"丝路"。

● 不断变化的丝绸之路

　　历史上，丝绸之路并不是一成不变的，它的路线会随着地理环境的变化、当时政治形势的演变等而不断变化，常有新路线被开通，也会有旧通路被废弃。比如在敦煌和罗布泊之间有个地方叫白龙堆，这里属于典型的雅丹地貌（一种风蚀性地貌，由许多具有陡壁的小山包组成，地形很复杂），

并且常年有大风沙，经常有商队在这里迷路，于是这段路就逐渐被废弃了，变成了一座废墟。

除了陆上丝绸之路外，从汉朝开始，中国人就开通了从广东到印度的海上航道。而宋朝以后，因为国家经济重心南移及航海技术不断发展，从广州、泉州等港口城市出发，前往南洋甚至非洲东海岸的海上航线被开通，这些航线被称为"海上丝绸之路"。

● 促进东西方交流的伟大之路

古代丝绸之路的开通，为东西方的经济和文化交流做出了十分重要的贡献，说它在一定程度上改变了世界，也丝毫不过分。

说到丝绸之路，人们首先想到的就是丝绸。在古时候很长一段时间里，只有中国人懂得养蚕和织造丝绸，而古代西方人，尤其是古罗马人又非常喜欢这种轻薄华丽的织物，他们只能从中国进口丝绸。那时，罗马人甚至将中国称为"赛里斯"，即丝国。西方从中国进口的不只是丝绸，还有造纸术、雕版印刷术，以及火药、瓷器、漆器等。贸易都是双向的，有出口就有进口，古代中国从西方国家及西域诸国引进的东西和技术也不少，比如我们现在常见的胡萝卜、芝麻（又叫胡麻）、胡椒、香菜、黄瓜（又叫胡瓜）、石榴等蔬菜水果，胡箜篌、胡笛之类的乐器，以及胡床、皮毛、香料、珠宝，等等，不一而足。

除了物质交流之外，文化交流在丝绸之路上也十分普遍。比如世界三大宗教之一的佛教，就是在西汉末年传入中国的，后来西亚的袄（xiān）教、摩尼教、景教、伊斯兰教也先后传入中国，对中国的思想文化产生了一定程度的影响。此外，西方世界和西域诸国的乐舞、雕塑、绘画、服饰、生活习俗等也传入中国，对中国人的生活产生了深远影响。而中国的文学、哲学思想也通过丝绸之路传遍西方。

丝绸之路，对东西方世界都有着重要的意义，过去，它是一条重要的贸易路线，如今，它则成为一个象征，象征着友谊与和平，开放与发展。

王昌龄

生卒：？—约756年
字号：字少伯
称号：七绝圣手、诗家夫子
诗风：气势雄浑，格调
　　　高昂

扫码听音频

玉门关 | 从军行七首（其四）

唐 王昌龄

青海长云暗雪山，
孤城遥望玉门关。
黄沙百战穿金甲，
不破楼兰终不还。

注释

雪山：此处指祁连山。
穿：磨破。

译文

　　青海湖上空浓云密布，雪山看上去也暗淡无光，沙漠孤城与玉门关远隔千里遥遥相望。

　　戍边将士身经百战把盔甲都磨破了，但是不打败敌人他们誓不还乡。

赏析

　　这是一首咏叹边塞战事的边塞诗。前两句从壮阔处落笔，不仅表现出边塞的辽阔，更烘托出雄壮悲凉的氛围。后两句从环境描写转为抒情，表达了诗人希望有"龙城飞将"出现，平息战乱，使百姓安居乐业的心愿。全诗语不惊人，却唱出了诗人雄浑高远、悲壮开阔的心声。

两座玉门关

玉门关是古时候连接东西方的重要关隘（ài），是丝绸之路的北道关卡，可是你知道吗，玉门关其实有两座。

史书记载，西汉元狩二年（前121年），汉武帝派霍去病两次攻打匈奴，之后在河西走廊（古代中国内陆通往西域的交通要道）设置了武威、张掖、酒泉和敦煌四郡，并建立了玉门关和阳关两座关隘。玉门关位于敦煌西北，古称小方盘城。当时，西汉从西域进口的玉石都从玉门关进入内地，玉门关因此得名。西汉末年，这座玉门关逐渐被废弃。公元74年左右，东汉王朝恢复与西域的联系，汉明帝在敦煌以东重建玉门关，这座玉门关与之前的玉门关相距200多千米，不过前者只存在160多年，后者则存在了700多年，直至隋唐时期才渐渐被废弃。

"战神"霍去病

霍去病是汉武帝皇后卫子夫的外甥，称得上是皇亲国戚，不过他并未因此成为一个只知吃喝玩乐的纨（wán）绔（kù）子弟，而是以赫赫战功闻名于世，堪称一代"战神"。

17岁的时候，霍去病就被任命为票姚校尉，跟随着自己的舅舅、大将军卫青远征匈奴。这次征战中，他代领八百骑兵深入大漠，斩敌两千多，因此被封为冠军侯。19岁时，他指挥两次河西之战，都大胜而归，不但歼灭或招降近十万匈奴人，还直取祁连山，夺取河西重地。这次之后，汉朝在汉匈对峙中从被动转为主动，霍去病功不可没。

可惜的是，在元狩六年（前117年），霍去病突然因病去世，一代战神就此陨落，年仅23岁。

玉门关的传说

相传，西汉时期，位于汉朝西边的于阗（tián）国（位于今新疆和田一带）盛产玉石，而于阗国王十分喜欢汉朝出产的丝绸。国王十分有生意头脑，他开始和汉朝做生意，拿玉石换汉朝的丝绸。就这样，汉朝的丝绸被大量卖到于阗国，于阗国的玉石则被源源不断地运到汉朝境内。

开始的时候，事情很顺利，可是一段时间后，怪事出现了，运玉石的于阗驼队一走到一座关隘的时候，驼队的骆驼就会口吐白沫倒地不醒，押运的官兵对此束手无策。一个赶骆驼的老汉告诉押运官："会出现这种情况，是因为驼队没有祭祀该关隘的关神。若想平安过关，就得用最好的玉石镶嵌在关隘的大门上，以此祭祀关神。"

押运官按照老汉的建议在关隘大门上镶嵌了玉石，果然，从此以后，运玉石的队伍再也没有出过事了。从此，这座关隘就被称为"玉门关"。

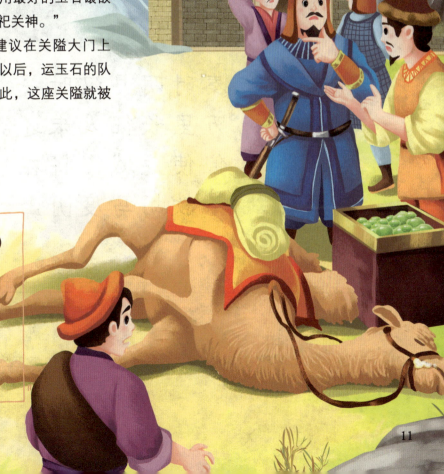

诗词拓展

塞上曲二首（其二）

唐 戴叔伦

汉家旌帜满阴山，

不遣胡儿匹马还。

愿得此身长报国，

何须生入玉门关。

王昌龄

生卒：？—约756年
字号：字少伯
称号：七绝圣手、诗家夫子
诗风 气势雄浑 格调
高昂

扫码听音频

阴山 | 出塞

唐 王昌龄

秦时明月汉时关，
万里长征人未还。
但使龙城飞将在，
不教胡马度阴山。

注释

但使：只要。

龙城飞将：汉朝名将，一说是卫青，一说是李广。这里泛指古代边塞名将。

依旧是秦时的明月和汉时的边关，但离家万里的将士还是没能返回。

只要还有龙城飞将这样的将军立于阵前，一定不会让敌人越过阴山。

这是一首咏叹边塞战事的边塞诗，全诗以平凡的语言，对当时的边塞战事做了高度的艺术概括，写景、叙事、抒情、议论一气呵成，吟咏出了诗人雄浑高远的心声，并体现出了诗人浓厚的爱国情怀。整首诗艺术造诣高超，被称为唐诗的"七绝之首"。

阴山——天然的军事屏障

阴山山脉是位于中国内蒙古自治区中部地区的山脉，它东西绵延1200多千米，包括狼山、乌拉山、大青山等。在中国历史中，阴山一直是中原农耕文化和北方游牧民族的地理分界线和过渡地带，也一直是双方间的天然军事屏障。秦汉与匈奴之间、隋唐与突厥之间相互对峙、控制、争夺的焦点便是这里。

当然，阴山并不总是和杀伐征战联系在一起，它还见证了不同民族之间的交流、沟通和融合，因为它是丝绸之路系统中一个重要的组成部分——草原丝绸之路中很重要的一段，在东西方文明的传承中起到了自己的作用。

匈奴圣地——龙城

元光六年（前129年），匈奴入侵汉朝的上谷郡（今河北张家口），汉武帝派四路大军出击。其中一路由首次出征的车骑将军卫青指挥，直奔上谷。卫青领军大获全胜，他直捣龙城，斩杀匈奴七百余人。卫青一路也是四路西汉大军中唯一取得胜利的一路。这便是龙城之战。

上面说的龙城，是匈奴人祭祀天地、祖先以及鬼神的地方，是匈奴的政治中心和匈奴人心中的圣地。在中国的古诗词和古文中，龙城常被用来指代匈奴的居住地。关于龙城的具体位置，至今还没有一个统一的答案，有人说龙城位于今天的内蒙古自治区赤峰市附近，也有人说它位于蒙古人民共和国杭爱山塔米尔河流域。而根据最近的一些考古新发现来看，后一种说法更可信。

李广射石

　　李广是西汉时期的名将，据说他的先祖是秦朝名将李信。史书记载，李广身材高大，"猿臂善射"，曾以箭"射石"。

　　一次，李广外出打猎，那时天色已晚，他突然看到乱草丛中趴着一只老虎，老虎已拱起脊背准备扑上来。李广急忙张弓射箭，一下子射中了老虎。周围随从跑过去，想看看老虎怎么样了。他们过去一看，哪里有什么老虎啊，李广射中的是一块大石头，而且箭射得很深，箭头整个没入了大石头里，拔都拔不出来。后来，李广再去射石，箭却怎么也射不进石头了。

　　唐朝诗人卢纶曾写了一首叫《和张仆射塞下曲》的诗来讲述李广射石的故事——"林暗草惊风，将军夜引弓。平明寻白羽，没在石棱中。"

诗词拓展

敕勒歌
北朝 乐府民歌

敕勒川，阴山下。

天似穹庐，笼盖四野。

天苍苍，野茫茫，

风吹草低见牛羊。

王维

生卒：约701—761年
字号：字摩诘，号摩诘居士
称号：诗佛，与孟浩然合称
　　　"王孟"
爱好：书法、绘画、
　　　音乐

扫码听音频

居延城 | 使至塞上

唐 王维

单车欲问边，属国过居延。
征蓬出汉塞，归雁入胡天。
大漠孤烟直，长河落日圆。
萧关逢候骑，都护在燕然。

注释

使： 出使。

问边： 慰问守卫边疆的将士。

征蓬： 随风飞舞的蓬草。

候骑： 负责侦察、通讯的骑兵。

燕（yān）然： 燕然山，即今蒙古国的杭爱山，这里代指前线。

轻车简从去慰问边关的将士，路经的属国已到达居延。

像随风飞舞的蓬草一样走出汉家边塞，北归的大雁正翱翔云天。

大漠中孤烟直上，黄河上空落日浑圆。

在萧关遇到了侦察骑兵，他们告诉我督护还在燕然前线。

赏析

　　这首诗是诗人奉命出塞慰问唐军、赴边途中所作。开篇四句，诗人描写了自己轻车简从出使边关，并以"征蓬""归雁"自比，暗示了诗人内心的孤寂和抑郁。接着两句，诗人描写边塞所见之景，画面开阔，意境雄浑。结尾两句，诗人点明此次出塞的目的是慰问边塞将士，然而到了边塞却被告知将领在前线未归，全篇以此作结，给人无限遐想。

军事重镇居延城

西汉太初元年（前104年），为了护卫新设立的河西四郡，汉武帝在古居延泽（唐以后称为居延海）附近设立了居延县，并建起一座居延城。两年后，汉朝又在弱水（今额济纳河）沿岸及居延泽南部垦区修筑了塞墙、障城和烽火台，将居延城与其南面的张掖郡连接起来，这便是居延塞。自汉朝开始，居延城及居延塞就成为守护中国西北地区的军事重镇，也是古代中国和西域互通往来的交通要塞。

居延城及居延塞的故址位于今天蒙古自治区额济纳旗东南处，从20世纪30年代起，考古学家就在这些遗址中发掘出许多珍贵的文物，这些文物能让我们对当时汉朝普通百姓的生活了解得更多更详细。

古代的护照——通关文牒

看过《西游记》的人，想必对其中的一个情节都会有些印象：每到一个国家，唐僧都会拿出一个小册子递交给这个国家的国王，国王会在这个小册子上盖上大印，然后唐僧拿着这个小册子就可以顺利离开这个国家了，这个小册子就是通关文牒。

所谓的通关文牒，其实就是中国古代的护照，它还被称为符、节、传、度牒、路证等。当时，人们如果想要在边塞关卡顺利通行，去别的国家，就必须拿着这个由官府颁发的通关文牒，每到一个国家，都需要拿着通关文牒到官府里盖上这个国家的大印，以证明这趟行程是官方许可的，之后这个人就可以在这个国家里通行无阻了。

秋闺思二首（其二）

唐 张仲素

秋天一夜静无云，

断续鸿声到晓闻，

欲寄征衣问消息，

居延城外又移军。

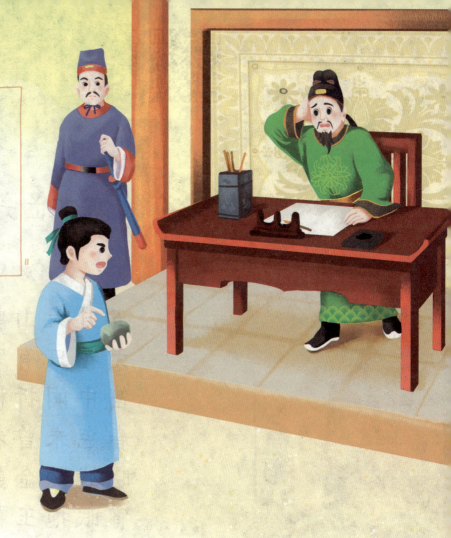

趣闻轶事

胆识过人的王维

　　王维是唐朝时期著名的大诗人，据说他在小时候就很有胆识。有一次，王维家乡的知县偶然从一本书里得知，当地的大山出产一种叫石胆的东西，据说吃了石胆可以延年益寿。于是，知县下令让县里的百姓都去山里寻找石胆。

　　世界上本来就没有石胆，百姓们当然找不到了。知县很生气，非说是百姓们把石胆私藏了起来，因此抓了很多人关到监牢里。少年王维不忍心看到百姓受苦，就拿了几块石头来找知县。他对知县说："石头哪里都有，想要石胆却是没有。"知县生气地说："书里说有石胆，那就一定有。"王维不卑不亢地说："书里还说有凤凰和龙呢，你能找到它们吗？"一席话说得知县哑口无言，只好下令不再寻找石胆，还将关进监牢的百姓们都放了出来。

李白

生卒：701—762年
字号：字太白，号青莲居士
称号：诗仙、谪（zhé）仙人
爱好：饮酒、旅行、剑术

扫码听音频

楼兰 | 塞下曲六首（其一）

唐 李白

五月天山雪，
无花只有寒。
笛中闻折柳，
春色未曾看。
晓战随金鼓，
宵眠抱玉鞍。
愿将腰下剑，
直为斩楼兰。

注释

天山：指祁连山。

折柳：指古曲《折杨柳》。

金鼓：金，即钲（zhēng），古代一种铜制、似钟而狭长有柄的打击乐器。古人打仗时，进军击鼓，退军鸣钲。

译文

五月的天山依然大雪纷飞，唯见凛冽的寒气而看不到花草。

只能听着《折杨柳》的笛声想象春光的美好，眼前却未见一点儿春色。

白天在金鼓声中与敌人进行战斗，夜晚抱着马鞍睡觉。

但愿用腰下悬挂的宝剑，早日平定边疆，为国立功。

赏析

　　这是一首饱含杀敌报国情怀的边塞诗。开篇四句，说边塞的五月，仍是大雪漫天，寒气凛人，只能从笛声中想象春色而不见春光，极言边塞的苦寒。接下来两句转写边塞将士的军旅生活，以"晓""宵""随""抱"四字将军旅生活的紧张激烈描写得生动形象。最后两句，诗人一改之前的苍凉怨思，以激昂雄浑的笔触将一腔报国热情展现得淋漓尽致。整首诗情感浓烈，极富感染力，是边塞诗中的佳作。

令人神往的古国楼兰

楼兰是位于中国西北部的一个西域古国，国都是楼兰城。在佉（qū）卢文（流行于古代中亚地区的一种文字）中，"楼兰"是"城镇"的意思。楼兰古国位于今天新疆罗布泊的西部，处于西域的枢纽地带，在古代丝绸之路上占有十分重要的地位。西汉汉昭帝时，楼兰向汉朝称臣，并改名鄯（shàn）善，迁都泥城。汉昭帝向楼兰派兵屯田，从此楼兰便成为中原王朝控制西域的支点。

现在，楼兰古国早已消失在沙漠的深处，而楼兰这个名字也已经变成一个符号，代表了西域曾经的繁荣以及现代人对过往历史的神往。

楼兰消失之谜

从出现在《史记》中，到4世纪时神秘消失，楼兰古国在历史舞台上只活跃了短短几百年时间。至于楼兰古国是怎么消失的，其原因众说纷纭，至今还没有统一的解释。

说法一：楼兰的消失和罗布泊的移动有关。据研究，罗布泊的移动是有周期性规律的，而楼兰国兴起和消亡的时间刚好与罗布泊的周期性移动相吻合，所以有的学者认为楼兰的消失与罗布泊有关。说法二：楼兰毁于战乱。有人说楼兰国后期实力衰败，最后被北方兴起的强国攻灭。说法三：楼兰毁于环境恶化。据研究，楼兰人经常大兴土木，乱砍滥伐，最终导致沙漠化加剧，沙进城退，最终城破国亡。

此外，关于楼兰消失原因的说法还有毁于瘟疫、毁于生物入侵，等等。

贺知章金龟换酒荐李白

　　唐朝天宝初年，李白来到京城长安。在京城游览之际，李白遇到了秘书监贺知章。贺知章素闻李白有诗名，便问李白有没有新的诗作，李白立即拿出《蜀道难》一诗呈上。贺知章边读边不住地点头称赞，读完诗后直呼李白是"天上的谪仙人"，然后立即邀请李白一起饮酒论诗。

　　来到酒馆落座后，贺知章发现自己竟然没有带酒钱，于是毫不犹豫地解下腰间佩戴的金龟交给店小二买酒。要知道，这个金龟是当时官员到一定品级才能佩戴的饰物，拿它换酒，说明贺知章十分看重李白。后来，两人开怀畅饮，直到喝痛快了才作别。

　　从此之后，贺知章和李白成了莫逆之交，贺知章还向唐玄宗推荐李白，而玄宗也早就听说李白很有才华，便让他做了翰林学士。

诗词拓展

送剑与傅岩叟

北宋 辛弃疾

镆邪三尺照人寒，

试与挑灯子细看。

且挂空斋作琴伴，

未须携去斩楼兰。

李白

生卒	701—762年
字号	字太白，号青莲居士
称号	诗仙、谪（zhé）仙人
爱好	饮酒、旅行、剑术

扫码听音频

长安 | 子夜吴歌·秋歌

唐 李白

长安一片月，
万户捣衣声。
秋风吹不尽，
总是玉关情。
何日平胡虏，
良人罢远征？

捣衣： 古人缝制寒衣的一个步骤。在李白生活的年代，平民百姓穿的衣服多是由麻布缝制的，麻布比较硬，穿着不舒服，所以需要用木棒敲打使其变得柔软舒适。

玉关： 即玉门关。

良人： 古时候女性对自己丈夫的称呼。

译文

长安城笼罩在月亮的光辉之中，捣衣的声音从千家万户中传出。

秋风怎么也吹不散这捣衣的声音，每一声都饱含着对远在玉门关戍边的亲人的思念。

什么时候才能平定边塞的战事，让离家的亲人结束这漫长的征途呢？

赏析

这首诗描写的是戍边战士之妻在秋夜思念自己的丈夫，希望战争早日结束，丈夫能够平安归家。本诗表面写思念亲人之情，实际上却是在写战争带给人们的痛苦。全诗由景及情，声情并茂，韵味十足。

25

丝路起点——长安城

丝绸之路是古代连接东西方的重要商道，它的起点就是古长安城。

遥想当年，中国特有的丝绸、茶叶、瓷器等货物从各地汇集到长安进行买卖，然后由各国商人通过丝绸之路运往丝路沿线及西方各国。与此同时，西方以及丝路沿线各国特产的香料药材、珠宝玉石、瓜果牲畜等也经过丝绸之路进入中国，汇聚于长安，然后流通到全国各地。

"八水绕长安，千年古帝京"

古长安城（今陕西西安）是史上第一座被称为"京"的都城，曾有超过二十个王朝或政权在这里建都。在长达一千多年的时光里，长安一直是世界上最伟大的城市之一。

古长安周边水系丰富，有"八水绕长安"之说。八水指的是渭、泾（jīng）、沣（fēng）、涝（láo）、潏（jué）、滈（hào）、浐（chǎn）、灞（bà）八条河流。这八条河流围绕着长安城流淌，不但为长安城带来丰富的水资源，还给长安城带来了灵秀的美景。

"买东西"的由来

在生活中，人们想要购物的时候，经常会说"买东西"，那么我们为什么要将购物说成"买东西"而不是"买南北"呢？有人说，这个说法来源于唐长安城。

历史记载，长安城有"东市"和"西市"两大市场，东市卖的多是些奢侈品，是达官贵人们经常出没的地方；西市则很平民化，许多来自西域、日本的客商聚集在这里做生意，这里货品琳琅满目，十分热闹，是当时世界最大的商贸中心。

那时候，人们购物的时候都会去东西两市，久而久之，大家就把购物称为"买东西"了。

诗词拓展

月夜

唐 杜甫

今夜鄜州月，闺中只独看。

遥怜小儿女，未解忆长安。

香雾云鬟湿，清辉玉臂寒。

何时倚虚幌，双照泪痕干。

27

王翰

生卒：不祥
字号：字子羽
称号：盛唐边塞诗人之一
爱好：饮酒

扫码听音频

凉州 ｜ 凉州曲

唐 王翰

葡萄美酒夜光杯，
欲饮琵琶马上催。
醉卧沙场君莫笑，
古来征战几人回。

注释

夜光杯：一种用白玉制成的杯子。
催：催促出发。也有人说是指饮酒时奏乐助兴。
沙场：战场。

甘醇的葡萄美酒盛在夜光杯中，正要畅饮之时响起了欢快的琵琶声，似乎是在催人出征。

即使醉倒在战场上，也请不要笑话我，自古出征打仗的有几个人能平安回来。

赏析

这是一首著名的边塞诗，描写了边塞将士开怀畅饮的场面。全诗用明快的语言和跳跃的节奏描摹了将士们豪放爽朗的精神状态，还以乐景写哀情，透露出边塞战事的残酷以及将士内心的悲壮情绪。整首诗基调奔放豪迈，突显了盛唐边塞诗特色，因此成为脍炙人口的佳作。

北方名都古凉州

凉州，就是今天的甘肃省武威市，古称雍州、姑臧、休屠，建成距今已有2000多年的历史，曾有前凉、后凉、南凉、北凉、大凉、西夏等政权在此建都，被称为"北方名都"。凉州是丝绸之路由东向西进入河西走廊后的第一重镇，从唐朝开始，凉州就一直是河西节度使的驻地，那时候，凉州经济发达，商业繁荣，还曾一度成为中国西北地区的政治、经济、文化中心。唐朝著名的大诗人岑参、王维等都曾来到这里，并写下了诸多传颂至今的著名诗篇。

"凉州大马，横行天下"

北宫纯是西晋时期凉州的本土将领，人称西晋军神。当时，他是西凉刺史（地方军事行政长官）张轨的部将，任职西凉督护（统兵的将领）。

西晋末年天下大乱，307年，青州叛军王弥领兵攻打晋都洛阳，眼见叛军兵临城下，满朝文武纷纷逃命。张轨派北宫纯率兵救援洛阳。北宫纯作为前锋，带领不到一千人的西凉卫队在洛阳城门列阵迎敌，借着盾牌、重铠之利以及凉州铁骑的剽悍之勇，大败十万叛军。次年，前赵军队南进，洛阳城再次告急，北宫纯又领命驰援。西凉军夜袭敌军大营，大胜敌军。

北宫纯两次驰援洛阳，以少胜多的经历让洛阳人大为感激，他们传唱歌谣"凉州大马，横行天下"以赞颂战将北宫纯和骁勇善战的凉州铁骑。

丝绸之路上的舶来品——葡萄和葡萄酒

我们都知道，葡萄和葡萄酒都是来自异域他乡的舶来品，据说它们是在汉武帝时期被引进中国的。唐朝以前，葡萄的种植技术和葡萄酒的酿造技术并未在中国得到普及，所以葡萄和葡萄酒比较少见，价钱也很昂贵。史书记载，北齐年间，有人向皇帝进献了一盘葡萄，皇帝一高兴，竟然赏给那人一百匹绢。东汉末年，有个叫孟佗的人用一斛（hú，一斛相当于20升）葡萄酒贿赂皇帝身边的大太监，便得到了凉州刺史这样的重要官职。由此可见，那时的葡萄和葡萄酒是多么的珍贵。

到了唐朝，葡萄的种植和葡萄酒的酿造开始在中国普及开来，喜爱葡萄和葡萄酒的人越来越多，唐太宗李世民和诗仙李白都是葡萄酒的忠实爱好者。据说李世民还曾亲自动手，尝试酿制葡萄酒。清朝的康熙皇帝更是爱喝葡萄酒，几乎每天都会喝上一杯。

诗词拓展

为江阴伍教谕题葡萄三首（其一）

明 倪谦

满架延秋蔓，虬须拂面长。

草龙珠帐底，偏爱午阴凉。

高适

生卒：约700—765年
字号：字达夫，一字仲武
称号：高常侍，与岑参并称"高岑"
诗风：气势豪迈，情辞慷慨

扫码听音频

胡人 | 和王七玉门关听吹笛

唐 高适

胡人吹笛戍楼间，
楼上萧条海月闲。
借问落梅凡几曲，
从风一夜满关山。

王七：指诗人王之涣。
落梅：指笛曲《梅花落》。
凡几：总计多少。

译文

胡人吹起的羌笛声在戍楼之间响起，戍楼之上景色寂寥明月清幽。想问悠远的落梅乐曲总共有几首，随着长风一夜间就洒满了关山。

赏析

这首诗又名《塞上闻笛》，据记载，此诗是对王之涣《凉州词》的酬和之作，其虽为边塞诗，却带着一丝田园诗清新柔和之感。全诗前两句写实景，后两句写虚景，在虚实交错之间，将戍边战士的思乡之情和报国之志有机地结合起来，营造出一种委婉动人、含蓄隽永的意境。

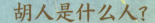

胡人是什么人？

胡，原本是秦汉时期活跃于中国北方地区的游牧民族匈奴的自称，《汉书·匈奴传》中有这么一段记载："单于遣使遗汉书云：'南有大汉，北有强胡。胡者，天之骄子也，不为小礼以自烦。'"后来，中原王朝将居住在北方边地及西域地区的外族或外国人，如匈奴、鲜卑、羌、吐蕃、突厥、粟特等，都统称为"胡人"。

"胡"这个字并没有任何贬低或蔑视的意思，仅指"外邦的"这个意思。除了胡人外，我们还会见到很多带"胡"字的东西，比如胡椒、胡萝卜、二胡等，顾名思义，这些东西都是古时候从胡人那里传过来的。

赵武灵王胡服骑射

战国时期，各诸侯国不停攻伐，他们都想吞并别的国家，统一天下。赵武灵王即位的时候，赵国周围强敌环伺，形势很不乐观。他励精图治，立志要把赵国变得更强大。当时北方的胡人经常侵扰中原诸侯国，他们身着窄袖短衣，骑射灵活。赵武灵王眼见本国士兵受累于长袖宽袍，便决心改革服制，提高军队战斗力。他排除重重阻碍，坚持在全国上下推广胡服，并着力培养士兵的骑射能力。不到一年，赵武灵王便建立了新型的轻骑部队。这支部队战斗力强大，相继击败了中山、林胡等国以及赵国周边的一些部落，使得赵国声威大震，最终成为战国时期实力最强的诸侯国之一。

胡商买水珠

唐睿宗曾赐给开封的相国寺一颗价值亿万的宝珠，他要求寺里将此珠当成镇寺之宝。但是僧人们不觉得这颗珠子有多么宝贵，只将它当成普通的珠宝收藏起来。开元年间，相国寺要大兴土木，于是住持开始清点寺内的收藏。住持见到宝珠，不知道它有多值钱，便命僧人拿着宝珠到市集上叫卖，看看能卖多少钱。几天过去了，宝珠始终无人问津。

这天，一个大食（唐人对阿拉伯帝国的称呼）商人来逛市集。他看到宝珠后两眼放光，经过几番讨价还价，最终以四万贯买得此珠，并约定第二天带钱去寺里交易。第二天，大食商人带钱拿走了宝珠。临走前，他将宝珠的来历告诉了寺里众人：此珠名唤"水珠"，若是将之埋入土中，便有甘甜的泉水涌出，它本是大食国的国宝，唐朝初年，国王将此珠进贡给了唐皇。说完，还演示了一番，果然如他所说，这个宝珠能生出泉水。住持见此，悔之晚矣。

诗词拓展

少年行二首·其二

唐 李白

五陵年少金市东，银鞍白马度春风。

落花踏尽游何处，笑入胡姬酒肆中。

杜甫

生卒：712—770年
字号：字子美，号少陵野老
称号：诗圣、杜工部
爱好：追星
　　（李白迷弟）

扫码听音频

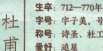

张骞 ｜ 秦州杂诗（其八）

唐 杜甫

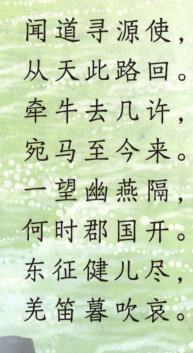

闻道寻源使，
从天此路回。
牵牛去几许，
宛马至今来。
一望幽燕隔，
何时郡国开。
东征健儿尽，
羌笛暮吹哀。

注释

秦州：今甘肃天水一带。

寻源使：汉武帝曾派张骞等人出使西域，寻找黄河源头，故后人称张骞等人为"寻源使"。

牵牛：指牵牛星。

幽燕（yān）隔：指安禄山、史思明率领叛军占据了幽燕一带。幽燕是指今天河北北部及辽宁地区。

译文

张骞出使西域寻找黄河的源头，从地上寻到天上，又从天上寻到地上。

远在天河的牵牛星到底有多远啊，西域大宛（yuān）国的良马已通过这条路输入中土。

远远望去，幽燕一带已被隔绝，什么时候才能将郡国之间被阻隔的通道打通。

东征的将士不堪奔波，在战斗中伤亡殆尽，黄昏时候，远处传来羌笛之声令人哀恸。

赏析

　　这是一首忧愁战乱、渴望安定的诗。前四句借西汉时张骞出使西域、沟通东西方的史实和牵牛星的传说，表达了诗人对汉朝的强盛以及河海水路四通八达、毫无阻隔的向往。后四句描写了唐朝当时的现实境况——安禄山、史思明的叛乱导致国家战争不断、时局混乱，表达了诗人面对时局而生的凄楚心情。整首诗情真意切，感人至深。

张骞通西域

　　汉武帝即位时，王朝面临的最大威胁之一便是匈奴。汉武帝想联合西域的大月氏（zhī）国共同对付匈奴，便派张骞出使西域。在经过匈奴领地时，张骞不幸被匈奴人俘虏，被困十年。后来他使计逃脱，历经千辛万苦，终于来到大月氏。可此时的大月氏人已经过上了安居乐业的生活，不想再打仗了。张骞只好返回汉朝，在途中他又被匈奴俘虏，被困了一年多，幸好匈奴发生内乱，他得以逃脱。等回到汉朝的时候，距他离开长安已过去了十三年。后来，汉武帝认为张骞有功绩，封他为"博望侯"。

　　张骞出使西域，虽未完成联合大月氏抗击匈奴的任务，但此后汉朝声威日盛，和西域诸国文化交流也日渐频繁，"丝绸之路"更是应运而生，功绩不可谓不大。

安史之乱

　　唐玄宗李隆基即位之初，励精图治，使唐朝进入开元盛世。可是安定繁荣的日子一长，唐玄宗逐渐怠于朝政，致使国家逐渐走向衰败。天宝十四年（755年），备受唐玄宗和杨贵妃喜爱的节度使安禄山及其部将史思明，以讨伐执掌朝政的杨贵妃兄长杨国忠为名，举兵反唐。叛军长驱直入长安，唐玄宗匆忙南逃，走到马嵬（wěi）驿（位于今陕西兴平），随行的将士在愤怒中杀死了杨国忠，又逼使玄宗绞杀杨贵妃，才肯继续起行，南下至四川。后来叛军内部发生分裂，唐朝借兵回纥（hé），趁机收复失地，这场持续了八年的"安史之乱"才告结束。从此以后，唐朝由盛转衰。

"牵牛"的传说

在西晋人张华的著作《博物志》中记载了这样一个传说：有个人住在海边，他发现每年到了八月，都会有一只筏子准时飘到海边，然后再飘走。这年八月，那只筏子又准时飘了过来，这人想要一探究竟，便带着干粮登上了筏子。筏子在海上飘了十多天，来到一个他从未见过的地方。这时，一个人牵着一头牛来饮水，牵牛人看到这个人，惊讶地问："你是怎么来到这里的？"这个人将自己乘坐筏子的事情细讲了一遍，然后问牵牛人这里是哪里。牵牛人回答："你到蜀郡拜访严君平（西汉道家学者）就知道了。"

第二年八月，这个人乘着筏子回到海边，之后他去拜访严君平。严君平听了他的经历后，推算一番发现：这个人见到牵牛人那天，正好有一颗客星（古人对天上新出现的星星的统称）移到了牵牛星旁边。也就是说，这个人其实是乘着筏子到了天上，还见到了牵牛星。

古代的人认为海和天是相通的，比如李白就写过"黄河之水天上来，奔流到海不复回"的诗句，而上面这个传说说的就是这个意思。

诗词拓展

博望侯墓

宋 张俞

九译使车通，君王悦战锋。

争残四夷国，只在一枝筇（qióng）。

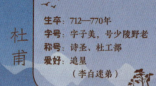

杜甫

生卒：712—770年
字号：字子美，号少陵野老
称号：诗圣、杜工部
爱好：追星
（李白迷弟）

扫码听音频

王昭君 | 咏怀古迹五首（其三）

唐 杜甫

群山万壑赴荆门，
生长明妃尚有村。
一去紫台连朔漠，
独留青冢向黄昏。
画图省识春风面，
环佩空归夜月魂。
千载琵琶作胡语，
分明怨恨曲中论。

译文

千山万岭连绵不绝地奔赴荆门，王昭君生长的村子留存至今。

从皇宫一去直到塞外沙漠，最后只留下荒郊的孤坟对着黄昏。

只依照图画怎识别昭君的容颜，月夜里环佩叮当是她的归魂。

千年流传她创作的胡音琵琶曲，曲中倾诉的分明是满腔悲愤。

赏析

这首诗是诗人经过昭君村时所作的咏史诗。全诗以雄伟的气势开篇，点明本诗咏叹的是王昭君；接着以十四字概括了昭君一生的悲剧命运，沉重而悲凉；然后再写昭君身在汉宫时的往事以及她在塞外去世的悲怨；最后两句借琵琶曲声，表达了诗人对昭君命运的同情。全诗叙事明确，寓意深刻。

昭君出塞

　　王昭君，名嫱，昭君是她的字。她出生于西汉南郡秭归（今湖北兴山县）一个平民家庭，西汉建昭元年（前38年），王昭君入宫当了宫女。竟宁元年（前33年），汉朝属国南匈奴的首领呼韩邪单于（chán yú，匈奴人称自己的部落首领为单于）来长安朝拜汉元帝，并表示想娶汉朝的公主为妻。于是元帝将宫女王昭君赐给了单于做妻子。

　　王昭君抵达匈奴领地后，被封为宁胡阏氏（yān zhī，匈奴单于的正妻被称为阏氏）。王昭君嫁到塞外之后，就再也没能回归故土。她在三十多岁的时候就去世了，被埋葬在今天内蒙古呼和浩特市的南郊，昭君墓依靠着大青山，后人称之为"青冢"。

王昭君"落雁"的传说

　　相传，王昭君被赐婚给呼韩邪单于后，心中并不情愿，毕竟谁都不愿意远离自己的故乡去遥远的大漠生活。不过，她就是再不情愿，也不能违抗皇帝的命令。

　　在一个天高气爽的秋日，王昭君与和亲队伍浩浩荡荡地出发了。一路北上，途中的景色越来越萧瑟，王昭君的心情也越来越悲伤。她拿出琵琶，拨动琴弦，奏起了离别之音，乐声激越悲切，随行的侍从听了都悲伤地开始哭泣。这时，一行大雁从天空中飞过，看到美丽的王昭君，听到悲伤的琵琶曲，它们都忘了拍动翅膀，于是纷纷从天空中跌落下来，落到了路旁的树丛中。从此以后，"落雁"就成了王昭君的代称，后世人也常常用"落雁"来赞叹女子的美貌。

杜甫与李白的友谊

　　李白和杜甫都是唐朝最著名的大诗人，世人将两人合称为"李杜"（有时也称"大李杜"，用以与李商隐和杜牧的"小李杜"相区别）。李白比杜甫大11岁，两人几乎算是两代人了，不过两人的关系非常好，尤其是杜甫，他在年轻的时候就十分推崇李白的诗作，说他是李白的"迷弟"也不为过。

　　天宝二载（743年），李白因为得罪宫中权贵而被唐玄宗赐金放还。次年，他来到东都洛阳。而此时，杜甫也游历到了洛阳，他在这里第一次遇到李白。两人相约在梁宋（今河南开封、商丘一带）之地同游。同年秋天，两人如约一起游历了梁宋之地。天宝四载秋天，杜甫来到山东兖（yǎn）州与李白相见，两人在一起除了饮酒赋诗之外，还一同寻仙问道，走访隐居的高士。秋末，两人再次分别，此一别，两人再也没有见过面。

　　虽然李白和杜甫只见过三次面，不过两人却结下了"醉眠秋共被，携手日同行"的友谊，至今还为人所传颂。

诗词拓展

王昭君二首（其二）

唐 李白

昭君拂玉鞍，上马啼红颊。

今日汉宫人，明朝胡地妾。

岑参

生卒：约715—770年
字号：均不详
称号：岑嘉州，与高适并称"高岑"
诗风：气势豪迈，情辞慷慨

扫码听音频

酒泉 | 酒泉太守席上醉后作（其一）

唐 岑参

酒泉太守能剑舞，
高堂置酒夜击鼓。
胡笳一曲断人肠，
座上相看泪如雨。

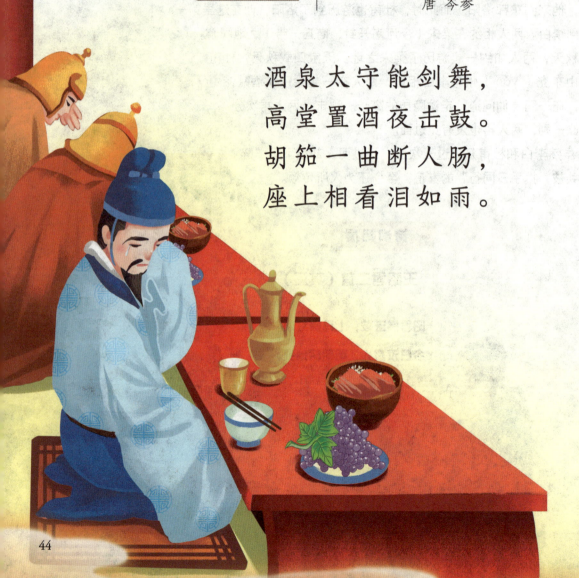

注释

高堂：高大的厅堂。

胡笳（jiā）：中国古代北方民族的一种管乐器，形似笛子。

译文

酒泉太守持剑翩翩起舞，厅堂之上置酒夜间鼓声敲击。

胡笳一曲令人肝肠寸断，座上之人相对而视泪如雨下。

赏析

　　唐至德二年（757年），诗人奉命离开边塞回长安任职，在路过酒泉时，酒泉太守设宴款待他，这首诗描写的就是这次军中宴会的场面。诗中以"剑舞""击鼓"点出军队宴饮的特点，为全诗定下基调。之后，用"断人肠""泪如雨"表达出边塞将士思乡盼归的情感。因诗人长期驻守西北边塞，对边塞生活非常熟悉，因此这首诗情真意切，令人信服。

丝绸之路必经之地——酒泉

酒泉位于河西走廊的西部、祁连山的主峰之下，是欧亚大陆东西往来的要冲以及古代丝绸之路的必经之地。历朝历代，酒泉均为边防重镇。汉武帝之前，酒泉一直由乌孙、月氏、匈奴等民族占据，汉武帝元狩二年（前121年），汉朝大军大破匈奴、征服河西，建立河西四郡，酒泉郡便是其中之一。从此之后，酒泉便被纳入西汉王朝的统治范围。

从古时候起，酒泉就一直处在各民族交流和融合的中心地区，因此这里保留了许多珍贵的历史遗迹和文物，如敦煌莫高窟、边塞长城、悬泉汉简等，这些遗迹和文物为我们了解中国古代历史提供了丰富的资料。

酒泉地名由来的传说

在民间传说中，酒泉这个名字的来历与西汉将军霍去病有关。西汉元狩年间，为了打击匈奴人，汉武帝派年轻的将军霍去病领兵西征匈奴。汉朝大军所向披靡，大获全胜，汉武帝高兴极了，赐给霍去病美酒一坛，并派使者将酒送到霍去病的大营中。

打了胜仗，军中自然会大摆庆功宴，酒是必不可少的，可是因为行军要轻装简行，酒这样的物品肯定是不会带的。找遍整个大营，就只有皇帝赐给霍去病的这一坛酒。霍去病不愿将士们失望，于是他将酒倒入一眼泉水中，这样一来，泉水中也就带着酒香，将士们喝这泉水也就和喝美酒没两样了。此后，人们就将这眼清泉称为"酒泉"，而这个地方也因此得名。

岑参和放羊娃

岑参曾在安西担任官职，一次，他在办完军务返回官署的路上，途经一个叫赤亭的地方。在赤亭驻守的士兵与岑参相熟，便请他赋诗、题词。在落笔题诗的时候，岑参突然听到一个小男孩在读自己刚写下的诗句，他抬头一看，原来是一个放羊娃。询问之下才知道，这个放羊娃是回鹘（hú）人，曾救过这里士兵的命。岑参又问放羊娃是谁教他汉语的，放羊娃说是他父亲。放羊娃还从怀里掏出一本破旧的《论语》给岑参看，岑参直夸放羊娃"有志气"。

放羊娃的父亲听说岑参来到这里，便在第二天带着儿子来拜访岑参，说自己家本是书香门第，因避乱来到这里，还请求岑参能收自己儿子为义子。岑参看这个孩子聪明伶俐，很是喜欢，便答应了。岑参给这个孩子改名"岑鹘"，将他带在自己身边教导。

后来，岑鹘成了精通汉语和回鹘语的翻译，还培养了许多这样的翻译，而元朝著名的高僧、翻译家舍兰兰就是岑鹘的后人。

诗词拓展

陇西行

唐 王维

十里一走马，五里一扬鞭。

都护军书至，匈奴围酒泉。

关山正飞雪，烽火断无烟。

戴叔伦

生卒：732—789年
字号：字幼公，一作次公
称号：戴容州
爱好：隐居、修道

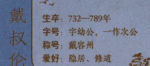

扫码听音频

胡笳 | 调笑令

唐 戴叔伦

边草，边草，边草尽来兵老。山南山北雪晴，千里万里月明。明月，明月，胡笳一声愁绝。

注释

调笑令：词牌名，又名《转应曲》。

边塞的野草啊，边塞的野草，野草枯尽时，戍边的士兵也变老了。

山南山北雪后放晴，千里万里处处月明。

明月啊，明月，远处传来一声胡笳，乐声令人十分忧愁。

这是一首描写戍边士兵思归情绪的小令，这种题材在词中并不多见。纵观全词，并没有出现思念、怀想的字眼，所有的情绪都是以景物描写烘托出来的——边塞的枯草、雪、明月夜、胡笳。最后用"愁绝"点题，思归情绪喷薄而出，显得既沉重又有力。

蔡文姬和《胡笳十八拍》

　　蔡文姬是东汉末年有名的才女，她博学多才，擅长文学、书法，还精通音律。兴平二年（195年），董卓等人作乱关中，中原因此大乱，南匈奴趁机南下劫掠。在随家人逃难的时候，蔡文姬被匈奴人掳走，被迫成为匈奴左贤王的妃子。蔡文姬在塞外一待就是十二年，她无时无刻不在思念着自己的故乡。后来，曹操平定了中原，他派使者用重金将蔡文姬赎了回来。

　　相传，蔡文姬回到故土后，有感于自己在塞外生活的悲凉，便以胡笳音色融入古琴中而作《胡笳十八拍》。根据流传至今的古琴谱来看，《胡笳十八拍》是由18首歌曲组成的琴歌，整个琴歌曲调委婉悲戚，词文感人肺腑，艺术价值极高。

胡笳一曲救孤城

　　刘琨（kūn）是西晋政治家、文学家、音乐家和军事家，据说他十分擅长吹奏胡笳，还曾利用胡笳来击退敌人。

　　刘琨曾出任并州刺史，驻扎在晋阳城。一次，数万匈奴兵将晋阳城团团围困。刘琨手下士兵不多，若与敌人硬拼，必定兵败城破，于是他一面加强防守，一面派使者出去求援。然而七天过后援军也没有到来，眼见晋阳城危在旦夕，全城军民都惊恐不已。就在这危急时刻，刘琨突然想起西楚霸王项羽败于"四面楚歌"的故事，于是他下令，让军中会吹胡笳的士兵集合起来组成一支胡笳乐队。

　　当天夜晚，他亲自带领这支乐队来到城头，冲着城外敌营吹起了匈奴的胡笳曲。胡笳曲哀伤凄婉，匈奴兵将听了都开始思念自己的家乡妻儿。最终，思乡心切的匈奴军队不战而退。

戴叔伦对对联

戴叔伦是中唐时期著名的田园诗人，他自幼聪颖好学，少年时曾拜名士萧颖士为师。

一次，戴叔伦随老师萧颖士外出游玩。他们来到一个名叫白店的地方，这里山明水秀，景色宜人。正当师徒二人欣赏风景的时候，一只白色的大公鸡突然跳到一处矮墙上引颈高鸣。清亮的鸡鸣声一下子打破了山村的宁静。见此情景，萧颖士即兴拟出一句上联："白店白鸡啼白昼。"这个上联用三个"白"字点明了时间、地点和人物，十分巧妙。萧颖士很是得意，他让戴叔伦试着对对下联。

戴叔伦一时间对不出下联，在接下来的时间里，他一直苦思冥想。黄昏的时候，师徒二人来到一个叫黄村的地方，这时，突然有只小黄狗从一户人家中跑出来冲他们吠叫。戴叔伦灵机一动，就对出了下联："黄村黄犬吠黄昏。"萧颖士听了非常高兴，直夸戴叔伦是"神童"。

诗词拓展

凉州词二首（其二）

唐 王翰

秦中花鸟已应阑，

塞外风沙犹自寒。

夜听胡笳折杨柳，

教人意气忆长安。

51

张俞

生卒：不详
字号：字少愚，号白云先生
诗风：简括雄俊，锋利明快
爱好：隐居、教书

扫码听音频

丝绸 | 蚕妇

宋 张俞

昨日入城市，
归来泪满巾。
遍身罗绮者，
不是养蚕人。

注释

蚕妇： 养蚕的农妇。

市： 卖出蚕丝。

52

昨天进城去卖蚕丝，回来的时候眼泪沾湿了手巾。

那些身上穿着丝绸衣服的人，没有一个是养蚕的人。

赏析

这首诗通过描写养蚕的农妇进城卖蚕丝时的所见所感，揭示了当时的社会现实问题——权贵不劳而获，劳动者衣食无着，体现了诗人对劳动人民的同情以及对权贵的不满。这首诗语言淳朴，构思巧妙，立意深刻。

价值堪比黄金的丝绸

丝绸，就是用蚕丝织成的纺织品。用丝绸制作的服饰有着轻薄、舒适、华丽的特点，因此人们都很喜欢丝绸服饰。然而在古代，只有中国人懂得养蚕、缫（sāo）丝（从蚕茧中抽蚕丝）、生产丝绸，所以其他国家的人，尤其是西域、欧洲地区的人们想要得到丝绸，就只能从中国购买，"丝绸之路"便在其中起到了极为重要的作用。

因为丝绸生产的成本很高，加上古代交通运输比较落后，所以丝绸价钱昂贵，据记载，在公元2世纪的罗马，1磅（约454克）上等中国丝织品售价黄金12盎司（约340克），由此可见，丝绸的价钱有多贵了，说它的价值堪比黄金也不为过。

嫘祖养蚕

远古时候，有个西陵部落，部落首领有个女儿叫嫘（léi）祖。有一天，嫘祖在一棵大桑树下搭灶烧水。这棵桑树上有许多白色肉虫子，这些虫子会吐丝织成小白球。突然一阵风刮来，几个小白球被吹到开水锅里。嫘祖急忙用木棍在锅里捞，想要把小白球捞出来。可是小白球没被捞出来，反而木棍被一些很细的白丝缠住了。嫘祖见状，从桑树上取了更多小白球放到开水里搅，又得到很多白丝。嫘祖试着用白丝捻线织布，发现织出来的绸布又轻柔又漂亮。为了得到更多白丝，嫘祖开始养这些生活在桑树上的肉虫子，还给它们取名为蚕，而那些小白球则被称为茧。

后来，嫘祖嫁给了轩辕部落的首领黄帝，还将养蚕抽丝织绸的技术教给了大家。因为嫘祖是第一个养蚕的人，后世人们就尊她为"蚕神"，又叫她"蚕神娘娘"。

东国公主传蚕种

在古代的中国，种桑养蚕的技术是最高机密，如果有人泄露这个秘密，就会被处以极刑。那么，这个技术后来是如何传到西方的呢？

传说，西域的瞿萨旦那国国王为了得到蚕种和桑树种子，想出了一个妙计：娶一个东国（中国在西域的东边，所以称中国为东国）公主为妻，就能得到蚕种和桑树种子了。瞿萨旦那使者受命来到中国拜见中国皇帝，他把自己的国王和国家狠狠地吹嘘了一番，中国皇帝便决定将自己的一个女儿嫁给瞿萨旦那国王。使者又找到那位公主，又向公主夸耀了一番，之后他轻叹一声，说："我国什么都好，就是没有蚕和桑树，没有美丽的丝绸，将来公主就不能穿华贵的丝绸衣服了。若是公主能够带些蚕种和桑树种子到我国，那就好了！"公主一下被说动了。出嫁那天，公主将蚕种和桑树种子藏到自己帽子里，因为士兵是不敢搜公主身的。就这样，蚕种和桑树种子被带到了瞿萨旦那国，种桑养蚕的技术也就此传开了。

雨过山村

唐 王建

雨里鸡鸣一两家，
竹溪村路板桥斜。
妇姑相唤浴蚕去，
闲看中庭栀子花。

陆游

生卒：1125—1210年
字号：字务观，号放翁
称号：南宋诗人之冠，"南宋四大家"之一
爱好：美食、养生、书法、养猫

扫码听音频

轮台 | 十一月四日风雨大作

宋 陆游

僵卧孤村不自哀，
尚思为国戍轮台。
夜阑卧听风吹雨，
铁马冰河入梦来。

注释

阑：残，尽。

轮台：古代边防重镇，这里代指边关。

铁马：披着铁甲的战马。

冰河：冰封的河流，泛指北方的河流。

译文

　　直挺挺地躺在荒凉孤寂的村子里，不为自己的境遇感到悲哀，心中还想着为国家戍守边疆。

　　夜将尽时，躺在床上听风吹雨打的声音，梦见自己骑着披铁甲的战马跨过冰封的河流，去征战疆场了。

赏析

　　这首诗写于绍熙三年（1192年）十一月四日风雨交加的夜晚。诗人晚年生活困窘，再加上体弱多病，十分潦倒，然而他并未因自己的境遇而感到哀伤，而是想着骑上战马，奔赴边疆，上阵杀敌。整首诗先抑后扬，意境开阔，气势雄浑，基调昂扬向上，鼓舞人心。

古轮台到底在哪里？

　　在描写戍边生活的古诗词中，我们经常能看到"轮台"这个地名，那么轮台到底在哪里呢？其实在历史上有两个轮台，一个是汉朝的轮台，另一个是唐朝的轮台。

　　汉朝的轮台，故址在今天新疆巴音郭楞蒙古自治州的轮台县以东。起先，轮台是西域三十六国中的一个城邦，西汉神爵二年（前60年）的时候，朝廷在轮台境内设立西域都护府，以统领西域诸国。唐朝的轮台在天山以北，它是唐朝安西都护府下辖的一个县。这个轮台具体在哪里，如今还没有确切的答案，不过大体位置应该是在乌鲁木齐或其周边地区。唐轮台是古代丝绸之路的枢纽，地位十分重要。

　　其实，我们在古诗词中看到的"轮台"，大多数都是虚指，是边关、边疆的代名词，并非指轮台这个地方。

汉武帝和《轮台诏》

　　汉武帝刘彻是西汉第七个皇帝，在位早期，他极具雄才大略，是与秦始皇并称"秦皇汉武"的雄主。但是到了晚年，他崇信方术，建造承露盘以求长生不老；穷奢极侈，仅为修建自己的陵墓，就花了国家税收的1/3；听信小人谗言，酿成太子刘据等人被冤杀的惨案；穷兵黩（dú）武，导致国库空虚，最终引发了统治危机。

　　公元前89年，桑弘羊等大臣上书提议派兵士到西域轮台地区戍边屯田。汉武帝思索很久，下《轮台诏》驳回了这个提案。在这个诏书中，他还反省自己执政后期派兵攻打匈奴之事，并指出安定生产的重要性。有人说汉武帝发布《轮台诏》，意味着他对自己的扩张政策感到悔恨，因此这个诏书又被人称为《轮台罪己诏》。

"猫奴"陆游

　　古人养猫，多数是为了让猫捉老鼠，然而到宋朝的时候，有越来越多的人开始养猫当宠物了。据史籍记载，在当时的开封和杭州城里，已经出现了专门出售猫食的商铺。而在当时的绘画中，也常常出现人与宠物猫一起嬉戏的场景。

　　陆游是南宋时期著名的文学家，写过许多脍炙人口的文学作品。可又有谁知道，他还是一个名副其实的猫奴呢！陆游养猫，不但会给猫起又好听又可爱的名字，像是小於菟（wū tú，古时老虎的别称）、雪儿、粉鼻，而且还会为猫写诗。比如下雨天的时候，他和小猫"宅"在家里不出门，然后写出了"溪柴火软蛮毡暖，我与狸奴（宋朝人称猫为狸奴）不出门"的诗句；看到小猫辛勤地抓老鼠，他写出"但知空鼠穴，无意为鱼餐"的诗句来表扬小猫捕鼠有功还不贪吃鱼肉。

　　陆游养猫，原本是为了不让老鼠祸害自己的藏书和粮食，谁知最后他竟然变成了一个"猫奴"，一个"铲屎官"，并且还乐在其中，这不得不让人感叹萌猫们真是魅力十足啊！

诗词拓展

发临洮将赴北庭留别

唐 岑参

闻说轮台路，连年见雪飞。

春风曾不到，汉使亦应稀。

白草通疏勒，青山过武威。

勤王敢道远，私向梦中归。

扫码收听，同步伴读
赏诗词，听故事，学知识
腹有诗书气自华，让诗词融入孩子的人生

讲给孩子的诗词中国

藏在古诗词里的 华 夏 草 木

◎糖雪人————著绘

黑龙江美术出版社

图书在版编目（CIP）数据

讲给孩子的诗词中国 / 糖雪人著绘. -- 哈尔滨：
黑龙江美术出版社, 2022.5
　　ISBN 978-7-5593-6788-4

　　Ⅰ.①讲… Ⅱ.①糖… Ⅲ.①古典诗歌－中国－少儿
读物 Ⅳ.①I222

中国版本图书馆CIP数据核字(2020)第236184号

JIANGGEI HAIZI DE SHICI ZHONGGUO

书　　名/ 讲给孩子的诗词中国
作　　者/ 糖雪人◎著绘
出 品 人/ 于　丹
责任编辑/ 颜云飞
特约编辑/ 李艺芳
出版发行/ 黑龙江美术出版社
地　　址/ 哈尔滨市道里区安定街225号
邮政编码/ 150016
发行电话/（0451）84270524
经　　销/ 全国新华书店
印　　刷/ 天津创先河普业印刷有限公司
开　　本/ 1/16 787mm×1092mm
印　　张/ 30
版　　次/ 2022 年 5 月第 1 版
印　　次/ 2022 年 5 月第 1 次印刷
书　　号/ ISBN 978-7-5593-6788-4
定　　价/ 208.00元（全8册）

目录

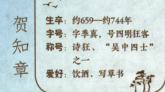

贺知章

生卒：约659—约744年
字号：字季真，号四明狂客
称号：诗狂、"吴中四士"之一
爱好：饮酒、写草书

扫码听音频

柳｜咏柳

唐 贺知章

碧玉妆成一树高，
万条垂下绿丝绦。
不知细叶谁裁出，
二月春风似剪刀。

注释

绦（tāo）：用丝编成的绳带。此处指像丝带一样的柳条。

译文

高高的柳树像用碧绿的玉石装扮成的一样，垂下来的柳条像千万条丝带一样。

不知道一片片精细的叶子是谁裁剪出来的，二月的春风恰似一把灵巧的剪刀。

赏析

这是一首流传千古的咏柳诗，语言自然隽永，读之如沐春风，清新宜人。全诗构思精妙，借柳树歌咏春风，先写对柳树的总体印象，再写柳条，最后写柳叶，结尾把春风比作剪刀，将无影无形的事物形象化。这种奇特的比喻，流露出诗人对春风的无比喜爱和赞美之情。

柳 春意盎然，离情依依

　　柳树是我国有记载的人工栽培最早、分布范围最广的植物之一，已有四千多年的历史。在史前甲骨文中，已出现"柳"字，而自《诗经·小雅·采薇》"昔我往矣，杨柳依依"起，柳也与中国诗词结下了不解之缘。

　　春到柳先翠，柳，是春天的象征，能在诗人的笔下描摹出生机盎然的春景；柳，婀娜柔媚，摇曳多姿，且"柳""留"谐音，所以古人送别时总是折柳相赠、以柳赋诗，以表达依依惜别之情；古人喜欢种柳，家中庭院遍植柳树，故诗人吟柳，有时也寄寓了思乡之情……

古蜀鱼凫王封树定界

　　柳树在中国的栽培历史，最早可追溯到古蜀鱼凫（fú）王"封树定界"。鱼凫王是传说中的古蜀先王，古蜀文化中的结绳记事、象形文字的诞生等，都与鱼凫王朝息息相关。据说，鱼凫王修建鱼凫城时，还没有修筑城墙的概念，那用什么标志城池的疆界呢？当时，成都平原有大量柳树，柳树生命力强大，易成活，柳枝随风摇摆，形态好看，鱼凫王就下令广植柳树，作为"城墙"。每年春天伊始，鱼凫城内，万树吐绿，柳丝摇曳，鱼凫城因此得一雅号——柳城。后鱼凫城南迁，唐代更名为温江，但城内种柳风俗始终盛行，柳城的美誉也绵延了四千多年。

文成公主与"公主柳"

　　行走在日光城拉萨，你总能看到随风摇曳的柳树。相传，以前柳树只生存在内地，是唐朝文成公主远嫁西藏松赞干布时，把柳树带入西藏的。文成公主教当地人播种、磨面、酿酒、纺织等技术，使吐蕃的生活越来越好。但文成公主仍怀念故乡，犹记得临别时母亲折柳相送，她就在大昭寺前亲手栽种了柳树，柳树成荫，多少缓解了她的思乡之情。藏族人民很爱护这些柳树，称其为"唐柳"或"公主柳"。公主柳已有1300多年的历史，尽管现已枯萎，却依然为人们珍视，并成为西藏柳树的起源。

隋炀帝赐姓柳树

　　隋朝时，炀（yáng）帝杨广开通了大运河，并在大堤两岸栽植柳树。他张榜告知民众：种活柳树一株，赏细绢一匹。百姓听说后，争相种植。很快，河堤种柳数以千万，杨广很高兴，御笔亲书把自己的姓"杨"赐给了柳树。

诗词拓展

送元二使安西

唐 王维

渭城朝雨浥轻尘，

客舍青青柳色新。

劝君更尽一杯酒，

西出阳关无故人。

张九龄

生卒：678—740年
字号：字子寿
称号：张曲江、岭南第一人
诗风：格调刚健、素练质朴

扫码听音频

兰 | 感遇十二首（其一）

唐 张九龄

兰叶春葳蕤，桂华秋皎洁。

欣欣此生意，自尔为佳节。

谁知林栖者，闻风坐相悦。

草木有本心，何求美人折。

注释

葳蕤（wēi ruí）：形容枝叶繁茂且呈下垂状披散。

华：同"花"。

坐：因而。

译文

　　春天的幽兰枝叶茂盛，秋天的桂花洁白明亮。
　　世间的草木生机勃勃，自然地顺应了美好的季节。
　　谁想到山林中的隐士，闻到芳香因而满怀喜悦。
　　草木散发香气源自天性，怎么会要求观赏者攀折呢。

赏析

　　此诗写于诗人遭人谗言而被贬官之后。诗人以高贵的草木隐喻自身，
意在说明自己的品性如同兰、桂般高风亮节，只为孤芳自赏，不求
他人赏识，蕴含深厚，耐人寻味。本诗通篇结构安排紧而有序，
叙述风格和缓、平静，给人一种清心、恬淡的感觉。

中国兰

花中君子 淡雅幽香

中国传统名花中的兰花，通常指的是"中国兰"。这一类兰花，与热带兰花大不相同，它们没有夺目的艳丽之姿，没有硕大的花叶之形，只有质朴淡雅之韵、静谧宜人之香，虽经风霜而常绿，不与群芳争艳，远离俗世，含苞而放。

中国兰，多生长在人迹罕至的山野林间，不因无人而不芳，折射出清寒高洁、与世无争的品质，体现出隐士的气质、君子的风范，故有"花中君子"之称。所以，中国一代代诗人词人，赞美兰、也抒发自己，欣赏兰、也观照内心，只为表达淡泊清静、刚正不屈的精神意向。

屈原的兰花情节

战国时期，楚国诗人屈原喜欢吟颂兰花。在屈原的家乡秭归（今湖北宜昌），一直流传着他种植兰花的故事。当时屈原遭陷害被罢官，在家乡仙女山下办起学堂。一天，兰花娘娘路过学堂，屈原正好讲到奸臣当道、百姓受难的情景，一时激动，鲜血从口中喷出，落在窗台的兰花上。兰花娘娘为之动容，点化了兰花。夜里，兰花发苑抽芽，竟长成了几十株。第二天，屈原闻着扑鼻的清香，病情也好转了。他带着学生将兰花移栽到小溪边，这些兰花又发出大蓬的新苑，没多久，溪两旁便兰花遍地，这条小溪被称作九畹（wǎn）溪。传说《离骚》中"余既滋兰之九畹兮"的诗句，就出自于此。

王羲之爱兰

王羲之是东晋著名书法家，有"书圣"之称，他的代表作《兰亭序》被誉为"天下第一行书"。而他能创造出飘逸流畅、秀媚雅致的行书，与他的爱好有莫大关系。王羲之喜爱兰花，家中的庭院、厅堂、书房都养有兰花。他有空就会欣赏兰花，而那迎风飘拂、疏密相宜、婀娜多姿的兰叶，让他在精研书法体势时获得莫大的灵感。王羲之将兰叶的姿态运用到书法中，使他的书法结构、笔法、章法达到美的顶点。王羲之51岁时，约友人在兰亭修禊（xì）。这次盛会，不仅诞生了举世闻名的《兰亭序》，同去的名士们还留下了"俯挥素波，仰掇芳兰""仰泳挹遗芳，怡神味重渊"等咏兰名句。

诗词拓展

蝶恋花

宋 晏殊

槛菊愁烟兰泣露，罗幕轻寒，燕子双飞去。
明月不谙离恨苦，斜光到晓穿朱户。

昨夜西风凋碧树，独上高楼，望尽天涯路。
欲寄彩笺兼尺素，山长水阔知何处！

桂花 | 鸟鸣涧

唐 王维

人闲桂花落，
夜静春山空。
月出惊山鸟，
时鸣春涧中。

注释

涧：指夹在两山之间的流水。

桂花：桂花中有一种四季桂，四季都能开花。

译文

　　无人纷扰中，桂花无声飘落，夜里万籁俱寂，春日的山谷空无一物。

　　明月升起，光辉惊动了山中栖鸟，它们不时地在春天的溪涧里鸣叫。

赏析

　　这首诗写的是春山之静。全诗通过对花落、月出、鸟鸣这些动态景物的描写，以动衬静，将春山的幽静表现得极为自然，抒发了诗人内心的安然静谧。此时正值唐朝的盛世，所以诗人写这首诗也是在颂扬盛世的太平生活，只有生活安定，诗人才能达到如此高深的境界。

桂花

花中仙客 高贵吉祥

桂花原产于中国，栽培历史达2500年以上。桂花清雅芳香，清可绝尘，浓能远溢，堪称一绝，故有"九里香"之誉，尤其是仲秋时节，夜静月明，丛桂怒放，把酒弄月，赏花闻香，令人神清气爽。

桂花自古就深受中国人喜爱，被视为名贵的花卉，并成为美好事物的象征，被封为"花中仙客"。唐宋时期是桂花文学的重要发展时期，咏桂之作层出不穷，内蕴十分丰富，是表达高洁坚贞、清新脱俗、低调内敛等品质的常用意象。

吴刚伐桂

传说，西河人吴刚，一心学仙修道，却不遵道规，最终触犯了天条，被玉帝罚到月宫砍伐桂树，只有把桂树砍倒后，他才能重返人间。月宫中的这棵桂树，高达五百丈，十分粗壮，吴刚挥起斧头向桂树砍去，没想到，斧头刚刚从被砍的缺口中拔出来，树干就长好了，丝毫没留下被砍的印记。千万年过去了，尽管吴刚不分昼夜，辛勤地伐树不止，但神奇的桂树依然如故，随砍随合，始终生机勃勃，每临中秋，馨香四溢。于是，吴刚只能不停地砍伐下去，只有每年的中秋节，吴刚才能在桂树下稍作休息，在遥远的月宫中，与人间共度团圆佳节。

酒

舌尖上的桂花

　　中国自古就有食花的习惯，当时称作"花馔（zhuàn）"，就是拿四时花卉做菜肴或点心。桂花最初进入食谱，是楚地人拿桂花酿酒，如屈原所述"援北斗兮酌桂浆，辛夷车兮结桂旗"。当时，桂花酒常作为国家祭享神灵的供品。桂花香气浓郁，最适合做成甜食。南宋林洪写的《山家清供》中出现的"广寒糕"，是有历史记载的最早的桂花糕点。科举考试时，举子经常收到亲友赠送的广寒糕，取月宫摘桂之意。至此，古人走上了对桂花的全面开发之路。尤其在江浙一带，每当桂花成熟时，人们就会把桂花摇下来，铺开晒干，泡茶、做粥，放入各式甜点中，如桂花糯米藕、桂花糖芋苗……这些平平无奇的小吃，因桂花而变得温暖诱人！

汉朝的桂花树

　　在陕西汉中市城东南的圣水寺内，有一棵汉桂，主干直径达 232 厘米，树冠覆地面积达 400 多平方米，枝叶繁茂，苍劲雄伟。相传，这棵树是西汉初年，汉高祖刘邦的大臣萧何亲手所植，故称"汉桂"。

诗词拓展

十五夜望月寄杜郎中

唐 王建

中庭地白树栖鸦，

冷露无声湿桂花。

今夜月明人尽望，

不知秋思落谁家。

松 | 南轩松

唐 李白

南轩有孤松，柯叶自绵幂。

清风无闲时，潇洒终日夕。

阴生古苔绿，色染秋烟碧。

何当凌云霄，直上数千尺。

注释

柯叶：枝叶。

绵幂：形容密密层层的样子，此处指枝叶稠密相覆。

16

译文

南面窗外有棵孤傲的青松，枝叶茂密层层叠叠。
清风时时摇晃它的枝条，潇洒终日多么惬意。
阴凉处长满了深绿青苔，秋日的云雾也被它染碧。
松树何时才能长到云霄外面，直上千尺巍然屹立。

赏析

这首诗借物抒怀，借孤松自喻，明写孤松潇洒、顽强的品性，暗喻诗人刚正的品格和崇高的理想。

全诗用"孤松""清风""日夕""苔绿""秋烟""云霄"等有巨大气势的事物，及"染""凌"等表现大起大落的动词，使得诗意飞扬、壮阔豪迈，读来颇有激昂振奋之感。

松

挺拔常青 孤直坚贞

松树是地球上迄今为止存活时间最长的木本植物之一，它几乎见证了地球自有生物以来的全部历史，创造了四季常青、千年不老、万古不灭的奇迹。所以，在中国自古以来松树就备受尊重和推崇，与竹、梅并称"岁寒三友"。

《论语·子罕》中说："岁寒，然后知松柏后凋也。"凌冽寒风中，只有松柏没有凋零，依然挺拔苍翠，所以诗人常用松树象征孤直坚韧、不畏逆境的精神，形容牢不可破、坚贞高洁的友情，表达清幽空寂、远离尘世的品格……

秦始皇封"五大夫松"

据《史记》记载，秦始皇一统中国后，曾前往泰山封禅，以向天地彰显自己的功绩。不过，封禅完毕时，突然天气骤变，乌云密布，顷刻间就下起了倾盆暴雨，秦始皇一行人匆匆下山。当秦始皇走到现在的步云桥北时，脚下忽然一滑，眼看就要跌进路旁的深渊，他急忙抱住路边的一棵松树，才没有滑下去。不久后，雨过天晴，秦始皇终于松了一口气。脱离险境后，秦始皇将这棵"救驾有功"的松树，册封为"五大夫松"。

唐僧与摩顶松

　　《西游记》里的唐僧，在我国可谓无人不知，无人不晓，而唐僧的原型正是唐朝的玄奘法师。据明朝《偃师县志》记载，玄奘去取经前，弟子们问他何时归故里，他用手抚摸着寺门口的一棵松树说："我去西方求取佛法，你就朝西生长；如果我东归回来，你就往东生长，以使我的弟子们知道我的行踪。"果然，玄奘一走十七年，音讯全无，松树年年往西长，突然有一天，它开始向东生长。弟子们高兴地说："法师归来了！"玄奘果然返回了大唐。后来，人们把这棵松树称为"摩顶松"。

诗词拓展

小松

唐 杜荀鹤

自小刺头深草里，

而今渐觉出蓬蒿。

时人不识凌云木，

直待凌云始道高。

19

张志和

生卒：不详
字号：字子同，号烟波钓徒，又号玄真子
词风：境高韵远，明丽生动
爱好：书法、绘画

扫码听音频

桃花 | 渔歌子

唐 张志和

西塞山前白鹭飞，
桃花流水鳜鱼肥。
青箬笠，绿蓑衣，
斜风细雨不须归。

20

渔歌子：词牌名，又名《渔父》或《渔父乐》。

西塞山：今浙江湖州西面。

白鹭：一种白色的水鸟。

鳜（guì）鱼：淡水鱼，又称桂鱼，肉质鲜美。

箬（ruò）笠：竹叶或竹篾做的斗笠。

蓑（suō）衣：用草或棕编织的雨衣。

译文

西塞山前白鹭在自由地飞翔，江岸桃花盛开，春水初涨，水中鳜鱼肥美。

渔翁头戴青色斗笠，身披绿色蓑衣，冒着斜风细雨，悠然垂钓，不需要回家。

赏析

这首词作于词人辞官归隐、泛游太湖之时，是词人名垂千古之作。这首词寄情于景，以画入词，以水墨画般冲淡的笔法勾勒景物，描绘了江南水乡的恬静优美，流露出词人"烟波钓叟"的闲适心情，使全词清灵高妙，独具淡雅脱俗的美感。

桃花 春光美人 自由艳丽

中国是桃树的故乡，是最早人工种植桃树的地区。《诗经·魏风》中有"园有桃，其实之淆（xiáo）"，园中种桃，表明当时已有一定种植规模。

桃树在春天开花，花朵丰腴，艳如少女，灿若红云，惊艳了春光，撬动了诗性，桃花因此被赋予了丰富的感情内涵："桃之夭夭，灼灼其华"，寓意美人与幸福；"竹外桃花三两枝，春江水暖鸭先知"，展露无限春光；"渔舟逐水爱山春，两岸桃花夹古津"，崇尚隐逸与自由……

王母娘娘的蟠桃会

传说，王母娘娘的蟠桃园有三千六百棵蟠桃树，前面一千二百棵，花果微小，三千年一熟，人吃了成仙得道；中间一千二百棵，六千年一熟，人吃了长生不老；后面一千二百棵，紫纹细核，九千年一熟，人吃了与天地同寿。每年的农历三月初三是王母娘娘的寿诞，这一天，王母娘娘会宴请天上地下、五湖四海的诸路神仙举行蟠桃盛会。因此，农历三月初三就成了一个重要的道教节日，而桃子也成了长寿的象征，是中国人为长辈祝寿必不可少的吉祥物。

崔护讨水遇桃花美人

唐朝孟棨《本事诗·情感》记载，博陵名士崔护到长安参加科举考试，但没有考中，心情郁闷。正逢清明时节，崔护独自到城南踏青散心。郊外，春光无限，柳绿桃红，景色宜人，崔护沉浸在美景中忘了归期。这时，崔护见到一所庄院，周围桃花环绕，占尽春风。他觉得有些口渴，便上前敲门，想讨碗水喝。开门送水的是位少女，光彩照人的少女与艳丽的桃花两相映衬，深深打动了崔护的心。第二年，崔护旧地重游，桃花依旧娇艳欲滴，庄户的大门却紧锁着，少女也不知去向。崔护惆怅不已，挥笔在院门上题下了传诵千年的《题都城南庄》："去年今日此门中，人面桃花相映红。人面不知何处去，桃花依旧笑春风。"后人便以"人面桃花"形容女子的美貌或表达爱恋。

诗词拓展

春日二首（其二）

宋 晁冲之

阴阴溪曲绿交加，

小雨翻萍上浅沙。

鹅鸭不知春去尽，

争随流水趁桃花。

刘禹锡

生卒：772—842年
字号：字梦得，号庐山人
称号：诗豪，与白居易合称"刘白"
爱好：研究哲学

扫码听音频

牡丹 | 赏牡丹

唐 刘禹锡

庭前芍药妖无格，
池上芙蕖净少情。
唯有牡丹真国色，
花开时节动京城。

注释

芙蕖（qú）：荷花的别名。
京城：指唐朝的京师长安。

译文

庭院前的芍药妖娆艳丽却格调不高，池面上的荷花清雅明净却缺少情韵。

只有牡丹才是真正的天姿国色，到了开花的季节，惊动了整个京城。

赏析

这是一首托物咏怀诗，描绘了唐朝观赏牡丹的习俗。诗人不是从正面描写牡丹，而是从侧面以芍药"妖无格"和芙蕖"净少情"，衬托牡丹的高标格和情韵美，使牡丹兼具妖、净、格、情四种资质，肯定了牡丹"真国色"的花界地位，同时表明了诗人心中的理想人格精神。

25

牡丹

百花之王，雍容华贵

中国是世界牡丹的发祥地，牡丹在中国有数千年的自然生长史，及1500多年的人工栽培史。牡丹素有"花中之王"的美誉，其色泽艳丽雍容、气质端庄磅礴、花香典雅沁人，有"国色天香"之称，一直深受国人喜爱。

在唐朝，牡丹占尽风光，赏牡丹成为举国皆爱的民俗盛事，诗人更是争相歌咏牡丹，歌咏牡丹富丽堂皇、美艳无双的风韵，歌咏牡丹暮春开放、敢让百花先的品格，歌咏牡丹韶华易逝、繁华不再的落寞心境……

牡丹焦骨傲武皇

唐朝时，寒冬里的一天，武则天见百花凋谢、万物萧条，就下旨令百花连夜开放。百花闻讯，惊慌失措："这寒冬腊月要我们开花，不合时令，怎么办？"可百花都目睹过武皇"顺我者昌，逆我者亡"的行为，又默然了。次日，尽管狂风呼啸，滴水成冰，但百花慑于武皇之威，还是违时开放了，只有牡丹仍干枝枯叶，傲然挺立。武皇大怒，把牡丹贬至洛阳。谁知，牡丹一到洛阳，立即昂首怒放，花繁色艳。武后气急败坏，要将牡丹全部烧死。无情的大火映红了天空，牡丹在大火中痛苦挣扎，虽枝干已焦黑，花朵却更显艳丽。自此，洛阳牡丹又被称为"焦骨牡丹"，因其凛然正气被誉为"百花之王"，名动天下。

紫斑牡丹的传说

　　明朝末年，在太白山的白云寺，有一位法号为释易寿的出家人。他学识渊博，善画牡丹。一年谷雨前后，寺内牡丹竞相开放，乡民纷纷赶来赏花拜佛。一日，释易寿正在院中画牡丹，忽听院前人声嘈杂，抬头望去，当地横行的恶霸王大癞，正大摇大摆地走进来。王大癞见了释易寿的画，垂涎三尺，就上前索要。释易寿自然不肯，王大癞恼羞成怒，强逼释易寿交画。释易寿毫不示弱，将画撕烂，毛笔投入砚台，拂袖离去。围观乡民群情激愤，王大癞只好悻悻离开。谁知，从砚台里溅出的墨汁，正好落在了附近的牡丹上，在花瓣的基部凝结成块块紫斑。此后，每年花开时节，来寺中赏牡丹的人都能看到花上的紫斑，它使原本洁白的牡丹平添艳丽，故得名紫斑牡丹。

诗词拓展

牡丹

唐 皮日休

落尽残红始吐芳，

佳名唤作百花王。

竞夸天下无双艳，

独立人间第一香。

27

元稹

生卒：779—831年
字号：字微之
称号：与白居易并称"元白"
诗风：言浅意赅，扣人心扉

扫码听音频

菊 | 菊花

唐 元稹

秋丛绕舍似陶家，

遍绕篱边日渐斜。

不是花中偏爱菊，

此花开尽更无花。

注释

陶家：陶渊明的家。陶，指东晋诗人陶渊明。

更：再。

译文

秋菊丛丛环绕着房屋，好似到了陶渊明的家，围绕着篱笆观赏菊花，不觉太阳已经西斜。

不是因为百花中我偏爱菊花，只是因为菊花凋谢后再无花可赏。

赏析

这首诗写的虽然是咏菊这一寻常题材，但语言淡雅，用笔巧妙，不落俗套，饶有趣味。前两句勾勒赏菊的情境，为渲染爱菊的气氛做铺垫，第三句笔锋一转，跌宕有致，最后吟出生花妙句，道出爱菊之由又不一语说尽，暗含了对菊花历经风霜而后凋零的品格的赞美之情，极富艺术感染力。

菊花

隐逸之宗 清雅淡然

中国是世界菊花的诞生地，栽培历史已有3000多年。菊花清雅多姿、幽香袭人，经严霜而愈妍，凌寒风而愈盛，因此成为诗人笔下极具品格的草木意象。

陶渊明"采菊东篱下，悠然见南山"的吟唱，使菊花成为隐逸之宗，喻示清净无争、淡然洒脱的情怀；菊花在百花凋零时含苞吐蕊，凸显凌霜傲寒、遗世独立的节操；菊花枯而不落，"宁可抱香枝头枯，何曾吹落北风中"象征坚贞不屈、孤标高洁的风骨……

陶渊明东篱咏菊

陶渊明是东晋名士，中国田园诗的鼻祖，爱饮酒作诗，更爱菊花，他的诗作中经常出现菊花。陶渊明在小院东面开辟了一个花圃，栽种了许多菊花，朝夕观赏。有一年重阳节，陶渊明闲居无事，看见东篱秋菊盈园，就想饮酒赏菊，但因为家贫，他已经很久没有买酒了，只得空自对着菊花丛，闻闻嗅嗅。正在这时，陶渊明望见远处来了一个穿白衣的人，原来是江州刺史王弘给他送酒来了。陶渊明喜出望外，当即打开酒瓮，对着菊花开怀畅饮，大醉方休。

黄巢科举落第赋菊花

黄巢是唐末农民起义领袖，他出身富足的盐商家庭，善于剑术和骑射，小时候就有诗才，据说五岁时便可对诗。黄巢成年后，曾数次前往京城长安，应试进士科，但皆名落孙山。

科场的失利、社会的黑暗和吏治的腐败，使黄巢对李唐王朝益发不满。在又一次考试落第后，他怀着满腔的悲愤与豪情，写下了《不第后赋菊》："待到秋来九月八，我花开后百花杀。冲天香阵透长安，满城尽带黄金甲。"此诗饱含浓郁的战斗精神，充分展现了黄巢等待时机改天换地的英雄气魄。果然，黄巢在唐末腐朽动荡的局面中，发动了声势浩大的起义，并自立为帝。虽然他最后兵败身死，但他对封建王朝的反抗精神还是为人们所称颂的。

诗词拓展

饮酒（其五）

东晋 陶渊明

结庐在人境，而无车马喧。

问君何能尔？心远地自偏。

采菊东篱下，悠然见南山。

山气日夕佳，飞鸟相与还。

此中有真意，欲辨已忘言。

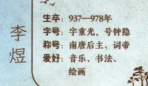

李煜

生卒：937—978年
字号：字重光，号钟隐
称号：南唐后主、词帝
爱好：音乐、书法、绘画

扫码听音频

梧桐 | 相见欢

五代 李煜

　　无言独上西楼，月如钩。寂寞梧桐深院锁清秋。

　　剪不断，理还乱，是离愁。别是一番滋味在心头。

译文

　　默默无语，孤独一人，缓缓登上西楼，天空残月如钩。梧桐树寂寞地矗立，幽深的庭院被笼罩在清冷凄凉的秋色之中。

　　剪也剪不断，理也理不清，让人心乱如麻的，正是亡国之愁。那愁思缠绕在心头，另有一种不同的意味。

赏析

　　词人李煜是南唐后主，南唐被宋灭后，他曾被囚禁两年多，这首词就是在此期间所作，抒写了词人幽禁生活的愁苦。全词情景交融，感情沉郁，上片以典型景物为感情的抒发渲染铺垫，下片借用形象比喻含蓄表达词人离乡去国的锥心怆痛。这首词突破了花间词绮丽腻滑的风格，是宋初婉约词派的开山之作。

梧桐

高洁忠贞 凄凉悲伤

梧桐有青桐、碧梧、青玉之称，原产于中国，是我国有诗文记载的最早的树种之一。先秦文献《诗经》中，有"凤凰鸣矣，于彼高岗。梧桐生矣，于彼朝阳"之句，成为梧桐引凤凰传说的最早来历，梧桐也就此成为高洁美好的象征。

梧桐是落叶乔木，"望秋先殒"，故诗人爱用梧桐写悲秋，以表达凄清哀伤之意；梧桐常被称为"井桐""井梧"等，是家园的象征，诗人往往借以抒发离国、离乡、离人之愁；传说梧是雄树，桐是雌树，梧桐同生同死，在诗人笔下也是忠贞爱情的象征。

梧桐、法国梧桐，傻傻分不清？

提到梧桐，很多人都会想到一座城市——南京。在南京，中山南路、汉中路、陵园路……路旁都种满了"法国梧桐"，浓荫遮蔽，沁人心脾。但事实上，"法国梧桐"既不"法国"，也不"梧桐"。这种树最早种在上海法租界，叶子像梧桐，便被称为"法国梧桐"，它真正的原产地其实是印度，中文正式名称是悬铃木，与梧桐完全是两个树种。要准确区分这两种树木，可以记住这些特征：悬铃木的树皮呈灰绿或灰白色，叶子在秋天会变成褐黄色；而梧桐的树皮青绿平滑，叶子在秋天会变成淡黄色。想想看，青绿树干，淡黄树叶，在初秋来临，梧桐叶子未凋零时观赏，是不是很富诗意？

悲情的皇帝词人李煜

南唐皇帝李煜，喜好诗词歌赋，亦精通琴棋书画，对军政要务却一窍不通，在与宋军对峙时很快战败，被押送到了开封。身为亡国之君，李煜幽居他乡的日子十分屈辱悲惨，不觉回忆起往昔的种种繁华，心内苦涩，垂泪涟涟。他怀着悲痛的心情写了一首《虞美人》，字里行间饱含着亡国之痛："小楼昨夜又东风，故国不堪回首月明中。"监视者将李煜写的《虞美人》和另外一些怀念故国的诗词报告给了宋太宗，宋太宗对此很不满，他觉得李煜不该对早已灭亡的南唐有任何眷恋。于是，在李煜四十二岁生日时，宋太宗以贺寿之名，送了一壶毒酒给李煜，李煜饮后暴亡。这首《虞美人》可以说是李煜的绝命词。

诗词拓展

秋登宣城谢朓北楼

唐 李白

江城如画里，山晚望晴空。

两水夹明镜，双桥落彩虹。

人烟寒橘柚，秋色老梧桐。

谁念北楼上，临风怀谢公。

王安石

生卒: 1021—1086年
字号: 字介甫, 号半山
称号: 临川先生, "唐宋八大家"之一
诗风: 含蓄深沉, 深婉不迫

扫码听音频

杏花 | 北陂杏花

宋 王安石

一陂春水绕花身,
花影妖娆各占春。
纵被春风吹作雪,
绝胜南陌碾成尘。

陂（bēi）：池塘。
南陌：指道路边上。

译文

　　一池春水环绕着杏花，岸上的杏花和水中的花影相映
成趣，各以其妖娆风姿平分春色。
　　花瓣纵然被春风吹落，飘飘似雪，也胜过道路边上的
杏花凋零洒落路面，被碾成尘土。

赏析

　　这首绝句是诗人晚年心境的写照，体现出诗人刚强耿介的个性和孤芳
自赏的人生追求。前两句描绘杏花的娇媚之美，后两句表现杏花的品性之
美。诗中，象征名利场的繁华"南陌"与代表隐逸地的清幽"北陂"相对，
紧密呼应，掷地有声地表明诗人崇高的政治立场与人生操守。

杏花

春色缭乱 幽韵落寞

　　杏树是中国最古老的花木之一，约有3000年的栽培历史，春秋时管仲的《管子》就记载有"五沃之土，其木宜杏"。杏花因春而发，春尽而逝，含苞待放时，朵朵艳红，犹如胭脂万点，随着花瓣伸展，花色由浓渐渐转淡，到花谢飘落时就成雪白一片。

　　杏花既有春色无边的缭乱，也有幽然凋零的落寞，在诗中所体现的意象自然也千姿百态：在杏花盛开时节，感受盎然春意，体味失落惆怅；在杏花飘飞时节，叹息羁旅飘泊，感悟坎坷凄凉；在杏花凋谢时节，表达脱俗孤傲，哀怨苍凉无情……凡此种种，不一而足。

孔子杏坛讲学

　　杏坛，是传说中孔子聚徒讲学的地方。最早，《庄子·渔父篇》记载，孔子在各国游历时，每到一处就在杏林里讲学，休息的时候，就坐在杏坛之上。弟子在花香萦绕中读书，孔子在花影翩飞中抚琴而歌，书香浸染，景色宜人。按晋人司马彪的注释，杏坛是指"泽中高处也"。清代顾炎武也认为，《庄子》书中讲孔子的都是寓言，杏坛不必实有其地。但杏林作为教育圣地的美名，还是代代流传下来。北宋时，孔子后代在监修山东曲阜的孔庙时，将正殿后移，除地为坛，环植以杏，名曰"杏坛"，成为孔子教育光辉的象征。后杏坛经历代修葺，成就今日之风貌，每到春和景明，杏花盛开，灿然如火，令人神往。

董奉杏林行医

　　三国时，有一位医生叫董奉，他医术高明，更有济世情怀。他隐居在江西庐山南麓时，对当地人的贫苦十分同情，便教他们种植杏树以致富，可惜很多人并不相信。董奉就定下了奇特的行医规矩：看病不收费用，重病患者痊愈后，在山坡上栽种五株杏树；病轻者，种一株。四邻八乡的病人，闻讯纷纷前来求治，数年之间就种植了万余株杏树。杏子成熟后，董奉又写了告示：买杏之人，不必通报，只要留下一斗谷子，就可自行摘一斗杏。董奉用换来的这些粮食救济贫民，据说一年中施舍的粮食达数十万斗。董奉的故事流传后世，人们便用"杏林"称颂医生，用"杏林春暖""誉满杏林"等成语赞扬医生的高明医术和高尚医德。

诗词拓展

临安春雨初霁

宋 陆游

世味年来薄似纱，谁令骑马客京华？

小楼一夜听春雨，深巷明朝卖杏花。

矮纸斜行闲作草，晴窗细乳戏分茶。

素衣莫起风尘叹，犹及清明可到家。

生卒：1037—1101年
字号：字子瞻，号东坡居士
称号："唐宋八大家"之一，与辛弃疾并称"苏辛"
爱好：书法、绘画、美食、酿酒

苏轼

扫码听音频

梨花 | 东栏梨花

宋 苏轼

梨花淡白柳深青，
柳絮飞时花满城。
惆怅东栏一株雪，
人生看得几清明。

注释

东栏：指诗人庭院门口的栏杆。

柳絮：柳树的种子。有白色绒毛，随风飞散如飘絮。

译文

　　梨花淡淡的白，柳枝葱郁展露出浓郁的春意，柳絮飘飞的时候，梨花已布满全城。

　　我心情惆怅，恰如东栏旁那株盛开如雪的梨花，又有几人能将纷杂的世俗人生看得清澈明朗。

赏析

　　这是一首感伤的诗，抒发了诗人感叹春光易逝、人生短促的哀愁。前两句以柳青衬梨白，突出梨花既不妖艳、也不轻狂的神韵；第三句把咏梨花与自咏结合，突出诗人自身的清廉洁白；最后以"几清明"补足前句"惆怅"的内容，增添悲凉气氛，也表达了诗人看淡人生的思想。

梨花

洁白无瑕 寂寞惆怅

　　中国是世界公认的最早栽种梨树的国家，有"梨果之乡"的美誉。梨花盛开在暮春时节，花瓣纯白如雪，以绿叶相衬，更显素洁淡雅；花香清淡怡人，飘散在街市庭院、古道村落，引人流连。

　　"白雪精神，春风颜貌"，在诗人眼中，梨花代表了人间最纯真的高洁，沐风朗月、临水绽放；梨花展示着世上最纯净的柔美，千年风韵、万古芬芳；梨花也凝固了红尘中最凄凉的寂寞，随风飘零，哀伤惆怅……意趣万千的梨花，构成了一个情怀无限的诗词世界。

印度的"汉王子"——中国梨树

　　大约在公元一世纪，我国甘肃一带的部族住民，经常沿着丝绸之路到印度经商，带去了很多中国特产，有绚丽多彩的丝绸织品，也有琳琅满目的蔬菜水果。当时的印度国王素有名望，高兴地给予中国人优厚的待遇，让他们住华丽的房屋，享受丰盛的食物。中国人在当地种上了自己带来的瓜果，其中就有梨。数年之后，生长在印度的梨树开花结果了。雪白的花，甜美的梨，深受印度人喜爱。国王便把中国人住过的地方称为"至那仆底"，意为"中国之地"；将梨树命名为"至那罗弗咀逻"，意为"汉王子"。据说，这个故事至今仍在印度一些地区传为美谈。

中国历史上第一座艺术学院——梨园

唐中宗时，梨园只是皇家禁苑中的一座果木园，与枣园、桑园、桃园、樱桃园并存。园内设有离宫别殿、酒亭球场等，供帝后、皇戚、贵臣宴饮游乐。后来，在唐玄宗的大力扶持下，梨园的性质发生变化，逐渐成为乐工演习歌舞戏曲的地点，是我国历史上第一座集音乐、舞蹈、戏曲于一体的综合性"艺术学院"，也可以说是世界上第一所国立音乐学院。唐玄宗亲自担任梨园的崔公（相当于校长），并为梨园创作演出节目，还指令当时的翰林学士或名士为梨园编撰作品，如诗人贺知章、李白等都曾是梨园常客。梨园在舞蹈和音乐等艺术领域取得了杰出成就，在中国戏曲史上占有重要地位。后世遂以梨园指代戏剧，梨园弟子也成了戏剧演员的代称。

诗词拓展

左掖梨花

唐 王维

闲洒阶边草，轻随箔外风。
黄莺弄不足，衔入未央宫。

黄庭坚

生卒：1045－1105年
字号：字鲁直，号山谷道
人、涪翁
称号："苏门四学士"之一，
"江西诗派"宗主
爱好：书法

扫码听音频

荷花 | 鄂州南楼书事

宋 黄庭坚

四顾山光接水光，
凭栏十里芰荷香。
清风明月无人管，
并作南楼一味凉。

注释

鄂（è）州：在今湖北武汉、黄石一带。
南楼：在武昌蛇山顶。
芰（jì）：菱角。

译文

　　倚着南楼的栏杆向四周望去，山光、水色连成一片，辽阔的水面上菱角、荷花的香气沁人心脾。

　　清风明月没有人看管，自由自在，月光融入清风吹进南楼，使人感到一片清凉。

赏析

　　这首诗描绘了诗人夏夜登楼眺望的情景。品赏全诗，会令人生出身临其境之感：四周山水、十里荷花、清风明月，远方近处、天上地下，构成极富立体感的画面；山光、水光、月光，是视觉的享受；菱角、荷花的香气，有嗅觉的感知；清风与夜凉，是听觉与触觉的感受。此情此景，让人忘却自身、沉浸其中。

荷花

清白出尘 雅致美好

　　荷花又名莲花、芙蕖、水芙蓉等。中国早在周朝就有荷花的栽培记载，《诗经》中有"山有扶苏，隰（xí）与荷花""彼泽之陂，有蒲有荷"之句，意指中国大地上凡有沼泽水域的地方，都生长着荷花。

　　荷花"中通外直，不蔓不枝，出淤泥而不染，濯清涟而不妖"的品格，历来为世人称颂，是诗人最爱吟咏的题材之一，吟咏荷花之高洁，寄寓不愿同流合污的节操；吟咏荷花之盛放，营造雅致宁静的景象；吟咏残荷之衰败，怀念逝去光阴，叹惋离情别绪……

荷花女神西施

　　有"天下第一美人"之称的西施，与荷花有着极深的渊源。春秋末期，西施出生于越国句无苎萝村（今浙江诸暨市苎萝村），常在溪畔浣纱。溪水流入镜湖，湖中荷花盛开时，西施会去采莲，只见碧波荡漾，一叶轻舟，美人独倚，引人顾盼。后来，吴越两国交战，越国战败，西施为解国难，远嫁吴国，那天，村民们在小溪两岸点亮无数荷花灯，为西施祈愿。西施入宫后，深受吴王夫差宠爱。史载，夫差为让西施赏荷，特意在离宫（今苏州灵岩山）移种了野生红莲，修筑"玩花池"。这也是荷花引种至园池的最早记载。西施在吴国巧妙周旋，最终使吴国灭亡。为了颂扬西施"出淤泥而不染"的品质，百姓奉她为"荷花女神"。在她的故乡，至今都有祭祀荷花神的习俗。

周敦颐爱莲

　　周敦颐是湖南道县人，是宋明理学的开山鼻祖。周敦颐15岁时，父亲因病去世，他跟着母亲来到衡阳，投奔了舅舅郑向。郑向是龙图阁学士，很喜欢聪慧仁孝的周敦颐，见周敦颐酷爱莲花，就在自家宅前建了一座亭子，挖了一方池塘，种上许多莲花，让周敦颐在此读书。盛夏时节，莲花绽放，清香散发，周敦颐读书其间，思考良多，他对于君子人格的界定，也许就是从这小小一池莲花开始的。后来，周敦颐为官一方时，居所堂前必凿池种莲，他也按莲花的品格要求自己，从不追求多余的物质享受，也不为个人名利汲汲营营。周敦颐46岁时，与一群朋友游玩聚会，兴之所致，他一气呵成、挥笔而就一篇散文，就是名传后世的《爱莲说》。

诗词拓展

子夜吴歌·夏歌

唐 李白

镜湖三百里，菡萏（hàn dàn）发荷花。

五月西施采，人看隘若耶。

回舟不待月，归去越王家。

李清照

生卒：1084—1155？年
字号：号易安居士
称号：千古第一才女
爱好：赏鉴书画
　　　金石

扫码听音频

海棠

如梦令

宋 李清照

昨夜雨疏风骤。浓睡不消残酒。试问卷帘人，却道"海棠依旧"。知否，知否？应是绿肥红瘦！

昨夜狂风暴雨，听着风雨声难以入眠，只得借酒消愁，酒喝多了，睡得就格外深沉。直到天亮侍女来卷帘，才从睡梦中醒来，忙问侍女海棠花如何？侍女回答说，和昨天一样。知道吗？知道吗？海棠花枝上已是红花见少，绿叶见多。

赏析

　　这是一首伤春词。全词一共七句，却有情有景，兼有对话，生动自然，堪比一部"微电影"。全词以花喻人，将人情与花态融为一体，以藏问于答的问答形式，委婉曲折地道出词人对青春易逝的淡淡忧伤。整首词语言质朴浅白，却层层深入，一步一境，值得玩味。

海棠

花中贵妃 高雅明媚

海棠是中国原生植物，自古以来就是雅俗共赏的名花，素有"国艳"之誉。最常见的品种是西府海棠、垂丝海棠、贴梗海棠和木瓜海棠，被称为"海棠四品"。海棠花姿明媚，花开似锦，素有"花中神仙""花贵妃"之称。

从先秦两汉，至唐宋元明清，历代诗人都对海棠情有独钟，题咏不绝，或以海棠妩媚动人之姿形容高雅娴静的美人，或以海棠不惧风霜之质赞美崇高坚强的品格，或以海棠春逝凋谢之态象征思乡离愁的情感等，林林总总，诗意无限。

"海棠癫"陆游

南宋大诗人陆游对海棠花如痴如醉，素有"海棠癫"的雅号。他的诗作中，专门咏唱海棠和涉及海棠的诗，就有40余首。他在诗中写道："为爱名花抵死狂，只愁风日损红芳。绿章夜奏通明殿，乞借春阴护海棠。""抵死狂"三字直抒胸臆，毫不掩饰他对海棠的喜爱。

陆游钟爱海棠，不仅仅是因为海棠花美，更是因为一段往事。当年陆游与原配妻子唐婉无奈别离之时，唐婉曾送给陆游一盆海棠花。当陆游问唐婉"这是什么花"时，唐婉凄楚地答道："这是断肠花。"陆游思绪万千，说道："应叫相思花。"此后，海棠花还成了离别的象征。

一代才女李清照

　　李清照出生于书香门第，父亲李格非是苏轼的学生，母亲是状元王拱宸的孙女。她自幼受家学熏陶，又聪慧颖悟，可谓才华横溢。李清照少年时代随父亲生活在汴京，京都的繁华激发了她的创作热情，她开始在词坛上崭露头角，写出了为后世广为传诵的《如梦令·昨夜雨疏风骤》。18岁时，李清照嫁给了21岁的赵明诚，两人十分投缘，都喜欢收集字画、碑文等，经常一起研究一件古字画到天明。

　　李清照前半生精彩，后半生颠沛流离。她44岁时北宋灭亡，又因国事与丈夫分离，直至丈夫病死也未再见。她在逃亡过程中丢失了很多书画金石，词风渐趋凄婉，70多岁时在悲伤中离世。

诗词拓展

同儿辈赋未开海棠

金 元好问

枝间新绿一重重，

小蕾深藏数点红。

爱惜芳心莫轻吐，

且教桃李闹春风。

陆游

生卒：1125—1210年
字号：字务观，号放翁
称号：南宋诗人之冠，"南宋四大家"之一
爱好：美食、养生、书法、养猫

扫码听音频

梅 | 卜算子·咏梅

宋 陆游

　　驿外断桥边，寂寞开无主。已是黄昏独自愁，更著风和雨。

　　无意苦争春，一任群芳妒。零落成泥碾作尘，只有香如故。

注释

卜（bǔ）算子：词牌名

著（zhuó）：同"着"，遭受，承受。

52

　　驿站外的断桥边，梅花寂寞绽放，无人理会。黄昏时分，梅花正独自忧愁，却又遭到风雨摧残。

　　梅花不想费心占领春芳，听任百花妒忌中伤。即使片片凋零，化为泥、碾作尘，梅花依然清香一如从前。

赏析

　　这首词托物言志，词人以梅花自喻，表达了自己身处逆境，仍不落世俗的高尚节操。上片通过环境烘托，描写梅花处境的艰难。下片以花喻人，表现出词人如梅花般孤高，绝不与媚俗之人为伍的坚贞。末句振起全篇，将梅花的美好深深刻入人们心间，挥之不去。

梅花

凌霜傲雪 孤高不群

　　梅花是中国传统名花，与兰、竹、菊并列"四君子"，与松、竹并称"岁寒三友"。梅原产于中国南方，已有三千多年栽培历史。观赏梅花的兴起，大约始自汉初。到了唐宋时期，梅花已成为高洁人格的象征。

　　梅花，开百花之先，独天下而春，以清瘦虬（qiú）劲之态、凌寒不屈之姿、清香淡雅之韵，为世人所喜爱敬重，被视为中华民族的精神象征，一路闪耀在中国诗人的笔下，表达着报春使者、不畏严寒、孤芳自赏、留香恒远等美好寓意。

赠友"一枝春"

　　南北朝时，南北方处于敌对状态，但北魏人陆凯与南宋人范晔却十分友好，常以书信来往，倾诉彼此对时世的感怀。有一年，范晔又收到好友陆凯的来信。他拆开信一看，里面赫然放着一支梅花，并有诗一首："折梅逢驿使，寄与陇头人。江南无所有，聊赠一支春。"这首诗借物寄喻，以高洁梅花抒发怀友之情，以"一枝春"象征春天的来临，也隐含着对相聚时刻的期待，意蕴深远。范晔被陆凯诗中忠贞爱国、盼望统一的情怀所感动，潸然泪下。这件事传出以后，南北文人盛赞不已。后来，"一枝春"也成为梅花代称，用于咏梅和表达别后相思，并成为词牌名。

"梅妻鹤子"林和靖

宋朝时，林逋以学识渊博闻名于世，但他不慕名利，不愿为官，就在西湖旁的小孤山盖了茅屋隐居。他一生有三个爱好：诗、梅花和鹤。他在房前屋后遍植梅树，待到梅花开放时，阵阵花香，沁人心脾，令人陶醉；他的家里养了数只白鹤，他常把白鹤放出去，任它们翻腾盘旋，自己坐在屋前欣赏。每当客人来访时，如果林逋不在，有只叫"鸣皋（gāo）"的仙鹤，就会跑去给林逋报信，林逋便回来见客人。林逋终生不仕不娶，自谓"以梅为妻，以鹤为子"，死后宋仁宗赐谥"和靖"。"梅妻鹤子"后作为成语和典故，比喻隐逸生活和清高之人。

诗词拓展

山园小梅

宋 林逋

众芳摇落独暄妍，占尽风情向小园。

疏影横斜水清浅，暗香浮动月黄昏。

霜禽欲下先偷眼，粉蝶如知合断魂。

幸有微吟可相狎，不须檀板共金樽。

郑板桥

生卒年：1693—1765年
字号：原名郑燮（xiè），字
克柔，号板桥
称号："扬州八怪"之一
爱好：书法、绘画

扫码听音频

竹 | 竹石

清 郑板桥

咬定青山不放松，
立根原在破岩中。
千磨万击还坚劲，
任尔东西南北风。

竹子抱住青山一直都不放松，原来是把根深深地扎入到岩石的缝隙中了。

狂风千万次地吹打折磨着它，它却依旧坚韧，任凭你是东西南北哪处吹来的狂风。

赏析

本诗是诗人为其画作《竹石图》所作的一首题画诗。全诗语言直白顺畅，立意新颖奇特，以咏竹为主，托物言志，既塑造出竹屹立不倒、不屈不挠的君子形象，又借此抒发自己对这种坚韧不屈态度的推崇，表达了诗人高尚的情怀。

57

竹

中通外直 坚韧挺拔

竹子，成片生长，种类繁多，有的低矮似草，有的高大如树。但竹子不是我们想象中的木本植物，而是草本植物，因为竹子的中心是空的，没有木本植物必有的年轮，所以，竹子是草不是树。

竹子原产地在中国，是中国的文物标志，备受中国人喜爱，被视为名士风度的最高标识。竹子经寒不凋，四季青翠，挺拔修长，中通外直，其风骨和秉性历来为诗人所称赞，象征了高风亮节、正直谦逊、坚忍不拔等崇高品德。

竹林七贤之嵇康《广陵散》

魏晋时期，官场黑暗，嵇康、阮籍、山涛等七人不愿为官，常在竹林里喝酒、弹唱、下棋、聊天，被称为"竹林七贤"。嵇康提出"越名教而任自然"等主张，是竹林七贤的精神领袖。掌权的司马氏用尽手段拉拢竹林七贤，山涛第一个出仕为官，并劝说嵇康做官。嵇康毅然决然与山涛绝交，创作了青史留名的《与山巨源绝交书》，以明心志。司马氏听说后，对嵇康颇为忌恨，假借名目下令处死嵇康。行刑当日，三千名太学生集体请愿，请求赦免嵇康，让嵇康到太学任教，但这些要求没被同意。嵇康神色泰然地要过一架琴，在高高的刑台上，弹奏了最后一曲《广陵散》。铮铮琴声，铺天盖地，流淌进了千万人的心里。曲毕，嵇康从容就戮，时年仅三十九岁。

爆竹的由来

　　每到逢年过节燃放爆竹时，可能都会有小朋友提出疑问：爆竹里面明明没有竹子，为什么叫"爆竹"呢？其实，最早的爆竹确实是用竹子做的，至今已有2000年的历史。古时候，人们在用竹子烧火时，发现竹子会发出"噼噼叭叭"的声音，而且声音有大有小，有高有低，后来发现这与竹子的粗细有关。此后，人们到了喜庆的日子，就会把竹子锯成一段段的，保留两头的竹节，把它们扔进火盆里，竹节一受热，密封在竹简里的空气膨胀，就会把竹子爆开，发出"噼叭"的声音，以驱逐山鬼瘟神，祈愿幸福安康。"爆竹"这个名字也由此得来，并沿用至今。

> **诗词拓展**
>
> ### 题破山寺后禅院
>
> 唐 常建
>
> 清晨入古寺，初日照高林。
>
> 竹径通幽处，禅房花木深。
>
> 山光悦鸟性，潭影空人心。
>
> 万籁此俱寂，但余钟磬音。

扫码收听，同步伴读

赏诗词，听故事，学知识

腹有诗书气自华，让诗词融入孩子的人生

讲给孩子的
诗词中国

藏在古诗词里的 名 山 大 川

◎糖雪人———— 著绘

黑龙江美术出版社

图书在版编目（CIP）数据

讲给孩子的诗词中国 / 糖雪人著绘. —— 哈尔滨：
黑龙江美术出版社, 2022.5
ISBN 978-7-5593-6788-4

Ⅰ.①讲… Ⅱ.①糖… Ⅲ.①古典诗歌－中国－少儿
读物 Ⅳ.①I222

中国版本图书馆CIP数据核字(2020)第236184号

JIANGGEI HAIZI DE SHICI ZHONGGUO

书　　名/ 讲给孩子的诗词中国
作　　者/ 糖雪人◎著绘
出 品 人/ 于　丹
责任编辑/ 颜云飞
特约编辑/ 李艺芳
出版发行/ 黑龙江美术出版社
地　　址/ 哈尔滨市道里区安定街225号
邮政编码/ 150016
发行电话/ （0451）84270524
经　　销/ 全国新华书店
印　　刷/ 天津创先河普业印刷有限公司
开　　本/ 1/16 787mm×1092mm
印　　张/ 30
版　　次/ 2022 年 5 月第 1 版
印　　次/ 2022 年 5 月第 1 次印刷
书　　号/ ISBN 978-7-5593-6788-4
定　　价/ 208.00元（全8册）

目 录

杜审言

生卒：约645—708年
字号：字必简
称号："文章四友"之一，中国五言律诗奠基人
诗风：朴素自然，格律谨严

扫码听音频

湘江 | 渡湘江

唐 杜审言

迟日园林悲昔游，
今春花鸟作边愁。
独怜京国人南窜，
不似湘江水北流。

注释

迟日：春日迟迟。
悲昔游：诗人放逐途中经过曾经游览过的地方，而感到悲伤。
边愁：被流放到边远地区而产生的愁绪。
京国：指京城长安。

译文

　　想起往年在园林游玩的情景就不由得悲叹，今春花开鸟鸣就更引发我身在边疆的哀愁。

　　独自哀怜从京城向南逃的人，不能像湘江水那样，向北流去。

赏析

　　这首诗是诗人在流放途中所写，诗人渡湘江南下时，正值春日，花鸟宜人的景色更是让诗人不住地追忆往昔，思念京国，满腹悲愁。全诗通篇运用了反衬、对比的手法，前两句是昔与今的对比，后两句是人与物、南与北的衬比，极具艺术特色，在唐初七言绝句刚定型时尤其可贵。

湘江

湖南的母亲河

湘江是湖南省最大的河流，流经湖南省永州市、衡阳市、株洲市、湘潭市、长沙市，至岳阳市的湘阴县汇入长江流域的洞庭湖水系。湘江具有水量充沛、支流水库众多等特点，水资源十分丰富，因此被称为湖南的母亲河。

"昭潭无底橘洲浮"

"昭潭山下有潜穴，通洞庭，水深不测。谚云：'昭潭无底橘洲浮'。"这是《昭潭谚》中的一句话，也是湘江美景的概括展示。

传说，昭潭是湘江中一个无底的旋潭，春夏涨水时节，旋泉水流湍急，会形成一个很大的漩涡，船只稍有不慎，就会被卷入漩涡沉没。

而与昭潭一起提到的橘子洲，则四面环水，绵延十多里，是湘江下游众多冲积沙洲中面积最大的沙洲，也是世界上最大的内陆洲，被誉为"中国第一洲"。

湘江女神

　　相传，娥皇和女英是尧的两个女儿，两姐妹同嫁舜为妻。那时，湖南的九嶷（yí）山上有九条恶龙，它们经常在湘江戏水玩乐，以致洪水暴涨，两岸的庄稼被冲毁，房屋被冲塌，当地的百姓们叫苦不迭。

　　舜帝决心要帮助百姓除害解难，惩治恶龙，他的两个妃子——娥皇和女英非常支持舜帝的决定，于是强忍着离愁别绪送舜出了门。

　　舜帝在南方巡视时，不幸去世，葬在了九嶷山下。娥皇和女英也来到了湘江边上，望着九嶷山抱竹痛哭，斑斑泪水滴在了竹子上形成点点泪斑，后人将这种斑竹称为"湘妃竹"。最后，娥皇、女英跳入波涛滚滚的湘江，化为湘江女神。

诗词拓展

夜泊湘江
唐 郎士元

湘山木落洞庭波，

湘水连云秋雁多。

寂寞舟中谁借问，

月明只自听渔歌。

扫码听音频

王勃

生卒：约650—676年
字号：字子安
称号："初唐四杰"之首
诗风：清新高华，壮阔
　　　明朗

长江 | 山中

唐　王勃

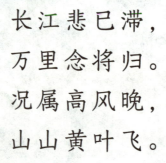

长江悲已滞，
万里念将归。
况属高风晚，
山山黄叶飞。

注释

滞：淹留，停留。
万里：形容归程之长。
高风：秋风。

8

译文

望着滚滚东流的长江水，慨叹自己在外面停留的时间太久。想着相隔万里的家乡，我已有回家的念头。

更何况现在秋风萧瑟，漫山都是飘零枯黄的秋叶。

赏析

这首诗大概作于诗人被废斥后在巴蜀暂居期间，抒发了诗人久居异地、渴望归乡的思想感情。诗人开篇先是借景兴情，结尾处又以景结情，抒情和写景相互交织，将自己的思绪完全融入了画面中，意境含蓄，有耐人寻味之妙。

长江

亚洲第一长河

长江自源头青藏高原起，融汇着世界屋脊的冰雪和沿岸的雨水奔腾而下，蜿蜒东行，流经11个省级行政区，于崇明岛以东注入东海。长江沿途的河道上，不乏绚丽多彩的风景名胜，也有中华民族创造的厚重丰富的人文历史。

发源地：青藏高原的唐古拉山脉
干流长度：6397千米
别名：天堑、九派
荣誉称号：世界水能第一大河，世界第三长河，亚洲第一长河

长江三峡

长江三峡西起重庆，东至湖北宜昌，是举世闻名的奇观，以风光雄奇秀逸闻名。三峡自西向东依次为瞿塘峡、巫峡、西陵峡，两岸奇峰陡立、峭壁对峙，江面狭窄曲折，江水汹涌湍急，江中时常可见险滩暗礁。

瞿塘峡在三峡中最短、最窄，也最为雄伟险峻，全长约8千米，最窄处不到100米；巫峡是三峡中最长、最整齐的峡谷，又有大峡之称，沿途风景宛如一座美不胜收的画廊，著名的巫山十二峰也位于此处；西陵峡可谓大峡套小峡，峡中还有峡，以滩多水急著称，是三峡最险处，北宋文学家欧阳修为其写下了"西陵山水天下佳"的千古名句。

投鞭断流

公元382年，前秦苻坚与朝臣们商议，要出兵九十万攻晋。左仆射权翼认为，东晋虽兵力不强，但君臣和谐，又有能人辅佐，现在还不是伐晋的好时机。太子左卫率石越赞同权翼的意见，并且说东晋毗邻长江，有天险之护。苻坚却不以为意："长江天险算什么？我手握百万兵力，如果我命全部士兵将马鞭扔到江中，长江水流就会中断！"其他人听闻此言，也纷纷附和苻坚。归降前秦的鲜卑贵族慕容垂竭力怂恿苻坚出兵，并且进言：天子可以不必征询大臣的意见。苻坚听后，满心欢悦。

公元383年，苻坚亲率八十余万大军攻打东晋。可是在淝水大战中，苻坚却一败涂地，仓皇逃回洛阳。

诗词拓展

登高

唐 杜甫

风急天高猿啸哀，渚清沙白鸟飞回。

无边落木萧萧下，不尽长江滚滚来。

万里悲秋常作客，百年多病独登台。

艰难苦恨繁霜鬓，潦倒新停浊酒杯。

宋之问

汉江 | 渡汉江

唐 宋之问

岭外音书断，
经冬复历春。
近乡情更怯，
不敢问来人。

注释

岭外：五岭之南。

怯：害怕。

译文

　　我被贬到五岭以外，和家中的亲人中断了音信，经过一个冬天又经历了一个春天。

　　现在我离家乡越近心里就越害怕，甚至不敢向家乡来的人打听家里的消息。

赏析

　　这首诗是诗人回乡途中经过汉江所写。前两句平铺直叙，从与家人音书断绝的状态，自然承接到自己离家的时间跨度；后两句在前面的铺垫下抒发胸臆，"怯"和"不"两字，正意反说，将诗人压抑又矛盾的思乡之情，自然、真切地呈现出来。

13

汉江

发源地：陕西境内秦岭南麓
干流长度：1577 千米
荣誉称号：与长江、淮河、黄河并称"江淮河汉"
风景名胜：汉江三峡

三千里流波

汉江又称汉水、汉江河，流经陕西、湖北两省，在武汉市汉口龙王庙汇入长江。汉江是长江最大的支流，多滩险峡谷、径流量大、水力资源丰富，航运条件好，有着重要的历史地位。

汉江码头

早在西周时期，汉江上就有了可以承载多人的大船，这样的推断源自《史记·周本纪》中的记载："昭王南巡狩不返，卒于江上。"说的是周昭王南征，引起了当地人的不满。当他要渡江时，船夫们向他进献了一只用胶粘的船。船驶至江心时，胶溶船解，昭王和随行的祭公等多人落水而亡。

汉江上有了船，就自然有了码头。汉江码头是汉江古镇最繁忙的地段。脚夫的号子声，卖艺人的吆喝，来往运输货物的船只，上下船只的人流……

现如今，曾经繁华的汉江码头已成为历史遗迹，但汉江的风景依然清新秀美，如诗如画。

宋之问古寺遇高人

　　一年秋天，宋之问在灵隐寺游玩时有了诗兴，可直到半夜时分，他才想出两句："鹫岭郁岧（tiáo）峣（yáo），龙宫锁寂寥。"他在寺里踱步时遇到了一位老僧人。宋之问向老僧人说了自己的烦恼，老僧人沉吟片刻，说："楼观沧海日，门对浙江潮。"宋之问大喜过望，对老僧人连连行礼。老僧人微微一笑，便消失在了夜色深处。当晚，宋之问便作出了一首《灵隐寺》，整首诗浑然天成。

　　第二天，宋之问拿着新写好的诗去找老僧人，可是找遍了整个寺院也没有找到。后来才得知老僧人一早就下山去了，而他可能还是大诗人骆宾王！

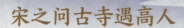

诗词拓展

汉江临泛

唐 王维

楚塞三湘接，荆门九派通。

江流天地外，山色有无中。

郡邑浮前浦，波澜动远空。

襄阳好风日，留醉与山翁。

孟浩然

生卒：689—740年
字号：字浩然，号孟山人
称号：诗隐，与王维合称"王孟"
爱好：旅行

扫码听音频

洞庭湖 | 望洞庭湖赠张丞相

唐 孟浩然

八月湖水平，涵虚混太清。

气蒸云梦泽，波撼岳阳城。

欲济无舟楫，端居耻圣明。

坐观垂钓者，徒有羡鱼情。

注释

张丞相： 指张九龄，唐玄宗时的宰相。

涵虚： 包含天空。这里指天倒映在水中。

太清： 天空。

云梦泽： 云泽和梦泽。

楫（jí）： 船桨。

译文

八月的洞庭湖湖水与堤岸相平，水和天空迷茫含混融为一体。

水气滋润着云泽和梦泽，波涛撼动了岳阳城。

我想渡水却没有船与桨，闲居在家愧对君主的圣明。

坐着观看别人临湖垂钓，只能徒然显露羡慕之情。

赏析

此诗是诗人赠与宰相张九龄以求引荐录用的干谒诗。前四句描写洞庭湖水势浩荡，江面开阔，暗指开元时期的清平政治；后四句由景抒情，抒发了诗人有心求取功名却苦于无人引荐，因而闲居于世的羞愧心情，表达了诗人积极入仕的决心。此诗表达含蓄得体又不失文采，不落俗套，有一定的艺术特色。

洞庭湖

地理定位：湖南北部，长江中游荆江河段以南
湖盆周长：803.2 千米
容积：220 亿立方米
荣誉称号：古称"云梦泽"，"八百里洞庭湖"
风景名胜：岳阳楼、君山、南湖、东洞庭湖

中国第二大淡水湖

洞庭湖，处于长江中游荆江南岸，景色秀丽、物产富饶，早在明清两朝时，湖区就有"鱼米之乡"的美誉。洞庭湖是中国第二大淡水湖，面积仅次于江西的鄱阳湖。

酒香山

洞庭湖中有一座小岛名为君山岛，岛上有一小山峰叫酒香山。传说，从前从山东蓬莱仙岛飞来一群大鹏鸟，它们带来几千颗珍珠似的种子，不久就在君山长出满山的藤，散发出一股浓烈的酒香。

君山上一个老人用这种藤为原料，酿造出一坛坛好酒，和几位好友共饮后，竟然返老还童了。这消息传到长安城后，汉武帝就命人到君山去酿这仙酒。

仙酒被送到皇宫后，汉武帝正欲举杯饮酒，不料他身边的臣子东方朔将酒夺过去一饮而尽。汉武帝大怒，要杀掉东方朔。东方朔从容镇静地对汉武帝说："假使你将我杀死了，就说明这酒是假的；假如这酒是真的，你也杀不死我。"汉武帝被他说得无可奈何，只好作罢。

柳毅传书

唐朝时，湖北有个读书人叫柳毅。一年，他赴京城科考未中，返乡途中路过陕西泾阳，看到一个姑娘在荒野牧羊。姑娘悲伤地跟柳毅诉说自己的不幸，她告诉柳毅自己是洞庭湖龙王的女儿，远嫁泾水龙王十太子，却被夫家虐待在此牧羊，请求柳毅给她娘家带一封信。

柳毅同情龙女的遭遇，步行千里，来到洞庭湖中的君山，很快龙宫就有人出来接见他。洞庭湖龙王听闻自己的女儿受此苦楚，心中十分悲痛，不过洞庭龙宫与泾水龙宫世代交好，洞庭湖龙王想要息事宁人。谁知龙王的弟弟钱塘君得知此事后，怒气冲天，化作百丈赤龙，飞赴泾阳，杀了龙女夫家一族，救回龙女。

龙女对柳毅心生爱慕，便请人做媒嫁给了柳毅。后来，一些地方的人尊称柳毅为洞庭王爷，祈求他保护洞庭湖平安。如今，君山上还有柳毅井，为当地群众所膜拜。

诗词拓展

望洞庭

唐 刘禹锡

湖光秋月两相和，

潭面无风镜未磨。

遥望洞庭山水色，

白银盘里一青螺。

生卒：699?—746? 年
字号：均不详
称号：盛唐田园山水诗人之一
诗风：语言简洁、含蕴深厚

扫码听音频

终南山 | 终南望馀雪

唐 祖咏

终南阴岭秀，
积雪浮云端。
林表明霁色，
城中增暮寒。

注释

阴：山北水南称为阴。

林表：树林外面。

霁（jì）色：雨、雪过后天空放晴。

20

译文

终南山的北面山岭秀美，山顶上的积雪似乎浮在云端。

雨雪晴后，树林外面一片明亮，暮色降临，长安城中更加寒冷。

赏析

这首诗是诗人在长安应试时所作，是一首描写雪后终南山上景色秀美的诗作。前三句写的是诗人从长安城远望所见，第四句是诗人望中所感。诗人四句成诗，诗中有望有感，景足意尽，可谓吟咏雪景的佳作。

地理定位: 陕西西安南部
海拔高度: 主峰海拔 2604 米
荣誉称号: "仙都""洞天之冠""天下第一福地"
风景名胜: 上善池、仰天池、楼观台等

终南山

"天下第一福地"

终南山简称"南山",东西长约230千米,雄峙在西安城区南。终南山位居秦岭中段,是中国南北方的自然分界线,具有重要的地理意义。此外终南山还是我国"道文化""佛文化""寿文化""钟馗文化"等多种文化的发祥地,号称"天下第一福地"。

终南捷径

唐朝有一个读书人叫卢藏用,因为没考取进士,他便在终南山隐居下来。古代人隐居的原因有很多种,有的人是看不惯官场;有的人是官场失利;还有一种人是想凭借隐居之举抬高自身的声望,以此来谋求官职。而卢藏用的隐居之举就是出于最后这种目的。他后来被唐中宗请入朝中做官。

卢藏用和道士司马承祯交好,志向却相差很远。一次,司马承祯奉唐睿宗之命准备前往长安宫中谈道说法,卢藏用给他送行,司马承祯说出自己想退隐天台山的意愿,而卢藏用建议他隐居终南山。司马承祯当即正色道:"终南山只不过是通向官场的捷径罢了。"卢藏用闻言,面露愧色,十分尴尬。此后,人们便用"终南捷径"来比喻求官的最近便的门路或达到目的的便捷途径。

商山四皓

终南山的隐士文化源远流长，但真正的隐士凤毛麟角，其中最著名的当属商山四皓。商山四皓是秦朝末年四位信奉黄老之学的博士：东园公唐秉、夏黄公崔广、绮里季吴实、角（lù）里先生周术。四位老者隐居商山，以品行高洁闻名于世，在汉高祖刘邦登基后，四人已是银须皓首。刘邦屡次诏四人入廷为官，都遭到了拒绝。

后来，刘邦欲废嫡长子刘盈，改立如意为太子。吕后在张良的提议下请来了商山四皓，让他们劝谏刘邦。而刘邦在见到商山四皓后也打消了改立太子的念头。在刘盈的太子之位得到巩固后，四皓便来到终南山重新隐居起来。

诗词拓展

终南山

唐 王维

太乙近天都，连山接海隅。

白云回望合，青霭入看无。

分野中峰变，阴晴众壑殊。

欲投人处宿，隔水问樵夫。

23

王维

生卒：约701—761年
字号：字摩诘，号摩诘居士
称号：诗佛，与孟浩然合称
　　　"王孟"
爱好：书法、绘画、
　　　音乐

扫码听音频

嵩山 | 归嵩山作

唐 王维

清川带长薄，车马去闲闲。
流水如有意，暮禽相与还。
荒城临古渡，落日满秋山。
迢递嵩高下，归来且闭关。

24

注释

清川： 清澈的流水，指伊水及其支流。

带： 环绕。

长薄： 绵延的草木丛。

暮禽： 傍晚的鸟儿。

迢递： 遥远的样子。

译文

清澈的流水环绕着一片绵延的草木丛，驾着车马悠闲从容地前进。

河川的流水好像对我充满了情谊，傍晚的鸟儿伴随着我一起回还。

荒凉的城池临靠着古老的渡口，落日的余晖落在秋山上。

在遥远的嵩山脚下，我要谢绝世俗，闭门度过余生。

赏析

　　这首诗写于诗人辞官归隐嵩山的途中，描写了诗人途中所见之景，抒发了诗人的归隐心情。首联中的"闲闲"表现出诗人从容不迫的样子；颔联借景表情，抒发了诗人对即将开始的归隐生活的悠然自得之情；颈联将时间推移到傍晚，描写了荒城、古渡、落日、秋山这些景物，流露出此时诗人感情上的变化；而末联，随着归隐之地的到达，诗人的心境也归于平和。全诗情感饱满且富于变化，是诗人归隐心情的最佳写照。

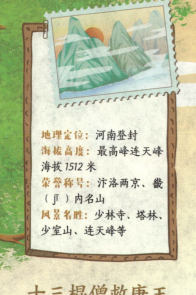

中原第一名山

嵩

山

嵩山为五岳中的中岳，位于河南省西部，属伏牛山系，由太室山与少室山组成，共72峰，号称"中原第一名山"。嵩山是位于古京师洛阳之东的重要屏障，素为京畿之地，具有深厚文化底蕴，是中国佛教禅宗的发源地和道教圣地，以武术闻名天下的少林寺便坐落于此。

十三棍僧救唐王

传说，隋朝末年，诸侯各霸一方，连年战乱，王世充霸占洛阳后，自称郑王。那时，有十三个少林寺的和尚住在洛阳城郊，一天，他们听一对逃荒的夫妇说，在闯潼关时拾到一个写着"秦王之印"的玉印，丢印的是一个被抓的郎中。和尚们留下玉印，打发了那对夫妇，他们猜测那对夫妇口中的郎中可能是李世民。

他们多次听说唐王李渊父子办事顺天理和人情，便决定设法搭救那个郎中。于是他们扮成挑柴汉子，混在人群里来到洛阳监狱附近，在距监狱门口不远的地方，趁巡逻禁卒不备，除掉了禁卒，得到钥匙，开了监门，背起李世民跑出监狱，一路护送李世民出城。

后来，李世民当了大唐皇帝之后，便封十三棍僧中的昙宗为大将军，其他十二个和尚因不愿做官，各自云游四方去了。

武则天封嵩山

显庆三年（659年）唐高宗李治携皇后武则天起驾嵩山，将行宫设在嵩岳寺。

一日傍晚，武则天出离行宫秘游功德寺，众人行走在卧龙岭，只见晚霞映辉，照得山林一片红光。突然，山林浮动，百鸟飞鸣，无数僧人时隐时现，频频合十搭躬。过了片刻，武则天定睛再看，僧人不见了，山林仍在浮动。武则天认为此处乃御龙仙境，心中更坚定了她称帝的决心和信心，并默默许下誓言：日后若登上龙位，定来嵩山答谢神灵，重修寺院。

武则天登基后，拨巨款扩建了寺院，下诏更其名为御容寺。同时打破了历代皇帝到泰山封禅（shàn）的陈规，亲率大臣到嵩山举行封禅大典。

诗词拓展

初见嵩山

宋 张耒

年来鞍马困尘埃，

赖有青山豁我怀。

日暮北风吹雨去，

数峰清瘦出云来。

李白

生卒：701—762年
字号：字术白，号青莲居士
称号：诗仙、谪（zhé）仙人
爱好：饮酒、旅行、剑术

扫码听音频

庐山 | 望庐山瀑布

唐 李白

日照香炉生紫烟，
遥看瀑布挂前川。
飞流直下三千尺，
疑是银河落九天。

28

香炉：指香炉峰，形似香炉。

紫烟：云烟被太阳照射呈紫色。

九天：传说天有九层，九天是指最高的一层天。

译文

在阳光的照射下，围绕香炉峰的云烟变成了紫色的烟霞，从远处看，瀑布像一条白色的丝带悬挂在山前。

奔腾的水流好像有三千尺，让人以为是银河从天上落了下来。

赏析

这是一篇脍炙人口的佳作。诗人发挥想象力，运用了比喻、夸张等手法，用生动形象的语言，极其成功地描绘出庐山瀑布的雄奇壮丽，也从侧面反映出诗人对祖国大好河山的无限热爱。诗人只用短短四句，便将庐山瀑布写"活"了。

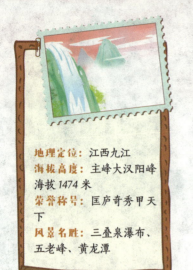

庐山

匡庐奇秀甲天下

庐山位于江西省九江市境内，是一座崛起于平地的孤立形山系。庐山不仅风景秀丽，而且文化内涵深厚，千百年来，无数文人墨客、名人志士在此留下了浩如烟海的丹青墨迹和脍炙人口的篇章。

虎溪三笑

东晋时有位高僧法号慧远，他交游广阔，与很多名士都有往来。相传他曾住在庐山西北山麓的东林寺中，潜心研究佛法，为表修道决心，他以寺前的虎溪为界，立一誓约："影不出户，迹不入俗，送客不过虎溪桥。"

不过，有一次诗人陶渊明和道士陆修静来访，三人相谈甚欢，不觉天色已晚，慧远送出山门，怎奈他谈兴正浓，依依不舍，于是边走边谈，送出一程又一程，忽听山崖密林中虎啸风生，众人这才发现，他们早已越过虎溪界限了。三人相视大笑，执礼作别。

秦始皇神鞭赶山

传说，秦始皇时期，观音菩萨看到修建长城的百姓叫苦连天，心生不忍，便拿出一把红绳一根根捆在苦工的扁担上，扁担一下就轻了七八成。

秦始皇知道后，命大臣将这些红线收集到一起做成了鞭子。红绳鞭子做好后，秦始皇来到骊山前，对着骊山一抽，骊山瞬间被劈下来一半。秦始皇大喜，连抽九十九鞭，把劈下来这半边抽成了九十九个山包和九十九个山洼，并赶着这半边往东海方向去，想要填平东海。

东海龙王的三公主化作漂亮村姑，在秦始皇必经之路摆了茶摊，待秦始皇喝茶时，她假借看鞭子，将鞭子拿到手后就化作一阵轻烟消失了。秦始皇丢了神鞭，没法再继续赶山，那座山就永远留在了长江南岸，成了现在的庐山。

诗词拓展

题西林壁

宋 苏轼

横看成岭侧成峰，

远近高低各不同。

不识庐山真面目，

只缘身在此山中。

峨眉山 | 峨眉山月歌

唐 李白

峨眉山月半轮秋，
影入平羌江水流。
夜发清溪向三峡，
思君不见下渝州。

半轮秋：半圆的秋月。

影：月光的影子。

平羌：江名。

清溪：指清溪驿。

下：顺流而下。

译文

半圆的秋月高高地挂在峨眉山头，月亮倒映在流动的平羌江上。

夜里我从清溪出发奔向三峡，想着你却看不到你，我便顺流而下到了渝州。

赏析

这首诗意境明朗，音韵流畅。诗中除了"峨眉山月"外没有更具体的景物描写，除"思君"二字外没有更多的抒情，却无处不渗透着诗人的江行体验和思友之情。诗人构思精巧，将自己依次经过的五个地方——峨眉山、平羌江、清溪、三峡、渝州，连在一起，不着痕迹地为读者展开了一幅千里蜀江行旅图。

峨眉山

地理定位： 四川乐山
海拔高度： 3099 米
荣誉称号： 峨眉天下秀
风景名胜： 金顶金佛、幽谷灵猴、摩崖石刻

峨眉天下秀

　　峨眉山位于四川盆地的西南边缘，主要由大峨山、二峨山、三峨山、四峨山四座山峰组成。其山势陡峭，风景秀丽，素有"峨眉天下秀"之称。峨眉山处于多种自然要素的交汇地区，区系成分复杂，生物种类丰富，特有物种繁多，还是多种稀有动物的栖居地。

峨眉山上的"佛光"

　　峨眉山是中国"四大佛教名山"之一，不仅有源远流长的佛教文化，更有让世人惊叹的"佛光"景致。峨眉佛光，又称峨眉宝光，实际上是一种光的自然现象，是阳光照在云雾表面所起的衍射和漫反射作用形成的。夏天或者初冬的午后，摄身岩下面的云层中会出现一个彩虹般的七色光环，中央虚明如镜。人如果背向偏西的阳光，有时会发现光环中出现自己的身影，而且每个人都只会看到自己的身影，看不到别人的，非常奇特。

《峨眉四女图》的传说

峨眉县城西门外有一个西坡寺。一年,寺里来了一位老画家,住持和尚因喜欢书画便和老画家结下了深厚的友谊。一段时间后,画家来向和尚告别,送了四幅画给和尚,每一幅画里都有一个美丽的姑娘,画家为画题名《峨眉四女图》。画家让和尚将画放在箱子里七七四十九天后再拿出来挂。和尚觉得放着太可惜了,就没听画家的话,将画直接挂在了客堂里。

一天,和尚从外面回来,见有四个眼熟的姑娘在客堂里说笑,她们见到和尚就往外跑。和尚这才发现画上的姑娘不见了,就在后面追,他抓住最小的四妹的裙角,四妹羞得满脸绯红,立刻变成一座山峰,三个姐姐见状也变成山挨着她。四座山并肩站在一起,就是如今的大峨山、二峨山、三峨山、四峨山。

诗词拓展

平羌道中望峨眉山慨然有作

宋 陆游

白云如玉城,翠岭出其上。

异境忽堕前,心目久荡漾。

别来二百日,突兀喜亡恙。

飞仙遥举手,唤我一税鞅。

此行岂或使,屏迹事幽旷。

何必故山归,更破万里浪。

李白

生卒：701—762年
字号：字太白，号青莲居士
称号：诗仙、谪（zhé）仙人
爱好：饮酒、旅行、剑术

扫码听音频

黄山 | 送温处士归黄山白鹅峰旧居（节选）

唐 李白

黄山四千仞，三十二莲峰。

丹崖夹石柱，菡萏金芙蓉。

伊昔升绝顶，下窥天目松。

仙人炼玉处，羽化留馀踪。

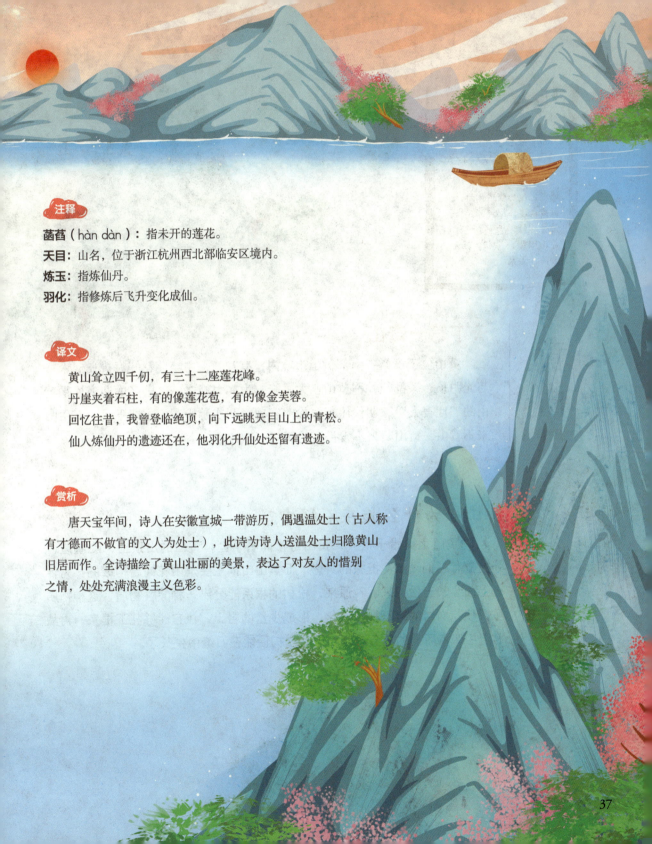

菡萏（hàn dàn）：指未开的莲花。

天目：山名，位于浙江杭州西北部临安区境内。

炼玉：指炼仙丹。

羽化：指修炼后飞升变化成仙。

译文

黄山耸立四千仞，有三十二座莲花峰。

丹崖夹着石柱，有的像莲花苞，有的像金芙蓉。

回忆往昔，我曾登临绝顶，向下远眺天目山上的青松。

仙人炼仙丹的遗迹还在，他羽化升仙处还留有遗迹。

赏析

唐天宝年间，诗人在安徽宣城一带游历，偶遇温处士（古人称有才德而不做官的文人为处士），此诗为诗人送温处士归隐黄山旧居而作。全诗描绘了黄山壮丽的美景，表达了对友人的惜别之情，处处充满浪漫主义色彩。

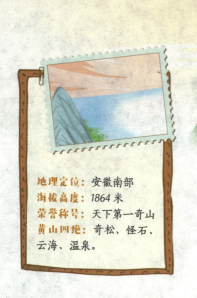

地理定位：安徽南部
海拔高度：1864 米
荣誉称号：天下第一奇山
黄山四绝：奇松、怪石、
云海、温泉。

黄山

天下第一奇山

黄山位于安徽省南部黄山市境内，有72峰，主峰莲花峰海拔1864米，与光明顶、天都峰并称黄山三大主峰，为36大峰之一。著名的迎客松是黄山的"代言人"，明代旅行家徐霞客曾经两次游历黄山，留下了"五岳归来不看山，黄山归来不看岳"的感叹。

黄山松为什么长在石缝中？

"黄山之美始于松"，黄山奇松闻名于世，黄山的山顶上，陡崖边，处处都有它们潇洒、挺秀的身影。而黄山山体主要是由花岗岩构成的，为什么上面会长出松树来呢？原来，松树的根系能分泌一种酸性物质，这种物质可以使花岗岩的岩石加快风化，形成少量的岩土，让它能够扎下根来，再从石缝中吸取所需的养分和水，于是松树便能在石缝中生长了。

黄帝炼丹升仙

　　传说，远古时期，浮丘公推荐黄帝到安徽黟（yī）山修道。黄帝领着众臣子踏遍黟山七十二峰，采得千百味药材，用丹井之水在炼丹台上炼丹。这一炼便是四百八十年，丹成之后，黄帝服用了七粒，就可以腾空，须发由白变黑，满面红光。之后，他又在黟山下的温泉中连泡七天七夜，全身的老皱皮肤随水漂去，顿时返老还童。

　　黄帝浴罢，温泉的上空祥云缥缈，且有白龙出现，等到云雾散开后，空中徐徐降下珠函、玉壶各一件，函内有宝冠、霞衣、珠履，壶中是甘露琼浆。黄帝戴宝冠、披霞衣、蹑珠履、饮甘露琼浆，乘着飞龙上天去了。

　　后来，唐玄宗为了纪念黄帝，于天宝六年（747年）下旨改黟山为黄山。

诗词拓展

送李亿东归

唐 温庭筠

黄山远隔秦树，紫禁斜通渭城。

别路青青柳弱，前溪漠漠苔生。

和风澹荡归客，落月殷勤早莺。

灞上金樽未饮，宴歌已有馀声。

杜甫

生卒：712—770年
字号：字子美，号少陵野老
称号：诗圣、杜工部
爱好：追星（李白迷弟）

扫码听音频

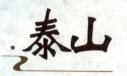 望岳

唐 杜甫

岱宗夫如何？齐鲁青未了。
造化钟神秀，阴阳割昏晓。
荡胸生层云，决眦入归鸟。
会当凌绝顶，一览众山小。

注释

岱（dài）宗：即泰山。
钟：汇集。
决：裂开。
眦（zì）：眼角。
凌：登上。

40

　　泰山到底是怎样的呢？郁郁苍苍的山色延绵着整个齐鲁大地。

　　大自然把神奇秀美的景致汇聚在泰山，连绵的山峰把山南和山北分成早晨和黄昏。

　　山中升腾的云雾令人胸怀激荡，睁大眼睛看鸟儿飞回巢穴。

　　总有一天我会登上泰山的顶峰，俯瞰周围的群山都显得那么渺小。

　　此诗是一首游览诗，写于诗人早年游历山川之时，因而此诗充满青春的活力，饱含诗人的雄心壮志。全诗通篇没有见到一个"望"字，却处处在写"望"，以景言志，气势磅礴，具有极为高超的艺术境界。

41

泰山

五岳之首

泰山又名岱山、泰岳，是中国著名的五岳之一，位于山东省中部，孔子曾有"登泰山而小天下"的感叹。泰山在古代是百姓崇拜、帝王告祭的神山，有"泰山安，四海皆安"的说法，因而泰山可以说是那时中华民族的精神家园。

地理定位： 山东泰安
海拔高度： 主峰玉皇顶海拔1545米
荣誉称号： 五岳独尊，五岳之首，天下第一山
四大奇观： 泰山日出、云海玉盘、晚霞夕照、黄河金带

泰山封禅

在古代，泰山是一个很重要的象征，而泰山封禅更是重中之重，是一种皇帝沟通上天的顶级仪式。一般来说，皇帝要有点成绩才能去泰山封禅。第一位在泰山封禅的皇帝，就是中国的第一位皇帝——秦始皇。秦始皇扫平六国，一统天下，统一度量衡，其功绩在中国历史上绝对是排名前几的皇帝，他去泰山封禅，没人能说个"不"字。

于是，在公元前219年，秦始皇率领文武大臣及儒生博士七十人，到泰山去举行封禅大典。秦始皇一行辟山修路，到泰山顶上立了碑，举行封礼（即祭天），之后又到附近的梁父山行了禅礼（即祭地）。

泰山石敢当

　　在泰山地区，人们常用自然石雕刻一个小石碑立于墙根、桥头、村头等要害处，或是在门前墙上立一块泰山石，上面刻有"泰山石敢当"五个字。那么这石敢当是什么？名字又是从何而来呢？

　　相传，在上古时期的争霸战争中，蚩尤把黄帝打得落荒而逃，他狂妄得仰天大叫："天下谁能抵挡我的力量。"女娲听后，从泰山取了一块石头，加以修炼，把这块石头降到蚩尤面前，蚩尤见这石头上写着"泰山石，敢当"，立刻派兵攻击泰山石，可泰山石纹丝不动，最终蚩尤战败，于是这"泰山石敢当"便成了人间的辟邪神石。

诗词拓展

登泰山

元 张养浩

风云一举到天关，快意生平有此观。

万古齐州烟九点，五更沧海日三竿。

向来井处方知隘，今后巢居亦觉宽。

笑拍洪崖咏新作，满空笙鹤下高寒。

刘禹锡

生卒：772—842年
字号：字梦得，号庐山人
称号：诗豪，与白居易合称
"刘白"
爱好：研究哲学

扫码听音频

黄河 | 浪淘沙九首（其一）

唐 刘禹锡

九曲黄河万里沙，
浪淘风簸自天涯。
如今直上银河去，
同到牵牛织女家。

注释

九曲： 相传黄河有九道弯，在这里形容
弯弯曲曲的地方很多。
簸： 掀翻。
银河： 古人认为黄河和银河相通。

译文

　　弯弯曲曲的黄河卷着泥沙奔流万里，从天边流出
后不知经历了多少次风浪的淘洗和颠簸。
　　如今又好像要直飞向天上的银河，那就带上我一
同到牛郎和织女的家里做客吧。

赏析

　　安史之乱后，唐朝气势顿衰，宦官专权，人才被外放。诗人在被贬谪到地方任职的路上写下了这
首诗，全诗借物抒情言志，用牛郎织女星高高在上的位置，抒发了自己渴望回到能发挥自己才能的职
位的愿望，表达了自己为苍生造福的社会理想。

黄河

中国母亲河

黄河是中国北部的大河，中国第二长河，是中华文明最主要的发源地，中国人称其为"母亲河"。黄河水中夹带了大量的泥沙，所以它也被称为世界上含沙量最多的河流，但黄河数次泛滥，也给中下游人民带来了无数的灾难。

地理定位：横跨中国北部 9 省
干流长度：约 5464 千米
别名：母亲河、长河
荣誉称号：中国第二长河

大禹得"宝物"治黄河

大禹治水主要是采用疏导的方式，但在黄河中游有座山，恰好将黄河拦腰截断了。大禹决心在此处凿出一条水道，为黄河打通一条出路。

传说在他们凿山时，听到山洞中有奇怪的声响，大禹点起火把，打算进入山洞探个究竟。大约走出十里路时，前方慢慢变亮了，里面有几个人，其中一个是蛇身人面。大禹与他们攀谈后，他们便将一个印在金板上的八卦图展示给他看，其中一人还拿出一支玉简送给大禹。这玉简长一尺二寸，恰巧与一天中的十二个时辰相对应，可以用于测量天地山川。

有了八卦图和玉简后，大禹终于带领民众将山凿穿，使黄河水能顺畅地向下游奔流。

黄河的源头在哪里?

　　黄河是孕育中华文明的母亲河,我们的先人曾多次寻找黄河的源头。唐贞观年间,唐太宗就曾派遣大将李靖、侯君集、李道宗等人探寻黄河源头,认为黄河源头在青藏高原。元人认为唐代史书记载的"河源",应该在一个叫做"朵甘思"的地方。

　　1978年,国家组织有关专家,对黄河源头进行更为详实的调查,经过仔细的比对与考察,终于得出了确切的结论:黄河源头位于青海腹地,河源由三部分组成,一为扎曲,二为约古宗列曲,三是卡日曲。其中,卡日曲源头最长,水源之下有五个泉眼,流域面积也是三个源头中最大的一个。

诗词拓展

黄河

宋 王安石

派出昆仑五色流,

一支黄浊贯中州。

吹沙走浪几千里,

转侧屋闾无处求。

寇准

生卒：961—1023年
字号：字平仲
称号：莱国公，"渭南三贤"之一
诗风：尤擅七绝，意新语工

扫码听音频

华山 | 华山

宋 寇准

只有天在上，
更无山与齐。
举头红日近，
回首白云低。

注释

与齐：和（华山）一样高。
举头：抬起头，与后面的"回首"相呼应。

译文

华山之上只有天空，再也没有山峰可与华山平齐。

站在华山的顶峰，抬头就能看到红色的太阳离得那么近，回头看白云都觉得很低。

赏析

这首诗是诗人七岁时所作，写的是人站在华山顶峰所感受到的华山的高峻。全诗字词简单通俗，却生动形象地展示出了华山的气势。诗句对仗工整，炼字精准，让人很难相信是出自七岁孩童之口。

奇险天下第一山

华山是中国著名的五岳之一，位于陕西省渭南市华阴市。华山历来以险著称，其登山之路蜿蜒曲折，长达12千米，且到处都是悬崖绝壁，所以有"自古华山一条路"之说。

地理定位： 陕西渭南
海拔高度： 2154.9 米
荣誉称号： 华夏之根、天下第一险、万山之太
风景名胜： 西岳庙、苍龙岭、长空栈道等

华山

韩愈投书

唐宪宗年间，韩愈被贬为潮州刺史，赴任时路经华山，他便想游览华山排解愁绪。当他来到苍龙岭时，往下一看，自己好像站在一座雨雾中的独木桥上，两边深不见底，顿时身软腿颤，心惊胆战。韩愈鼓足勇气向下走了几步，又退了回来，就在这进退两难之时，他又想到自己的坎坷经历，不由痛哭起来。过了一会儿，他急中生智，拿出随身携带的笔墨砚台，写了一封求救信扔下山去，信恰巧让一位采药者拾到，报告了华阴县令。县令立即派人将韩愈救下山去。

现如今，韩愈的这段轶事给登华山的游人增添了不少游览的乐趣。

赵匡胤赌棋输华山

宋太祖赵匡胤（yìn）幼年时在江湖漂泊。一次，他闯祸后被官府追缉，来到陕西华阴。此时的赵匡胤饿得四肢无力，他碰见一个卖桃老汉，不管三七二十一，狼吞虎咽地拿着桃就吃起来。

这个卖桃的老汉是陈抟（tuán）老祖假扮的，他知道赵匡胤没钱付账，便假意跟他要钱。见赵匡胤拿不出钱后，陈抟老祖便大方地说："没有钱不要紧，只要你陪我下一盘棋，赢了我，就算你付了桃钱。"赵匡胤觉得自己肯定能赢，还信口说要"赌华山"，结果华山也被输掉了。

后来，赵匡胤当了皇帝后，果真信守承诺，给陈抟老祖下了圣旨，免了华山周围的租税。

诗词拓展

行经华阴

唐 崔颢

岧峣太华俯咸京，天外三峰削不成。

武帝祠前云欲散，仙人掌上雨初晴。

河山北枕秦关险，驿路西连汉畤平。

借问路旁名利客，何如此处学长生？

苏轼

生卒：1037—1101年
字号：字子瞻，号东坡居士
称号："唐宋八大家"之一，与辛弃疾并称"苏辛"
爱好：书法、绘画、美食、酿酒

扫码听音频

西湖 | 饮湖上，初晴后雨（其二）

宋 苏轼

水光潋滟晴方好，
山色空蒙雨亦奇。
欲把西湖比西子，
淡妆浓抹总相宜。

注释

潋滟（liàn yàn）：波光粼粼的样子。
空濛：细雨迷蒙的样子。
西子：即西施，春秋时代越国著名的美女。

译文

　　阳光照耀下，西湖水面波光粼粼，美极了；雨天，远处的山在迷蒙细雨的笼罩下，时隐时现，景色非常奇妙。

　　如果把西湖比作美女西施，那么淡妆、浓妆都能很相宜地展示出她的美。

赏析

　　这首诗是诗人在杭州任职期间游览西湖时所作。前两句对仗工整，描绘了西湖晴天和雨天时不同的美景；后两句是千古名句，诗人以一处绝妙的比喻，传神地表现出西湖的神韵。这个比喻极具空灵美，被后世称颂，"西子湖"由此成为西湖的别名。

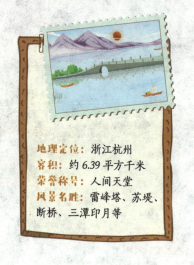

地理定位: 浙江杭州
容积: 约 6.39 平方千米
荣誉称号: 人间天堂
风景名胜: 雷峰塔、苏堤、
断桥、三潭印月等

西湖

人间天堂

　　西湖位于浙江省杭州市西部，是中国十大风景名胜之一，也是中国在《世界遗产名录》中唯一一个湖泊类文化遗产。西湖南、西、北三面环山，湖中白堤、苏堤、杨公堤、赵公堤将湖面分割成若干水面，湖中又有小岛与塔分布，就形成了有名的"一山、二塔、三岛、三堤、五湖"的基本格局。

从天而降的西湖

　　传说，在远古时期，天河边住着一条玉龙和一只金凤。一次，玉龙和金凤在银河的仙岛上找到了一块亮闪闪的石头，它们将石头琢磨了许多年，终于磨成一颗璀璨的明珠。这颗明珠光照到的地方，树木常青，百花争相怒放。

　　王母娘娘知道后，派天兵将明珠偷走了。玉龙和金凤到处寻找明珠，发现王母娘娘的仙宫有亮光，就去向王母索取，王母死护住明珠不放，三人你拉我扯，明珠从天宫滚落到人间。

　　明珠一落地，立刻变成晶莹碧绿的西湖。玉龙和金凤则分别变成了西湖两边的玉龙山（今名玉皇山）和金凤山。

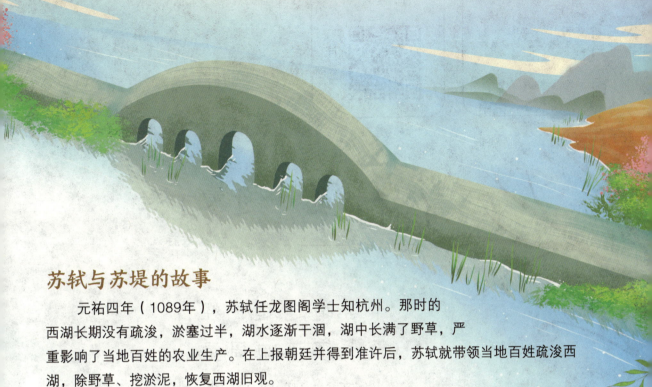

苏轼与苏堤的故事

　　元祐四年（1089年），苏轼任龙图阁学士知杭州。那时的西湖长期没有疏浚，淤塞过半，湖水逐渐干涸，湖中长满了野草，严重影响了当地百姓的农业生产。在上报朝廷并得到准许后，苏轼就带领当地百姓疏浚西湖，除野草、挖淤泥，恢复西湖旧观。

　　人们将清理出来的淤泥集中到一处，筑成了一条纵贯西湖的长堤，这条长堤有六桥相接，以便行人，后人给长堤起名为"苏公堤"，简称"苏堤"。现在，苏堤已经是著名的西湖十景之一。

　　苏轼一生筑过三条长堤，他在百姓心中不仅仅是个浪漫的文人，更是一个恪尽职守、一心为民的好官！

诗词拓展

晓出净慈寺送林子方

宋 杨万里

毕竟西湖六月中，

风光不与四时同。

接天莲叶无穷碧，

映日荷花别样红。

55

文天祥

生卒 1236—1283年
字号 字宋瑞，一字履善，号文山
称号 "宋末三杰"之一
诗风 忠愤慷慨，气势豪放

扫码听音频

伶仃洋 | 过零丁洋

宋 文天祥

辛苦遭逢起一经，
干戈寥落四周星。
山河破碎风飘絮，
身世浮沉雨打萍。
惶恐滩头说惶恐，
零丁洋里叹零丁。
人生自古谁无死，
留取丹心照汗青！

注释

零丁洋： 即伶仃洋，在今广东中山南的珠江口外。

四周星： 指四年。

惶恐滩： 在今江西万安县，赣江十八滩之一。

译文

　　想想早年间我历尽千辛万苦由科举入仕，现如今已经在战火消歇中过了四年。

　　国家就好似那狂风中的柳絮危在旦夕，自己也是如雨中浮萍般历经浮沉坎坷。

　　惶恐滩的惨败让我惶恐至今，零丁洋被俘让我孤苦无依。

　　自古有谁能够长生不死，我要留着一片爱国的丹心映照史册！

赏析

　　这首诗是诗人被元军俘虏后第二年过伶仃洋时所作的一首明志诗。诗人怀着国仇家恨，感慨万千，于是从自己平生的回顾起笔，追忆了自己读书、入仕、抗敌、被俘的人生经历。字里行间流露出诗人对朝廷不作为的愤恨与无奈，以及自己对故国的依恋。最后两句气势磅礴，激昂地抒发了诗人的家国情怀以及大无畏的精神，慷慨悲壮，可歌可泣。

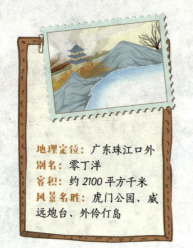

地理定位： 广东珠江口外
别名： 零丁洋
容积： 约 2100 平方千米
风景名胜： 虎门公园、威
远炮台、外伶仃岛

伶仃洋

曾经的国土防线

　　伶仃洋位于广东省珠江口外，北起虎门，南达香港、澳门，是珠江最大的喇叭形河口湾。伶仃洋的地理位置十分重要，曾是中国南大门上的一道防线，见证了中华民族饱受外来侵略的过去，也见证了中华民族不屈不挠、奋勇崛起的今天。

文天祥以身殉国

　　文天祥是宋末著名的民族英雄，他在朝担任右丞相一职时，元军不断南侵。文天祥力主抗元，组织义军保卫家园，无奈的是，双方力量相差悬殊，文天祥最终兵败被俘。

　　元将张弘范见到文天祥后想要劝降他，可是文天祥软硬不吃，并大义凛然地挥笔疾书一首《过零丁洋》。元朝统治者见劝降无用，就把文天祥关进了见不到阳光的监牢里，还给他带上很重的刑具。文天祥就这样被关了四年，尽管受尽了折磨，但他的爱国之心丝毫没有动摇。最终在1283年，元军将其押赴刑场行刑，文天祥从容就义，时年四十七岁。

林则徐虎门销烟

　　鸦片战争前，伶仃洋和伶仃岛是英美侵略者对中国进行鸦片走私的跳板。1839年3月，钦差大臣林则徐前往广东禁烟，英国烟贩搪塞敷衍，虚伪表态不再贩卖鸦片，打算蒙混过关。林则徐早已查出在伶仃洋停泊的二十二艘英国趸（dǔn）船上，每一艘都装有一千多箱鸦片。林则徐命令水师炮舰截住了趸船，同时派兵将洋人商馆封锁，断绝他们的一切供应与贸易往来。外国商人被迫缴出了所有鸦片，共重二百三十多万斤。

　　1839年6月3日，林则徐登上高筑在虎门海滩的礼台，亲自进行销烟。成千上万的围观群众不时发出阵阵欢呼，声浪远远高过虎门那汹涌的海涛声。

诗词拓展

扬子江

宋 文天祥

几日随风北海游，

回从扬子大江头。

臣心一片磁针石，

不指南方不肯休。

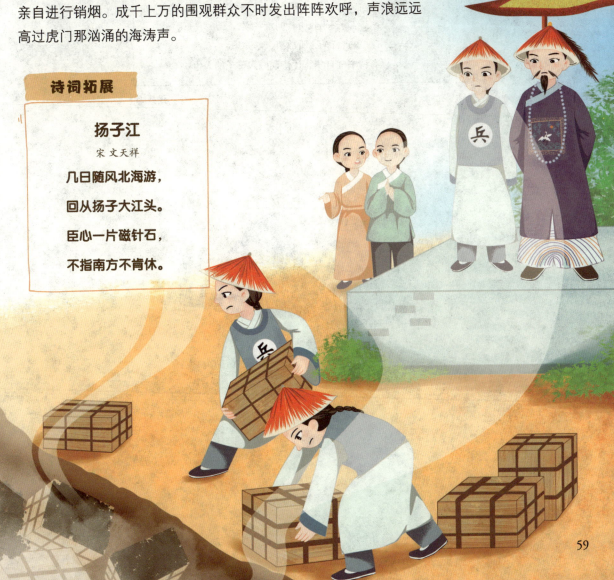

扫码收听，同步伴读

赏诗词，听故事，学知识

腹有诗书气自华，让诗词融入孩子的人生